ヴァーサス日本文化精神史

日本文学の背景

VS

坂口昌弘

文學の森

ヴァーサス日本文化精神史――日本文学の背景＊目次

装丁　笠井亞子

ヴァーサス日本文化精神史

——日本文学の背景

釈迦 vs イエス・キリスト

日本の仏教は釈迦の教えだったのか？

日本の文化・文学に影響を及ぼしたと思われる、釈迦とイエス・キリストの思想・精神を考えたい。

ここで釈迦と呼ぶのは、日本では一般的に「お釈迦様」と呼ばれている人である。釈迦とは部族の名前であり、釈迦族の出身を意味している。釈迦（ゴータマ・ブッダ）の本名は、姓はゴータマ、名はシッダッタである。ブッダ（仏）とは真理を悟った者で、覚者《かくしや》の意味である。

一般的に仏教を理解することが難しいのは、悟るということを理解することが困難だからであり、一体、釈迦は何を悟ったかが難しいからであるが、むしろ釈迦にとって真理とは何であったのかと考えた方が分かり易い。悟りとは論理でなく直観だから、言葉の論理的な説明によっては凡人は理解できない。釈迦は霊的な問題を説いたのではなく、むしろ大衆にとって分かり易いことを説いていた。

釈迦牟尼《しゃかむに》は釈迦族の聖者という意味であり、釈尊とも呼ばれている。生年は紀元前六二四年から四六三年、入滅は紀元前五四四年から三八三年と諸説あるが、どちらも入滅は八十歳とされる。現在のネパールのタライ地方で釈迦族の王子として生まれ、母は摩耶夫人《まやぶにん》である。日本では四月八日生まれとされて仏生会と呼ばれ、二月十五日に入滅したとされている。スリランカをはじめ南方アジアでは、五月の満月の同じ日を、誕生・成道・入滅として、仏教徒最大の祭の日としている。釈迦もイエス・キリストもその生誕の日は正確にはわからず、異説が多い。

二十九歳で出家して七年間修行し、三十六歳で悟ったとされる。何を悟ったかについては仏典によって全て異なる、と仏教学者・中村元《はじめ》(文化勲章受章者)はいう。悟りの内容は固定化しておらず、相手によって異なる説き方をしたようだ。釈迦自身が記述したものが残っていないというのはイエスと同じであり、釈迦とイエスの本当の思想は文献からは分からなくなっている。釈迦が生存していた時代には、寺・経典・仏像が一切なかったから、寺・経典・仏像・儀礼と釈迦の教えとは直接には関係が無いであろう。イエスが生存していた時代には『新約聖書』・教会・組織・イエスが磔になった十字架・儀礼がなかったから、それらはイエスの教えとは直接には関係が無いであろう。私たちは、後世の人々が伝えてきた釈迦とイエスの伝説によって、彼らの精神・思想を理解せざるを得ない。

現代日本において仏教が一般の人々と関係をもつのは葬儀・法事であるために、葬式仏教といわれている。また日本の仏教の僧侶には妻帯者が多く、戒律が守られておらず、日本の仏教は釈迦仏教ではないといわれることもある。しかし現実的な問題として、葬儀・法事からのお布施がなければ多くの僧侶は生活できず寺はつぶれてしまう。ここでは、日本の葬式仏教を非難・批判・揶揄するつもりはない。

個人的には法事等の慣習に従っており、亡き人の鎮魂のためである日本の現在の仏教を肯定している。墓にお参りして故人を思うところや仏像に祈願するところに日本の宗教・仏教の本質があるが、ここではあくまで、初期仏教としての釈迦の精神・思想の真実を理解したいだけである。私はかつてインドやスリランカの人から、日本の仏教は釈迦仏教ではないと直接強くいわれた経験があり、それ以来気になっていたため、ここでは釈迦仏教の真実を理解すべく試みた。

◇

司馬遼太郎（文化勲章受章者）は仏教の本質に深い関心を持ち、『司馬遼太郎全集』の「日本と仏教」で客観的に詳しく論じているので、要点を纏めたい。

釈迦には墓という思想がなく、ゆえに墓は釈迦仏教ではないと司馬はいう。また仏教には霊魂の思想がなく、霊魂をまつる廟はなく、霊魂の祟り・幽霊・怨霊はない。釈迦には神仏による救いや救済の思想はない。解脱こそが釈迦の理想であるが、教義がないからそれを読んで悟ることはできない。浄土真宗はキリスト教に似た救いの宗教で、釈迦仏教ではない。中国・朝鮮経由で渡来した大乗仏教は救いの宗教であった。親鸞は阿弥陀経を経典として阿弥陀仏を神に似たものとし、親鸞はプロテスタントに似ている。『華厳経《けごん》』を好んだ聖武天皇は毘盧遮那《びるしやな》仏の大仏を鋳造して国家統一の象徴とした。天台・真言は、現世利益を仏と仏像に祈願する祈禱宗教であった。救済・国家安泰・現世利益等々の祈禱は、釈迦仏教ではない。キリスト教は啓示宗教で、釈迦仏教は本来啓示宗教ではなく、解脱宗教である。

すでに江戸時代中期に比較哲学者の富永仲基《なかもと》が、日本の大乗仏教は釈迦とは無関係だという「大乗非仏説《だいじょうひぶっせつ》」を説き、今までその見解は論破されていない。解脱はすばらしいが困難であり、人間には不可能だから、解脱した人を拝んだものが大乗仏教である。釈迦は自らが死後に神格化されるとは思いもしなかったとも司馬はいう。釈迦が仮に現在の日本の仏教を見れば、私（釈迦）の思想とは全く異なった宗教があると言うに違いないであろう。

釈迦の思想は日本の大乗仏教とは大きく異なるということをまず知る必要がある。お墓や仏像を拝むということや、僧侶が妻帯者であることは釈迦の教えではないことを知らないと、釈迦仏教を誤解してしまう。

釈迦は一体何を教えたのであろうか。

原始仏教や初期仏教と呼ばれる釈迦の教えに近い経典『法句経《ほっく》』では、目に見えない祟りを怖れて霊園に救いを求めてもそこは安らぎの場ではないと、墓で霊を祀ることを否定している。釈迦は、葬式や法事をしろとか、墓や仏像を作れとはいっていない。自らを仏像として祀り拝めとはいわず、阿弥陀仏や観音菩薩や多くの仏像を作って崇めとはいわない。お盆をしろとはいわない。お盆に死者の霊魂があの世から帰ってくるというようなことは一切語らなかった。

神仏を信じても、津波や原爆で亡くなる人がいるから神仏はいないのだという俳句や意見があるが、そういう人間の利己的な考えは、釈迦やイエスの教えとは無関係であった。人間の願望に対してそれを実現してくれるような、何かメリットを与えてくれる神仏はいない。

日本の仏教は大乗仏教であり、釈迦の教えとは異なっている。仏像を作り仏像に向かって祈願することは釈迦とは無関係である。葬式をしてお布施を取り、あの世を説き、墓をつくり墓参りをすること、お盆に先祖霊が帰ること等々も釈迦の教えとは無関係である。釈迦は生存中にそのような教えを説いていないということが、既に多くの人々によって書かれている。日本の仏教は、葬式仏教・法事の仏教・死者供養の宗教となっているため、釈迦仏教とは根本的に異なる。

日本には江戸時代に設けられた檀家制度があり、特定の仏教の宗派に所属することを義務付けられ、幕府の管理下に入った。幕府がキリスト教の弘まりを怖れたことが檀家制度の理由とされる。何回忌という多くの法事も日本特有である。釈迦仏教には死者供養はなく、葬式には従事していない。お盆は中国で発生し、民俗宗教・道教の影響を受けた『盂蘭盆《うらぼん》経』は偽経《ぎきょう》とされている。先祖の霊を敬う中国の思想の影響を受けて、中国の仏教は葬儀・供養を行うようになっていた。霊魂の思想は仏教でも儒教でもなく、道教や民俗宗教から来ている。インドでは、魂は輪廻した後に生まれ変わるとされ墓の制度はなかった。釈迦仏教は、バラモン教での魂の輪廻転生を否定した、当時の新興宗教であった。

中国・朝鮮から日本に渡来した大乗仏教とは一体何であったのか。

一体、釈迦のいう悟りとは何であったのか。

釈迦が説いたその具体的な教えは何であったのか。

仏教の全ての経典は釈迦が書いた言葉ではない。釈迦の死後、生存中の言葉を聞いたことのない人々が生きていた時代に経典が作られている。死後数百年たって大乗仏教の経典が出来ているということは、釈迦自身の教えが直接書かれたのではないから、別の宗教と考えた方がいいのではないか。

釈迦の悟りの一つは「縁起」の法であろう。万物はすべて相互依存の関係にあり、神や魂といったものはなく、縁起は永遠の関係でなく無常であるということをまず悟ることが大切となっている。釈迦の教えは神秘的な悟りではなく、理性的なものであった。

『ブッダのことば』は『スッタニパータ』を中村が訳したもので、遡ることが出来る最も古い仏典という。寺や塔への崇拝が見られず、成立は紀元前三百年以前とされている。釈迦が何を説いたかは、今一般の人が読み得る文献ではこの本に頼らざるを得ない。

「理法にかなった行い、清らかな行い、これが最上の宝である」というところが、原始仏教、釈迦の説を表している。釈迦は、神・霊・仏像・あの世の世界については語らず、人の倫理・理法・道理について語っていた。仏像や何かを拝む教えではなかった。富・名声・愛欲・命に執着せず、欲望を捨て清らかな生活をすることが釈迦の本質的な教えであった。悟るとは、むしろそういった事実・真理を理解することであった。

特に、淫欲の交わりを禁じることを強調して、夢に見ることさえないようにと説いていた。独りでいることを説き、女性は糞尿に満ちた存在だから触れたくないといい、悟った者は交わりをしたいという欲望すら起こらないと説く。このような戒律があるということは、釈迦の時代以来、淫欲の交わりの欲望を強くもった男性が多かったことを表しているようだ。

欲を持たない人が聖人として崇められていた。欲望が人間を不幸にすると考えられていた。釈迦は、女性だけでなく、人間の身体は不浄、無常、病気の巣窟だとして肉体を嫌悪する。自然に囲まれた樹下で瞑想をして、欲望が苦を生むと説いた。悟るとは欲望を否定することであった。日本の僧侶で妻帯者は釈迦の教えを守っていないために悟っていない人であり、僧とはいえない人であった。日本の大乗仏教の僧と釈迦が説いた仏教とは根本的に異なっていた。

さらに、論争をしないことを釈迦が強調していたことは関心を引く。議論における得意と失意、議論で敗北すること、論破することは無意味だという。議論は役にも立たないといい、人に異論を立てて論争してはいけないと説く。ある人々が真理・真実だという見解を他の人々が虚偽・虚妄といい論争することは、自己の偏見に耽溺して汚れに染まっていると説く。一切の断定を捨てれば、人は世の中で確執を起こすことがないという。論争の結果は称賛か非難の二つだけだといい、無論争の境地を説く。論争は妄想であり戯論とされ、捨てることによってやすらぎのニルヴァーナに到達できるとした。今日の日本の論争や評論にも適用できる教えである。宗教戦争も、妥協しない論争が原因である。文学の評価が異なるのも同じである。論争はいつも平行線で、妥協がないまま終わる。客観的で絶対的な評価基準は自然科学以外にはなく、論といっても主観的で個人的な感情に基づくものが多い。異なる意見を虚心に理解することは難しい。個人的な主観、好き嫌いで他人の意見を評価することは易しい。

真理は文字で説くことはできず、自分の考えだけを優れたものと思ってはならないとし、他人と比較して優劣を定めるという思いを捨てることを説いた。また世俗的な論争を禁止していた。国王論・大臣論・軍隊論・戦争論・亡霊論、等々の論議は心を安らかにしないから避けよという。宗教における議論は、客観的で絶対的な評価基準がなく、批判や非難に意味はなく、議論はいつも平行線で虚しい結果に終わるからであろう。現在の宗教・文学・哲学の議論にも当てはまる説である。

宗教論・文学論の討論はいつも平行線であり妥協ということがないのは、個人の利己的な主観・欲望に基づいているからであろう。虚心になってお互いの意見の違いを認めて共生の道を求めることは、古今東西、困難であるようだ。

呪法、天変地異の占い・夢占い・相の占い・星占いをせず、吉凶の判断を捨てることを釈迦は説いた。バラモンが神々に犠牲を捧げても、生と老衰を乗り越えられなかったから、供犠を否定した。釈迦仏教は多神教を否定していた。

釈迦の教えには神と霊魂がないから祀りや儀式がなく、家庭内においても儀礼の必要がない。結婚式・洗礼・葬儀の儀礼を一切しなかったことが、インドで仏教が滅んだ理由とされている。日本仏教は儀礼宗教となったから生き延びている、と中村はいう。

自己を救うものは自己のみであり、他の救済の力に頼ってはいけないと釈迦は説いている。釈迦はひたすら自ら悟ることを説く。釈迦はイエスのような、他人を救う霊力や奇蹟を起こす能力や神秘の力を全く持っていなかった。

インドのバラモン教での神々への態度を釈迦仏教が否定していたところは、釈迦仏教とは何かを拝む宗教だというよりも、個人が守るべき道徳・倫理に近いことを示す。従って釈迦の教えを守れない人々が多く、釈迦仏教はインドで廃れてしまった。紀元後に各国の民俗宗教、ヒンズー教、道教神道、神社神道の影響を受けて、神仏混淆の大乗仏教となって東洋に弘まっていった。

釈迦の死後約五百年に大乗仏教がおこっている。五百年をたとえていえば、室町時代に没した人の思想が、現在の平成時代にあたかもその人が語ったかのようにまとめられたものだ、ということである。大乗仏教以前に存在していた釈迦の思想は原始仏教・初期仏教といわれ、別名では小乗仏教と、大乗仏教の僧から軽蔑をこめた名前で呼ばれていた。多くの大衆が乗ることのできる大乗のための仏教としては、多くの大衆が信じていた神や霊の考えを、小乗仏教の中に取り込まざるを得なかった。神や霊魂の考えがなかった釈迦仏教に神霊の思想が導入されたのが大乗仏教であろう。

原始仏教では、飲酒を行ってはいけないと強調されている。他人に飲ませてもだめ、他人が飲むのを容認してもいけないと説く。酔って悪事を働き、怠惰な人々が多いから、禍の元を回避せよと説く。苦しみの報いを受ける行為を避けて、偽りと慢心と貪欲と怒りを滅ぼすことを説き、すべて無一物で何ものにも執着しないことを説いた。謗るべき人を誉め、誉むべき人を謗ってはいけないことを説く。悪口をいわないこと、嘘をいわないことを説く。

人は必ず死ぬことを説き、物に執着しないことを説く。何ものに執着しても悪魔が人につきまとうから、執着する妄執を除くことを説く。殺すなかれ、盗むなかれ、邪淫を行うなかれ、偽りを語るなかれ、酒を飲むなかれ、の五戒が基本的に釈迦の教えた説と思われるが、中村元の『原始仏教の思想』において補いたい。

「一切皆苦」が仏教の根本説と中村はいう。四苦とは、生の苦・老いの苦・病気の苦・死の苦であり、これに、憎い人と会う苦、愛する人と別れる苦、求めても得られない苦、現実世界の一切が苦である四苦を加えて、四苦八苦という。

苦しみに悩むのは、全てが無常であるにもかかわらず何らかの事物を我が物にしようと固執するからで、欲望を捨てると苦から解放されると説く。欲望を捨てることが釈迦仏教の根本であった。欲望と貪欲から執着が起こり、苦しみがつき従うからである。死んだ者のことを嘆くなと説き、世間の利欲を捨てて静けさを目指せと説く。荘子の無為自然の境地に近い考えが見られるが、荘子は森羅万象の生命・

魂・神を認めていた。釈迦の無我説は、何ものかを我が物とすることを排斥している。我執の排斥を無我としている。

仏教とは、特殊で神秘的な霊感を受けた人を崇拝することではなくて、理法にたよることだという。正しい理法は妙法と呼ばれた。特別な神やイエスのような人を必要としなかった。理法は人間釈迦を超えた権威であった。釈迦仏教はすべての宗教の中で最も理性的であった。

釈迦は慈悲の心を説いている。自分が他人からして欲しいと思うように他人にすること、愛憎を超えた絶対の愛や見返りを求めることのない愛が慈悲であった。人間に近い動物の生命を尊ばねばならないという考えを持ちつつ、人間の生命の優位を仏教は認めていると中村はいう。なぜ生きものを殺してはいけないかというと、いかなる生きものにとっても自己より愛しいものはどこにも存在しないから、自己を愛する者は他人を害してはいけないと解釈されている。

人生の苦悩から離脱した境地は解脱と呼ばれる。涅槃・ニルヴァーナともいう。解脱・涅槃とは生きている間の精神状態であって、死後の状態のあの世・浄土ではなく、釈迦は、死後については完全な沈黙を守っていた。

葬儀をしてあの世での鎮魂を祈願することは霊の存在を肯定することであり、釈迦は霊魂の存在については語らなかったということは、葬儀が釈迦仏教の重要な儀式であったとは考えられないということである。祈禱・祈願は神の存在を前提として祈ることであるから、神の存在について語らなかった釈迦が祈禱・祈願を弘めたとは考えられない。霊魂や神の存在を認めていたのであれば、バラモン教と同じになって釈迦が新しい何かを唱える必要はなかった。

釈迦仏教がインドで滅んだのも、欲望を消せない人間には釈迦の教えを守ることができなかったからであろう。釈迦仏教とは異なる大乗仏教が新しく生まれて日本に渡来し、神仏混淆的な宗教や葬式宗教になったのも、宗教として大衆に弘まるためには霊の存在という考えを導入しなければならなかったからであろう。

イエスは、神なのか、人間なのか？

『世界の宗教と人口』のデータによれば、二〇一二年の世界人口約七十億人の内、キリスト教の信者は三十三％で約二十三億人、イスラム教は約十六億人、ヒンズー教は約十億人、仏教は七％で約五億人、道教を含む中国民俗宗教は約五億人、無神論者は二％で約一億人と推定されている。七十億人の内、神仏や魂を信じない人々が一億人いることは興味深いことである。世界人口の五十六％が一神教を信じていて、ユダヤ教・キリスト教・イスラム教の神は同じであり、ヤハウェ（エホバ）と呼ばれる神である。一神教の中ではキリスト教だけが、人であり神であるという不思議な存在のイエス・キリストを信じている。イスラム教のマホメットは神でなく人である。

宗教は家庭環境に左右されることが多く、仏教の場合は先祖の墓が所属している寺の宗派によって、生まれながらに決められている。キリスト教の場合も、両親が信仰する宗派に左右されることが多いのではないか。仏教の経典やキリスト教の聖書を読んで、自らの判断によって信仰する宗教を決める人は少ないと思われる。

宗教は神性・霊性の問題であって、イマヌエル・カントが『純粋理性批判』で執拗に説いたように、神と魂の存在の証明は理性的には不可能であることは、人間が人間である限り、未来永劫の真理であるだろう。神と魂の存在を信じることも信じないことも、どちらも個人的な主観であり、地球上のすべての人々が客観的な証明によって同じ宗教的真理に到達することは不可能であろう。神仏が存在しているから神仏を信じるというわけではなく、多くの人々が信じているから神仏は存在しているという人もいて、神仏の存在と神仏の信仰の関係は複雑であり、語ることは難しい。

◇

イエス・キリストは西洋でも日本でも、多くの文学・芸術のテーマとなってきた。世界一のベストセラー、ロングセラーである聖書を書かせ、世界の三人に一人が信じているイエス・キリストは、一体何を教えたのであろうか。

イエスとは普通の人名であり、キリストはギリシャ語のクリストスで、イスラエルを解放する救世主《メシア》という意味である。イエスが神の子のキリストとなり、イエス・キリストが名前として呼ばれてきた。

イエスはユダヤ人で紀元前四年頃に生まれ、紀元二八年頃に昇天した。イスラエルのガリラヤのナザレの貧しい大工の子に生まれ大工をしていた。三十歳の頃、ユダヤ教に属していたヨハネから洗礼を受け、伝道を開始している。それまでの三十年間何をしていたかは不明である。

ユダヤ教とキリスト教の神は同じヤハウェ（エホバ）と呼ばれる神である。イスラエルは周辺の民族と戦争をしていたので、戦争の神としてヤハウェの神を信じるようになったという。ユダヤ教の神・ヤハウェと契約した律法を形式的に守ることをイエスは批判して、内面的な神に従うことを主張していた。休むべき安息日に病人を癒して律法を守らず、自ら救い主の神の子であると主張したと受け取られたため、ユダヤの律法主義者や祭司の怒りを買い、神を冒瀆したとして磔に処せられた。その後、死から三日目に復活し、復活から四十日目に昇天した。復活することができた奇蹟は一回だけであったのも不思議である。死なないで永遠に地上に生き続けるという奇蹟の必要性はなかったのであろう。

イエスは、『旧約聖書』の中で予言されていた世界を救う救世主《メシア》としてあらわれ信仰された。イエスは十字架にかかって人類の罪をあがない肩代わりをした。奇蹟を起こせる神のような存在であったにもかかわらず、どうして十字架にかかったのかは不思議である。

ユダヤ教とキリスト教の神は同じヤハウェであり、天地を創造し、人格をもつ、全知全能の唯一神である。十戒にあるように、異教の神々を信じると神の怒りによって罰が下るという恐ろしい神であった。『旧約聖書』の物語は、異教の神々を信じたイスラエル人が、神の怒りに触れたことを何度も記述している。戒を定めた理由は、当時、異教の神々を信じる人々が多く、戒を守らない人々が多かったからであろう。

イエスの根本的な教えは、神を愛するということと、隣人を自分のように愛するということであり、汝の敵を愛せというのはユダヤ教にはない教えである。この人類愛の精神が、普遍的で世界的な宗教となった大切な要素であった。人間は自己愛が強く、隣人や敵を愛するということが困難だから、意表をついた発想の愛の精神である。

キリスト教は聖書に基づく宗教であるが、聖書はイエスが書いたものではなく、イエスの死後に、イエスが救世主であることを弘めるため使徒によって書かれたものである。現存する最古の聖書は、司教アタナシウスによってギリシャ語で書かれ、西暦三六七年に正典とされている。仏教の経典と同じく、イエスの死後にイエスの言行に関する記憶をもとに書かれていて、同じ聖書の中の福音書にも差異が見られ、原本からの写本に基づいているため修正があるとされている。神・聖霊・イエスの三位一体説が原本になかったことを、科学者のアイザック・ニュートンが発見していた（詳しくはニュートンの章で触れる）。

一つだけに統一された聖書の存在は、多くの信者の精神の統一に寄与してきた。ヨーロッパ・アメリカの精神は、たった一つの神を信じる精神であり、それがたった一つの聖書を創る精神となっている。一方、アジアには多くの宗教があり、同じ仏教でありながら多くの宗派があり仏典があり、統一しようという精神のないことが日常の精神に影響しているようだ。統一化しようとする意志のない東洋精神が世界的になることは不可能であって、統一化しようとする意志がグローバリズムとなる。

八世紀の日本においてまとめられた『古事記』『日本書紀』『万葉集』においては、互いに矛盾した異なる神話が書かれており、仏教の多くの経典も異なる説を伝えてきたが、聖書の内容は教会によって統一されてきた。西洋人は一般的に統一性を重要視する。東洋人は一般的にばらばらの思想が存在して統一性が少ない。とりわけ日本人の思想は蛸壺的だといわれてきたが、日本の宗教・文学の世界においても統一性のない個別性が見られる。近代においても原始宗教・文化といわれたアニミズムの精神が見られる。統一性をめざすことは論争となり、戦争を引き起こす種になる。お互いの異なる思想・宗教の共生を認めることが、戦争を回避する精神となるであろう。

キリスト教はイエスの神秘的で奇蹟的な言行に基づく信仰の宗教であり、釈迦の教えのように個人が理性的に倫理を守ることによって悟る宗教とは異なる。自ら悟る自力ではなく、神とイエスの神性を崇めて祈ることを要求される、絶対的他力信仰の宗教である。釈迦は人間自らが理解して自ら悟ることを求めるが、イエスは人間が神をひたすら信じることを要求し命令し、信じなければ災いが生じると脅す。神を信じる者は救われ、神を疑う者は救われないとされるが、なぜ救われるかは説かれていない。一神教と大乗仏教はやはり、最後は信じるか信じないかの信心を要求される宗教である。信じる者は救われて、信じない者は救われないという世界である。

釈迦は他の何かに頼ったり祈ったりせずに自ら悟り、イエスは神を信じることを求めることが、釈迦とイエスの決定的な違いである。イエスが奇蹟を起こし、時には奇蹟を起こすことが出来ないことも含め、聖書はすべて聖書を信仰することを要求する。原始仏教に見る限り、釈迦には何か超自然的な存在への他力信仰や奇蹟的な行動はない。釈迦の教えを聞いた人が釈迦と同じく努力することが要求される。釈迦仏教と異なり大乗仏教の経典には奇蹟的なことが多く書かれているが、釈迦の個人の努力による悟りの教えだけでは大衆に仏教を弘めることが困難であったからであろう。キリスト教の奇蹟とは、イエスを信じる人間には起こすことが出来ず、神の子・イエスだけが起こし得る奇蹟であった。

イエスは、聖霊によって処女から生まれ、水の上を歩き、嵐をしずめ、水をぶどう酒に変えて、食べ物を数千倍に増やし、目が見えない人を癒し、死んだラザロを生き返らせるという奇蹟によって、神だと信じられた。奇蹟を起こすことがなければ、民衆はイエスを崇めていなかったであろう。神の子・イエスは奇蹟を起こす全能であるにもかかわらず、ユダの裏切りにあって磔になることを避ける奇蹟を起こせなかったのは不思議であり矛盾であるが、ユダの裏切りも磔も神の計画であったために、あえて奇蹟を起こさなかったのだという説があり、屁理屈のようだが興味深い。

聖書には神や魂の存在の根拠については何も書かれておらず、存在は自明であって、信じる者だけが救われるという信仰が説かれている。聖書はイエスの伝記が中心であって、イエス自身の哲学・思想についての理論的な記述はほとんどない。ヨーロッパ文化の精神史において、建築・絵画や像による美術・宗教音楽・文学の多くがキリスト教の影響を受けてイエスを崇め、キリスト教が弘められてきた。

◇

イエスは、一体、神なのか、人間なのか。神のようでもあり、人間のようでもある。

多神教の日本では、柿本人麻呂や松尾芭蕉のように優れた文学者が死後に神として祀られるケースは多いが、一神教の国では神は一つであるのに、イエスが神だとすると神が二つあることになる。ニュートンが批判していたように、神とイエスと聖霊という異なる名前と存在は多神教のように理解されるが、あくまで神は一つである。三位一体とは、異なった神が三つあるわけではないとされている。

イエスが神か人間かという問題は、キリスト教の歴史でも長く討論されていた。イエス自身が結論をつけていた問題ではなくて、多くの人々が集まり議論して、統一的な意見を出さなければならない問題であった。ローマ皇帝コンスタンティヌス一世が招集した三二五年の公会議では、イエスは神と人の両性を持つという説が正統となっている。イエスは人であり同時に神であるという。光は粒子か波かという議論を連想させる結論である。粒子と波は異なるが、光は粒子でもあり波でもあるように、人間と神とは異なるが、イエスは神であり同時に人間であった。光は光であって、粒子というのも波というのも見方の異なった性質であるように、イエスはイエスであって、神といい人間というのも性質のようである。神が人間になったのであり、東洋の道教・神道のように人間が神になったのではなかった。

人が神を作ったという考えが俳句や短歌に詠まれるが、キリスト教にはそういう考えは全くない。人が神を作ったという考えは、聖書やキリスト教を信仰している人の考えではない。カトリシズムでは、受肉（インカーネイション）によって神性と人性が一つになり、神が人間になったと説く。『旧約聖書』が予言したことが『新約聖書』で現実のものになっている。

不思議で複雑な現象は、父なる神と、神の子・イエスのほかに、聖霊があたかも別の存在として登場することである。聖霊は、言葉・イエスの息とされる。聖霊は父と子を結ぶ絆であり、マリアは聖霊により身籠り、イエスは聖霊によって洗礼を受けている。カトリック教徒は一なる神を信じ、神のうちに、父・子・聖霊のペルソナ（位格）があり、神の神性、子の神性、聖霊の神性は一つとしている。

神とは別に、マリアの像や聖人の像もカトリックでは聖なるものの象徴として崇拝されていて、ニュートンが批判したような多神教的な要素を持っている。

プロテスタンティズムは十六世紀の宗教改革で起こり、ローマ教会はあまりにもこの世と妥協していると批判された。マルティン・ルターは、イエスを信じるだけで救われるといい、教皇の権威、マリア信仰、聖人の崇拝を非難し、聖職者と信徒を平等とした。より霊的になり世俗的でなくなったが、多神教的な要素を厳格に取り除こうとした。

ブレーズ・パスカルは『イエス・キリストの生涯の要約』の中で、十字架にかけられたイエスが叫んだ「わが神、わが神、何ゆえ、私をお見捨てになったのですか」の言葉については、世の救いのため、人類のために使ってくださいというイエスから神へ向けた言葉だと肯定的に解釈し、絶望の言葉ではなく希望の言葉だと理解していた。表面的な言葉だけで読めば、神はイエスを見捨てたのであり、三位一体とは全く異なる考えとなるが、パスカルは見捨てたのではないと考えていた。パスカルは科学者だったが、ニュートンと異なり、イエスと三位一体があってのキリスト教であり神の信仰であると『パンセ』で強調している。

釈迦とイエスの伝記に共通したことは、共に悪魔・サタンが二人の邪魔をしたことである。仏と悪魔、神とサタンは陰陽としてのライバルである。しかし釈迦は人間であって神ではないから、悪魔は悟りを求める人間の邪魔をする。キリスト教では神とイエスと悪魔の関係が見られる。この世は悪魔あっての神であり、悪魔あっての仏である。神が絶対的な存在で、神が万物を創造したならば悪魔も神の創造物であるが、そういう合理的な理屈は聖書では説かれていない。存在の証明なく悪魔が自由に登場してきて、神とイエスに対立する。悪があっての善だという二元論や陰陽論の影響が見られる。多神教の国に育った者には、悪魔もまた神の一種のように思われるが、聖書では悪魔は神的なものではない。神でも人間でもなく、神が創ったものでもなく、神と対立する悪魔とは一体なにかということは、何も書かれていない。

天使もまた複雑な存在である。ユダヤ教には、悪魔はもともと天使であり堕落したものだと書かれているが、ただ一つの神の世界において、悪魔や天使のような自然にはない存在が登場することは、多神教の影響のようである。エンジェルの語源はギリシャ語のアンゲロスといい、神の影の部分という意味だとされる。聖書では神から派遣される使者であり、神の意志を人間に伝え仲介する役目である。天使は肉体を持たず、一神教では不思議な存在である。カトリックでは九階級に属する天使の存在を認めている。神を信じるように、悪魔や天使の存在をただ信じることが要求されている。疑う者は救われない世界である。

◇

釈迦とイエスに共通したものは、釈迦の説く慈悲とイエスの説く愛である。

イエスは、敵を愛せといい、敵のために祈れと説く。人間的な愛ではなく神の愛である。キリスト教は社会的な奉仕活動をして病気や貧しい人々を救ってきた。釈迦の説く慈悲によく似ているが、無心に、自己愛を捨てて、愛や慈悲を実行できる信者は少ないであろう。戦争において敵にミサイルを発射するキリスト教信者は、敵を愛していないことになる。釈迦の慈悲とイエスの隣人愛は、現実において多くの人々が守れない理想であるがゆえに、美しい思想として信じられているのであろう。

死後の世界については、釈迦は一切語ることなくむしろ否定的であり、浄土とは悟ることができたこの世のことであった。釈迦の死から五百年後に、人間は死後に浄土にいくという大乗仏教が発生した。イエスは死後の国を天の国としている。

釈迦とイエスの教えに共通するのは、戒である。キリスト教の戒はユダヤ教を継いでいるが、安息日に休むことを強要しない等、絶対的な戒ではない。

「口から出て行くものは、心の中から出てくるのであって、それが人を汚すのである。というのは、悪い思い、すなわち、殺人、姦淫、不品行、盗み、偽証、誹りは、心の中から出てくる」

「『殺すな、姦淫するな、盗むな、偽証を立てるな。父と母とを敬え』。また『自分を愛するように、あなたの隣人を愛せよ』」

「もしあなたが完全になりたいと思うなら、帰ってあなたの持ち物を売り払い、貧しい人々に施しなさい。そうすれば、天に宝を持つようになろう」

こうしたイエスの説く戒のいくつかは釈迦の戒によく似ているが、イエスは神や天国と戒を結びつける。天の国、神の国というのも具体的には語られない。神の国は、ただ永遠の生命が得られる所だということしか分からない。

神との契約を破ることが罪であり、戒を破れば罪となる。異教の神々を崇めることは重い罪である。楽園エデンで神の命に背いて知恵の実を食べたアダムとイヴは原罪とされ、全ての人間が罪に汚れた存在とされてきた。イエスはこの罪をあがなって十字架にかけられ、身代りに人間の罪を清めたとされるが、罪と神の関係は日本人には理解することが難解な思想であるように思われる。D・H・ロレンスは『黙示録論』において聖書を嫌い、キリスト教的恐怖感と批判した。

小林秀雄は「僕は、いろんなこと考えましたが、結局キリスト教というのはわからないと思った」と、『小林秀雄対談集』で江藤淳に語っている。ドストエフスキー論やベルクソン論が中断したのは、結局キリスト教が分からなかったからだともいう。一方、多くの西洋人はキリスト教を信じていて、日曜日には教会へ通う人も多くいる。キリスト教を信じる多くの人々が、多神教や大乗仏教に宗旨変えすることはあり得ないことであろう。

あらゆる宗教に共通するのは「祈り」ではないだろうか。多くの人々は、経典や聖書の意味の違いにかかわらず、神社や教会で、仏像や墓や十字架の前で、神や仏や霊に祈らざるを得ないものを心に抱えている。神や仏とは何かといった深い意味は一般の人には分からないけれども、自然の太陽や月や星や山や海や樹木に、祈らざるを得ないものを抱えていることが宗教精神の原点ではないか。祈りが叶えられるかどうかは問題でなく、祈らざるを得ないのである。

また、文学と宗教に共通するものは「祈り」ではないだろうか。戦争や大震災や不慮の事故といったものから自然死まで、亡くなった人々を思い、現実には何も出来ない状態において何か表現しようとした時に生じるのは、祈りの心ではないか。文学においても、俳句や短歌や現代詩や小説の形式の違いを超えて、共通するのはやはり祈りの精神ではないだろうか。

もちろん、祈りの心を一切持たない人もいるであろう。神や仏はこの世にないと信じる人もいるだろう。宗教精神など無意味と思い、物と金だけが全てと思う人も多いだろう。ある特定の宗教だけが絶対と信じて、他の宗教を非難する人もいるだろう。

祈りの心を持つ人は、祈りの心を持たない人のためにも祈ることが出来るのではないか。一神教か多神教か、釈迦仏教か大乗仏教か、あるいは他の宗教がいいのかは、論理・理性で語ることは不可能である。個人の宗教心を互いに尊重する他はない。

孔子 vs 荘子

孔子は怪力乱神《かいりきらんしん》を語らなかったか

「述べて作らず、信じて古《いにしえ》を好む」
「故《ふる》きを温《たず》ねて新《あたら》しきを知る」

『論語』が伝える主要な孔子の言葉と精神を理解したい。

人類にとって最も本質的な思想・宗教・哲学は、紀元前六世紀から紀元前後の間に発生している。孔子・荘子・老子・プラトン・ソクラテス・釈迦・キリストといった思想家によるものである。その後は基本的に、この時代の思想・精神を超えたものは科学的精神だけである。思想のほとんどは、神と人の関係を問うことから始まっている。

孔子と荘子は、古代中国の思想家である。伝統と古典を重要視して、今あることの存在根拠を問うことのできた思想家である。

日本文化に影響を与えた渡来思想は、道教・仏教・儒教であり、すべて朝鮮経由で渡来した中国の思想である。道教と儒教は中国にユニークな思想であった。仏教はインドの釈迦仏教ではなく、釈迦の死から数百年後に生じた大乗仏教が、中国で道教の影響を受けて日本に渡来してきた。日本の宗教の神道・修験《しゅげん》道・陰陽《おんみょう》道は、道教と仏教の影響を受けているが、実際の社会的な規範・倫理観は儒教の影響を受けている。

儒教と道教はどちらも中国において国教となった思想である。孔子は精神によって身体をコントロールし、人と人の関係に和をもたらした。一方、荘子は精神の自由を重視している。孔子の思想は、「仁」という愛の形、「礼」という人間関係において行動・身体の形に影響を与える思想であり、人為的な行動・習慣を要求する。一方、荘子は人為的なことに重きをおかず、天為・無為・混沌の自然に従う。どちらも長所があり、二人の精神は、東洋文化の中で陰と陽の相補性をもって共存している。

孔子が仁愛・孝・礼を強調した時代は戦国時代であり、殺し合いをしていた時代であったから、孔子の理想・思想が受け入れられることはなかった。孔子も荘子も、基本的には平和を望んだことには変わりはない。一般大衆は戦争を嫌って平和を望んでも、政治はいつも覇権的であり、戦争を手段とせざるを得ないのが現実世界の大きな矛盾であるが、精神的な思想家はいつも平和を求めていた。平和を求める方法・考えが異なると戦争を起こしかねない論争になるのは、精神・思想が持つ、解決のできない大きな矛盾である。

荘子は宇宙論を説いたが、孔子は人間社会の政治・倫理・道徳の問題に限っていた。荘子は孔子を批判していた。儒家は、儀式や物に即して具体的で現実的だが、超越的・絶対的・形而上的なものがないという。果たしてそうであったかがここでのテーマである。

◇

孔子（孔丘）は、紀元前五五二年頃に生まれ、紀元前四七九年、七十三歳頃に没した。春秋時代の思想家であり儒家の始祖である。氏は孔、諱《いみな》は丘《きゅう》、字《あざな》は仲尼《ちゅうじ》であり、孔子は尊称で、「子」は師という意味である。

「周《しゅう》は二代に監《かんが》む。郁郁乎《いくいくこ》として文《ぶん》なる哉《かな》。吾《わ》れは周に従《したが》わん」

孔子は周の文化を好んでいた。二代とは夏と殷王朝であり、周は夏と殷の文化を参考にした華やかな文明だと思っていた。

孔子は身分制秩序が崩壊しつつあった周末、魯国に生まれ、周への復古を理想として身分制秩序と仁道政治の再建をはかった。孔子の弟子たちは孔子の思想を奉じて教団を作り、戦国時代、儒家となって諸子百家の一家をなした。孔子と弟子たちの語録は『論語』にまとめられている。

孔子は「天命を知る」の五十歳の頃には祖国・魯の宰相代理になったが、貴族と衝突し国外に去っている。「耳順《したが》う」の六十歳の頃には弟子をつれて諸国を歴訪遊説したが、理想主義を敬遠され、のら犬とあざけられた。「矩《のり》を踰《こ》えず」の七十歳の頃には祖国に帰り、教育に専念して七十三歳で没している。亡命は十四年に及び、無事だったのは晩年の数年足らずであった。恵まれない人生を過ごした孔子の書物・思想が国教となったのは興味深い事実である。

『詩』『書』『礼』『楽』『易』『春秋』といった周の書物を六経《りくけい》として儒家の経典とし、その儒家的な解釈学の立場から『礼記《らいき》』や『易伝』『春秋左氏伝』『春秋公羊《くよう》伝』『春秋穀梁《こくりょう》伝』といった注釈書や論文集が整理されている。これらの書物は必ずしも孔子の思想と同じだとは言えず、道教的で宗教的な精神が語られている。

孔子の死後、孟子・荀子といった後継者を出し、漢の武帝が儒教を国教化した。以後、儒教は中国思想の根幹たる存在となった。孔子は死後には王と同等の位に封じられ、孔子廟に神のように祀られて、中国だけでなく日本・朝鮮・ベトナムでも崇められてきた。

日本には四世紀末に、百済王が使者・阿直岐《あちき》を通じて『論語』を伝え、徳川時代には武士町人に多く読まれたという。これが真実であるならば、日本では四世紀末には『論語』の漢字が読める日本人が存在していたことになる。空海は『三教指帰《さんごうしいき》』において、儒教・道教・仏教を比較検討している。七九七年、二十四歳で、当時日本で読みうる限りの書物を全て理解していた天才であり、三十一歳の時に遣唐使として渡った。

「小子《しょうし》何《な》んぞ夫《か》の詩《し》を学《まな》ぶ莫《な》きや」
「多《おお》く鳥獣草木《ちょうじゅうそうもく》の名《な》を識《し》る」

孔子は、若者がなぜ詩を勉強しないのかといい、広い観察、個人的な感情の表現等における詩の効用を説き、動植物については多くの知識を詩から得ることができるという。歳時記を通じて森羅万象を学ぶことのできる俳句の効用に通じている。詩歌俳句には、夏炉冬扇だけではない面がある。

「礼を学ばずんば、以《もっ》て立つこと無し」

家族中心・家長中心・先祖礼拝の儀式等、「礼」の儒教は礼教ともいわれる。「禮」という漢字の起源は、酒器を神に供える宗教的な儀式である。礼は婚礼・葬礼・元服の儀式・初対面の儀式・宴会の儀式等、すべての儀式の定めを含んでいる。「礼」の精神は、「孝」と「忠」の精神の基本であった。親への孝行は敬虔の情を伴っていて、現在において廃れつつはあるものの、共産主義化しなかった韓国や日本では今も無意識に「礼」の精神が働いている。

「天何《てんなに》をか言わん哉《や》。四時《しじ》行《おこな》わる、百物生《ひゃくぶつしょう》ず」

孔子は「天」の思想を説いた。天は何も言わない。天の運行によって四季は自然に運行し、四季の移り変わりによって生物が生育する。天命・運命は人間の努力ではどうにもならないものであり、天命は天が与えた運命の限定であった。これは荘子の「造化に従い、四時に従う」という無為自然の精神に共通している。肉体と精神が健全な状態であれば、天と一体化できると荘子もいう。

天命とは、理性的であるが不条理でもある。殷の時代は「帝」が神であり、人格神であった。周の時代には神話がなく、非人格的で理性的な「天」の神がとって代わった。

孔子は「仁」の精神を重視した。仁とは、人を愛すること、衆を救うこと、大衆のために犠牲的に献身することである。人間相互の愛情こそ人間の任務であるとし、のちの奴隷解放の流れの魁《さきがけ》となった精神であった。

「丘の祈《いの》るや久し」

孔子が重病の時に、弟子の子路が師のために神々に祈りたいといえば、孔子は「丘の祈るや久し」といい、それはすでに天に久しく祈っているのだという。ことごとしく形式的な祈禱は嫌ったが、祈ることは否定していない。祈るべき対象は、天という名の神であった。

孔子は伝統を形式的で仰々しいものでなく、純粋に精神的なものに高めたいと思っていた。理性的だが求道的な精神を持っていた。孔子が祈りの精神を持っていたことは孔子の宗教性を表していて、無神論者ではなかった。祈りの精神は孔子と荘子に共通していた。

「子は怪力乱神を語らず」

孔子は、怪異・妖怪・物の怪、暴力・反乱・乱逆、霊・魂・神の存在は語らなかったとされている。怪ではなく常を、力ではなく徳を、乱ではなく治を、神ではなく人を重視して語ったとされるが、これらの怪力乱神の存在を否定したわけではなかった。とりわけ神と霊については複雑な考えであったことは、次の言葉から理解できる。

「祭《まつ》ること在《い》ますが如《ごと》くす。神《かみ》を祭ること、神在《い》ますが如くす」

先祖の法事をするときには、先祖の霊がまさに目の前にいるように敬虔に行い、先祖の霊以外の神を祭る場合は、神がそこに存在しているように行うことが大切だという。これは、神や祖霊の存在を否定しているのか肯定しているのか判断が難しいが、無神論者や無魂論者ではなかったことが理解できる。現代日本人の、神社や葬式に対する思いに近いのではないか。「礼」という形式が、逆に神や霊の存在を肯定するように導いている。

現代日本人が、寺院・神社で祈願・祈りをささげ、墓の前で祖先を思うことは、全面的に宗教を信仰しているというわけではなく、さりとて神仏・祖先霊を信じないというわけでもない態度に似ていると思われる。神や霊があたかも「いますがごとく」思っている多くの日本人の態度は孔子の宗教観に近い。この孔子の精神は森鷗外の小説『かのやうに』に影響を与えている。小説の主人公は、信仰はないものの宗教の必要性だけは認めている。霊魂不滅は存在しないが、無いものを「有るかのやうに」考えないと倫理は成立しないと思い、「かのやうに」がなければ学問も芸術も宗教もないと考える。小説ではあるが、鷗外の思想を語っているようだ。

宗教は慣習的であり伝統的である要素を持っているが、共産主義国家を経験したロシアではギリシャ正教が、現在の中国では道教が復活しているから、共産主義・唯物主義の教育においても、神や霊の存在とそれらへの思いをなくすことは出来なかった。

「知《ち》を問《と》う。子曰《しい》わく、民《たみ》の義《ぎ》を務《つと》め、鬼神《きしん》を敬《けい》して之《こ》れを遠《とお》ざく。知と謂《い》う可《べ》し」

為政者にとっての知とは、人間の道理を大切にして、神に対して尊敬はするが距離をおいて扱うことであった。これも近代的な理性・宗教観に近いが、鬼（霊）や神の存在を否定する無神論者ではなく複雑な思いである。

「其《そ》の鬼《き》に非《あら》ずして之《こ》れを祭《まつ》るは、諂《へつら》い也《なり》」

自分の先祖の鬼（霊）でもないのに祀るのは卑屈なおべっかである、という精神は分かり難いが、他人の家の祖霊を自分の家で祀った人がいたようであり、異端の新興宗教であったという。

「泰山《たいざん》に旅《りょ》す」

『論語』には漢字のルーツを理解することのできる言葉がある。泰山は山東省の名山で、山を神とした五岳のひとつであった。「旅」とは山を祀る祭りのことであり、山や川の神を祀るために移動したことから、旅をするという意味になっている。西行や芭蕉の旅の目的は、「旅」の語源としての意味を含んでいた。ただ単純に楽しみを求めて旅をしたのではなく、地方の神々を求めることが旅の目的の一つであったのは、「旅」という漢字の意味が無意識に働いているようである。山を神と思う心は日本の神道に固有ではない。

また『論語』では、「社」という樹木を神体とする土地の神について述べている。夏王朝は松を、殷は柏を、周は栗を神として崇めていた。神社とは、土の上に神の依りつく樹木を植えたことがルーツであった。日本の神道は、日本に固有の思想であり古代中国の神の思想とは異なると思われがちだが、

「神道」「神社」「神」「社」という漢字が中国から渡来してきていたから、日本の神道と中国の神道には、本質的に異なるところは見つからない。松・柏・栗の樹木を神と思う心は、日本古代の神道と変わらない。樹木を神と思う心は日本の神道に固有ではない。

また「山川」という言葉が使用されている。山川とはもともと古代中国で、山の神、川の神を祀ることであった。『万葉集』で詠われた「山川」は自然の山や川という意味ではなく、神々を表現していた。漢字の発生そのものがアニミズムに基づいていたことは、白川静の章で論じたい。

「夫子《ふうし》の性《せい》と天道《てんどう》とを言うは、得《え》て聞くべからざる也」

『論語』には、弟子が孔子の思想について批判した個所がある。性（人間性）と天道（宇宙の法則）について夫子（孔子）は語らず、孔子の学問は即物的で思弁的でなかったという批判が、当時すでに弟子によってなされていた。孔子は天の道について語らなかったのではなく、戦争の時代に平和を求めるためには、人間としての基本である「礼」や「仁」の精神を説くことがより大切だと思っていたのではないか。

「未《い》まだ人に事《つこ》うる能《あた》わず。焉《いずく》んぞ能《よ》く鬼《き》に事《つか》えん」
「未《い》まだ生《せい》を知《し》らず。焉《いずく》んぞ死《し》を知《し》らん」

生きている人間にきちんと奉仕することができないのに、どうして死者の鬼（霊）に奉仕することができようか、と孔子は説く。人間への奉仕が大切であり、神への奉仕はその次であると順序を付けていた。また、生きていることについてすら明瞭にわからないのに、どうして死後のことがわかろうかと理性的な考えを持っていた。人の生きている間が重要であり、そのための政治の重視、学問の重視、人と人との愛情の重視を説いていた。不可知のことに時間を費やすよりも、可知の世界で努力しようという現実的な精神であったが、不可知や神秘を否定したわけではなかった。

『論語』は孔子の死後に弟子がまとめているから、どこまでが孔子の言葉かはあやしいというところは、釈迦やイエス・キリストの場合と同じである。

『呪の思想――神と人の間』の対談で、白川静が梅原猛に語った言葉は興味深い。孔子は葬式屋で、儒家は本来葬儀屋であるから儀礼に詳しく、宗教的行事を担当する階層であったという。もともと「儒」とは雨を求める人の意味で雨乞いをしていて、孔子は巫女の子に生まれ、父の名も分からなかったと白川はいう。

「知者《ちしや》は水《みず》を楽しみ、仁者《じんしや》は山《やま》を楽しむ。知者は動き、仁者は静かなり」

道徳的な思想というよりも、美しい詩である。水と山の意味は、自然の美だけでなく、山水画と同様に、山と川の奥にこもる神仙的な世界であろう。儒者だからといって神仙的な世界への憧れがなかったとはいえないであろう。知者・仁者にかかわらず、山水を楽しむのは古今東西、共通の楽しみである。

「子、川の上《ほとり》に在《あ》りて曰《い》わく、逝《ゆ》く者は斯《か》くの如き夫《か》、昼夜《ちゆうや》を舎《す》てず」

流れゆく川の水を前にして、過ぎ去る者はすべてこの川の水の如くであろうか、一刻も止むときなく過ぎ去っていく、というのも詩的な表現である。人間の生命も歴史も過ぎ去るというのは、道徳的な教えではなく、むしろ荘子の無為自然の精神に通っている。

「巧言令色《こうげんれいしょく》、鮮《すくな》し仁」

飾った言葉、たくみな顔色を持つ人は、「仁」という真実の愛情を持っていない人であるというのは、現代にもよく当てはまる言葉である。表現に凝って心がこもっていない詩歌俳句には、仁が少ないと言い得る。

（文中の訓読と意訳は、吉川幸次郎訳『世界古典文学全集第四巻　論語』（筑摩書房）を参照した。）

芭蕉の中の荘子

荘子（荘周）は、紀元前三六九年に生まれ、紀元前二八六年に没したと推定されている。戦国時代の宋の国に生まれた。本名は姓が荘で、名が周である。

白川静によると、荘子は高級神官であったという。老子と荘子の思想が道教に取り入れられるようになると、荘子は道教の祖の一人として崇められるようになり、道教を国教とした唐の時代には玄宗によって神格化され、南華真人《なんかしんじん》の敬称を与えられた。また南華老仙とも呼ばれた。著書『荘子』は『南華真《なんかしん》経《きょう》』と呼ばれている。

荘子は高踏的で政治には無関心であり、現実逃避的な側面を持つことから、敗北者の思想、敗北の哲学ともいわれ、江戸時代の俳諧師・芭蕉に決定的な影響を与えた。荘子の思想は個人の生命、生死の問題を扱っている。荘子は戦争の時代に生きて反戦思想を持っていた。芭蕉の夏炉冬扇の考えに影響した荘子の「無用の用」とは、有用な人間は徴兵されて早く死んで、病気で役立たずの人間は戦争に行かず長生きをするという考えであった。

成功者でなく、世の中から外れた人や刑に処せられた人々に荘子は同情していた。悪とか善といった画一的な区分ではなく、人間はすべて平等であるという「万物斉同《ばんぶつせいどう》」の精神を持っていた。歴史上、具体的に残された文献で、万物平等、人間だけでなく生物や無機物もまた平等であるという思想、戦争反対の思想が文章化された精神・思想は、荘子が初めてであろう。

人間を含み森羅万象に存在するものは、存在するだけの必然的な理由をもって平等に存在しているという荘子の無為自然と万物斉同の精神とは、生命の自由、絶対的なものからの自由、権力・戦争・政治からの自由を人類史上最初に述べた精神哲学であった。原罪や業からの自由を希求することにおいて、宗教からも自由であった。

ここでは複雑で深淵な荘子その人の思想の全貌を語るのではなく、日本の文化・文学にとっての荘子を知りたい。特に、松尾芭蕉の俳諧と人生観に与えた荘子の思想について考えたい。

◇

日本最古の漢詩集『懐風藻《かいふうそう》』（七五一年成立）の大友皇子の詩には明瞭に荘子の言葉があるから、日本にはそれ以前に『荘子』が入っていたと国文学者・神田秀夫は『荘子の蘇生』にいい、百済から渡来してきたたと考えていた。

『万葉集』の巻十六には〈心をし無何有《むかう》の郷《さと》に置きてあらば藐姑射《はこや》の山を見まく近けむ〉の歌があり、荘子の言葉が見られる。芭蕉も詠んだ無何有の郷（神仙郷）の世界である。日本の天皇の御所を「藐姑《はこ》射《や》の山」と呼ぶのは道家・道教（タオイズム）の思想に基づく。天皇が生活している建物が仙人のすむ神仙郷であるという思想である。広い意味のタオイズムが含むもののうち、老荘思想の道家は哲学、道教は宗教思想であるが、神仙郷を理想とする点において共通性が見られる。

天武天皇は道教を好み、神道には道教の思想が習合していた。道教は天皇家に独占され大衆には禁じられており、一般の日本人には教えられてこなかったために、日本人のほとんどは道教という名前の宗教を知らないのではないか。もちろん、仏教という日本人の多くが知っているかのような宗教ですら、釈迦仏教と日本の大乗仏教とは異なるということを知らない人がいると思われるから、ましてや日本の宗教として道教の観（お寺）が存在していない道教・道家の思想を知らない人が多いのは当然のことと思われる。

芭蕉以来、荘子の影響を受けた俳人が多いことは、拙著『ライバル俳句史』と『平成俳句の好敵手』でのテーマの一つであった。芭蕉・正岡子規・夏目漱石・高濱虚子・森澄雄・金子兜太・加藤郁乎・津田清子・有馬朗人に顕著に見られることを書いてきたが、ただ目に見えたままを十七音におきかえる客観写生に洗脳されてしまっている現在の俳人には、あまり理解されてこなかったようだ。子規と虚子が一般の多くの人々に俳句を弘めるために、精神や思想を語らず、ただひたすら、目に見えたままの客観的写生を唱えたために、主観的写生や想像性や精神性がおろそかにされてきた。子規と虚子自身の秀句・佳句が客観的写生でないことはあまり語られてこなかった。

老荘思想や道教についての知識や関心のない人は、他人からその名前を聞かされたときには無視する心理状態になる傾向があるという。一般的に俳人の多くは客観写生論に染まっているため、思想や精神性を嫌い、目に見えたものだけを表現して、目に見えないものは理解したくないという傾向があるようだ。一方で、主観写生に基づき心や道を重んじる俳人も見られて、俳人の精神は複雑である。

歌道・連歌道・俳諧道・茶道・華道・柔道・合気道等々、日本文化は「道」を重視して、技術よりも精神性を重視してきた。「タオ」と呼ばれる「道」は、哲学としての老子荘子の道家思想の道であり、精神性を重視している。神道の道も、老荘思想や道教の「道」に通じる精神である。俳句においても、表現とか言葉の取り合わせをいう俳人は精神面を理解しようとせず、表面的な技巧のみに関心をもっている。深い心を持つ俳人は、精神性・生命性・深層意識に深い関心を持たざるを得ない。

去年今年白駒音なく眼前《まさか》過ぐ　夫佐恵
新緑や白駒過ぎゆく足早に

最近では、文挾夫佐恵の蛇笏賞受賞句集『白駒《はくく》』の名前は『荘子』からとられ、引用句は荘子の思想そのものを詠んでいる。

人が天地の間に生きているのは、白駒（白馬）が走り去るのを戸の隙間から覗き見るようなもので、あっという間のできごとだ、という人生の無常迅速を説いたくだりであり、この後に続く文「魂魄が離散する時、肉体もそれに従って、大いなる本源に回帰する。形のないものから形のあるものが生まれ、形あるものが形のないものへと移ってゆく」「道をはっきり見ようとしても見定められぬ以上、雄弁は沈黙に及ばない」という、荘子がタオイズム（道の思想）を説くために白馬を登場させたくだりに依拠している。人生無常だけであれば仏教でも儒教でも説くところであるが、荘子は魂のあり様や形・道・沈黙についての洞察を述べている。沈黙は金という功利的な格言ではなくて、この世のあらゆるものの本質を見極めようとすると沈黙せざるを得ない、という考えである。

　拝荘周尊像　　芭蕉

引用の言葉は、発句〈蝶よ〳〵唐土《もろこし》のはいかい問《とわ》む〉の前書にある言葉である。ここでは荘子そのものの思想を全て紹介することはできないから、日本文学史上、荘子を最も崇拝し、道の思想を俳諧文学で表現した芭蕉の句文を取り上げたい。芭蕉は荘子を「尊像」として神のように崇め尊敬し、荘子の思想と精神は芭蕉の血となり肉となっていた。芭蕉が「尊像」とまで尊敬した人は荘子以外にない。芭蕉は釈迦をはじめ仏教関係の人々や、日本の歌人・詩人・芸術家に対して「尊」という言葉を使っていない。荘子を最も尊敬していたことは、今までの芭蕉論ではあまり語られてこなかった。荘子や道家という言葉を聞いただけで毛嫌いされる傾向がある。敗戦後、中国と日本の古典文化は軽視されてきた傾向にある。

江戸時代には荘子の注釈書や研究書が約七十種もあったという。テレビと携帯電話に依存して本を読まない現代人に比べて、俳諧師だけでなく、江戸時代の一般の人々の方が荘子の書物を深く読んでいたことは、今では全く想像すらできない教養文化である。現在では、俳人歌人はもとより多くの一般の人は荘子に関心を持たないのではないか。芭蕉が最も影響を受けたのは荘子であるにもかかわらず、現代俳壇において芭蕉論では荘子の影響が軽視されてきたのは、荘子を読む機会が全くなかったからであり、また理解しようとしなかったからであり、理解することが簡単ではなかったからであろう。

評論家・読者が他人の作品を読むときには、自分に関心がある句文の部分だけを取り上げるのであって、芭蕉が深く影響を受けたかどうかは軽視されてしまう。俳人批評家は自分に関心のあるところ、理解できるところだけを語ればそれで終わりであって、荘子の影響を受けた芭蕉の精神はあまり語られてこなかったようである。芭蕉の句文すべてに荘子の影響があるというわけではないが、もっとも深く影響を受けた人であったことは句文から理解できることである。

芭蕉の別号には「栩栩斎《くくさい》」や「蕉散人桃青」があり、荘子の言葉「栩栩然《くくぜん》として胡蝶なり」（ひらひらとして楽しく飛びまわる胡蝶）や、「散人」の言葉から取っている。「蕉散人桃青」の桃青もまたタオイズムの言葉である。「桃青」という号は北村季吟が命名した、と島内景二は『北村季吟』で述べている。桑原武夫は「芭蕉について」（『文芸読本』）の中で、「芭蕉洞桃青」は中国風の署名だという。桃は道教では桃神であり、邪を祓う樹木であった。

青は五行説で青春、春風の神であった。陶淵明の『桃花源記』では桃源郷の入り口に桃が植えられ、『古事記』では鬼に追われたイザナギが桃を投げて鬼を退散させ、桃太郎は鬼を退治した。そのルーツは『荊楚《けいそ》歳時記』に「桃は五行の精にして、よく百怪を制す」とあるもので、桃の木で作った刀や矢が鬼や邪気を祓うとされた。破魔矢のルーツである。三世紀の天理・黒塚古墳に三十三面の神獣鏡と多くの桃の種が埋められ、三世紀半ばの纏向《まきむく》遺跡からは二千個の桃の種が出てきており、不老不死の祈りに使用されていたと思われる。桃青芭蕉の桃は、遡れば東洋文化の桃神に至る。「散人」を日本の文人が雅号に使うルーツも、荘子の「死にかけている散人」にある。無駄で役に立たない人を散人と呼んだ。

四十九歳の時の「芭蕉を移す詞」では、新しい芭蕉庵に移った時に、芭蕉の木は、花は咲いても華やかでなく、茎は太いが斧で倒されることはなく、『荘子』の中の大木のように、役に立たないがゆえに天寿を全うする性質の樹木であるから尊いという。芭蕉の名前そのものが既に荘子の「無用の用」の精神を表していた。

『野ざらし紀行』は芭蕉四十一歳の時の旅であるが、「三更《さんこう》月下《げつか》無何《むか》に入《いる》」という言葉をたよりに出発している。芭蕉は旅の目的を、荘子のいう「無何有《むかう》之郷」の仙郷に入ることだと思っていた。二上山の当麻寺で見た松は、千年の歳月も経たように思われるとして、芭蕉は荘子の言葉を引用している。無用の樹木ゆえに材木に用いられず、寿命を保ち巨木となるという「無用の用」の話を引用しつつ、寺の庭に植えられていたので切られなかったのは「仏縁」でもあると考えていた。日本の文化において、寺院と神社の環境が自然の環境を守っていることは、宗教の利点である。日本の土地から寺院と神社の全てがなくなり、樹木が伐採されれば、荒涼たる風景になるであろう。芭蕉の文章は、都市における寺院・神社の存在も「無用の用」であることを思わせる。

『笈の小文』は、四十四歳から四十五歳にかけての関西方面への旅である。芭蕉の人生観・俳諧観を端的に冒頭で述べている。

「百骸九竅《ひゃくがいきゅうきょう》」（百の骨と九つの穴）を持つ人間の中には「物」があり、それを「風羅坊《ふうらぼう》」と芭蕉は名付けている。「百骸九竅」とは荘子の言葉である。体の中には心があり、あるがままの心を師として生きるほかはない、という無為自然の精神である。漢字の「物」とは精神的な心や魂という意味を含んでいた。「竈《かまど》を祀れば物が至る」という言葉が司馬遷の『史記』にあり、竈というのは日本各地に渡来していた竈の神であり、物が至るというのは神がやってくるという意味である。『源氏物語』で「もののけ」が登場するのも、「もの」が物質的な存在だけでなく精神的で霊的な存在であることを表している。

芭蕉の心である風羅坊は「狂句」（俳諧）を好み、狂句の道を「生涯のはかりごと」とした。芭蕉は、世間並みの出世も、仏教を学ぶ解脱の道も、「無能無芸」の狂句一筋のために諦めていた。出世を諦めることの精神的裏付けには荘子の思想があった。芸術・文学に人生を賭ける人々には、荘子の思想が心の強い支えとなる。

「西行の和歌における、宗祇の連歌における、雪舟の絵における、利休が茶における、其貫道《かんどう》する物は一《いつ》なり」という芭蕉の俳諧の道は、西行の和歌を初めとする芸術の根底に貫道する一つの道につながっていた。その確固たる信条は荘子の哲学に基づく。貫道する一つの道とは、荘子の「道は通じて一と為す」という言葉に基づく。その貫道する道とは、「風雅におけるもの、造化《ぞうか》にしたがひて四時《しいじ》を友とす。見る処花にあらずといふ事なし。おもふ所月にあらずといふ事なし。像《かたち》花にあらざる時は夷狄《いてき》にひとし。心花にあらざる時は鳥獣に類す。夷狄を出《いで》、鳥獣を離れて、造化にしたがひ、造化にかへれとなり」であった。

俳諧道とは、万物生成の造化の神に抵抗せず、四季の移り変わりを友とし、自然と調和することであった。芭蕉の言葉は、「造化を以て大治と為さば、悪《いず》くに往くとして可ならざらんや」「下《しも》は方地《ほうち》に法《のっと》りて以て四時《しいじ》に順《したが》い」という荘子の思想そのものであった。さらに詳しく解説すれば、「見る処花にあらずといふ事なし」という文も、荘子の「見る所、牛にあらずといふことなし」に基づいている。牛を包丁でさばく時に、初めは牛だけが見えて何をすればよいか分からなかったが、三年経って心で牛をとらえるようになってからは、目では見ないでも牛をさばけるようになったという寓話である。技術ではなく精神・心で道を求めることの大切さを説き、芭蕉は風雅・俳諧に応用した。

四十一歳の時の文「士峰讃《しほうのさん》」には、「蓬莱《ほうらい》・方丈は仙の地」「藐姑射《はこや》の山の神人有《あり》て、其《その》詩を能《よく》せんや、其《その》絵をよくせんか」と述べ、「藐姑射の山の神人」という荘子の言葉を引用している。同年の文「籾する音」では、「此《この》山蓬莱の嶋ともなりね、生薬《いくぐすり》とりてんよ」と不老不死の薬についてふれている。

四十二歳の時の文「一枝軒」では、「南華真人の謂所《いわゆる》一巣《いっそう》一枝の楽《たのし》み、偃鼠《えんそ》が腹を扣《たたい》て無何有《むかう》の郷《きょう》に遊び」といい、南華真人と呼ばれた荘子の言葉を踏まえている。これは、みそさざいは深い林に巣を作るが、ほんの小さい枝が一本あればそれで十分に満足している。どぶねずみが大河で水を飲んでも腹一杯になれば満足して、無為自然の理想郷に心を遊ばせるという意味である。日常の生活に必要最小限のもので満足できるという精神である。

蓑虫の音《ね》を聞《きき》にこよくさのいほ　芭蕉

四十四歳の時に、友人の山口素堂《そどう》が「蓑虫説」という詩文を書き、芭蕉が跋をつけている。何の能もなく才もない蓑虫に素堂が感心した事について、南華（荘子のこと）の無為自然の心を考えよといい、素堂でなければ誰がこれほどまで蓑虫の心を知ることができるかと芭蕉はいう。「静にみれば物皆自得す」という宋の詩人・程明道《ていめいどう》の言葉にいうように、万物は心を静めてよく見れば皆天理を内に蔵し悟りを得ているという句の真意を、芭蕉は素堂によって知ったという。「むかしより筆をもてあそぶ人の、おほくは花にふけりて実《み》をそこなひ、みを好《このみ》て風流を忘る」けれども、素堂の言葉の花は美しく、内容としての実も充実していると芭蕉はいう。

同年の文「権七に示す」は杜国の手代に向かっての言葉であり、まことに道を行うということは、人の貴賤上下に関係がなく、物はその外面の形ではなくその心であると荘子の思想を語っている。文章を書く人の中で心を大切に思わない人を「筆をもてあそぶ人」と呼ぶのは、現在の文章家にもあてはまる。

蕣《あさがお》や昼は錠《じょう》おろす門《もん》の垣　　芭蕉

芭蕉は亡くなる前年の五十歳の時に、門を閉じて三ヶ月面会を謝絶した。「閉関之説《へいかん》」の文に、「はじめの老の来《きた》れる事、一夜の夢のごとし」「南華《なんか》老仙の唯《ただ》利害を破却し、老若《ろうにゃく》をわすれて閑《かん》にならむこそ、老《おい》の楽《たのしみ》とは云《いう》べけれ」と述べていて、荘子の「至楽」の言葉を踏まえている。

◇

世の人々が尊重する金銭の富・地位・名声・長寿・健康・食事・衣服といった幸福を求めることは愚かであり、お金を貯めても使えず、長生きしてももうろくして苦痛であるという。最上の「楽」とは魂の自由のことで、無為自然に過ごすことが最上の楽しみだという。

芭蕉は俳諧の楽しみを説いた。門人への遺言状にも、俳諧に努めることが「老後のお楽しみ」と書いていた。南華老仙（荘子を神格化した言葉）が説くように、利害を捨て、老若を忘れ、静かな境涯となることこそが老いの楽しみだという。

五十歳の時の文「悼松倉嵐蘭《らんらん》」は、弟子の松倉嵐蘭の急死を悼んだ文であり、彼は三百石の武士であった。槍や刀を枕にし、鎧を敷物にして討死してもひるまないのが武士の志であり、文武両道にわたって偏らないのが君子の誇りであるという。松倉嵐蘭は、義を重んじ、誠実で押し通し、老荘の思想を魂にかけて、俳諧に心を遊ばせたと説いている。

大乗仏教の歴史において禅は新しい思想であり、六世紀に始まっている。禅を中国で弘めるため、すでに約千年経って中国に弘まっていた荘子の思想が取り入れられていたと、福永光司や玄侑宗久は説く。芭蕉が禅の影響を受けていたというところがあれば、言葉にできない禅の悟りではなく、禅が影響を受けた荘子の思想であろう。

芭蕉の句の中の荘子

ここでは、芭蕉の発句に及ぼした荘子の影響を見たい。

野ざらしを心に風のしむ身哉　　芭蕉

芭蕉の句には荘子の影響が深く大きい。四十一歳で『野ざらし紀行』に立つ時には、野たれ死んで髑髏になる覚悟をするものの秋風が心にしみ入ると詠む。次の句と同じく、髑髏についての荘子の言葉に基づいている。

稲づまやかほのところが薄の穂

五十一歳の時の、すぐ後の死を察していたかのような鬼気迫る句である。骸骨の絵の顔が芒の穂に見えたと詠んでいる。大津に住む能太夫の家を訪れた時に、骸骨が笛や鼓を持ち能を舞っている絵を見ての賛の句である。人間の生存中の行いもこの骸骨の遊びと変わらないと芭蕉はいい、荘子の言葉を踏まえている。荘子が髑髏を枕にして眠ると、夢に骸骨が現れて、生は苦しく死ねば楽しいという。人間が生きている間の営みは幻だという教えである。世は無常という考えは荘子と釈迦に共通である。

象潟《きさかた》や雨に西施《せいし》がねぶの花

四十六歳の時の『おくのほそ道』の句である。象潟の風景の中で、雨に濡れる合歓の花に、眠っている西施の面影を思う。蘇東坡《そとうば》が西湖を美女の西施にたとえた詩を踏まえている。本文中の「寂しさに悲しみをくはへて、地勢魂をなやますに似たり」という文も西施を意識している。芭蕉の魂を悩ませた西施は胸を患った美女であり、その生涯は紀元前の『荘子』に書かれて、西施伝説が弘まっていた。

月十四日今宵三十九の童部《わらべ》

十四日の月が満月に一日足りないように、三十九歳の芭蕉は自分のことをいまだ童子のようだと詠む。童子のような気持ちで俳諧を詠めという芭蕉の「俳諧は三尺の童にさせよ」という言葉は、「純粋に生きる人間は、何の邪心もない純真さによって、人々は童子という」「(童子は)他人が褒めようが、けなそうがどうでもよくなる」という荘子の言葉に基づいている。

此道や行人《ゆくひと》なしに秋の暮

西脇順三郎は『芭蕉・シェイクスピア・エリオット』で、芭蕉の句の「道」は荘子のいう、無形で無為で物の根源としての「道」だという。自然の天道ともいい、芭蕉の道はこの宇宙の根源としての道を、俳諧という具体的な自然の姿を通じて表現すべく苦労した、と西脇は説いている。

立身出世や栄華富裕の愚と、無欲の道を説いた荘子に基づき、芭蕉は事物・事件や人間の表層的な感情にあまり同情せず、芸術の客観性を求めた。荘子が「天道」で説いた心の静けさ・天地の鏡・万物の鏡に基づき、芭蕉は感覚的でない心の静けさを求め、その心の静けさは淡泊・無為の境地から生まれる淋しさであった。芭蕉は禅の影響を受けたという学者がいるが、禅そのものが中国において老荘思想の影響を受けているから、歴史的に古い荘子の影響と考えた方が合理的である。

芭蕉の「物の見えたる光、いまだ心に消えざる中《うち》にいひとむべし」は、荘子の「葆光《ほうこう》」という思想に基づくと西脇は洞察している。芭蕉の見た「光」とは客観写生に見る外的な光ではなく、心・詩魂の中から湧いてくる精神的な光であり、汲んでも汲んでも汲みつくせない、魂の中に洞察し直観し得た光であった。芭蕉の光は精神的で生命的な光であり、目に見えないものであった。

おきよ〳〵わが友にせむぬるこてふ
蝶よ〳〵唐土《もろこし》のはいかい問《とわ》む
君やてふ我や荘《そう》子《じ》が夢心
旅に病《やん》で夢は枯野《かれの》をかけ廻《めぐ》る

一句目は、起きよ起きよ、寝ている胡蝶よ、わが友にしようと詠み、荘子の「胡蝶の夢」を踏まえている。二句目は、蝶よ蝶よ、中国の俳諧・滑稽はどのようなものか問いたいと詠み、芭蕉は俳諧のルーツとして荘子の寓話を考えていた。三句目は、荘子の「胡蝶の夢」そのままを句にしている。君が蝶なのか、私が蝶の夢を見た荘子なのか、荘子を語り合う君と私は夢の中にいるようだと、荘子に深く傾倒していた。夢とは夜に寝て見る夢ではなく、覚めている魂の真実であった。四句目は五十一歳の句で、この句が生涯で最後の句とされている。

芭蕉の句の夢には荘子の夢と胡蝶の影響があり、枯野を駆け巡る夢は現実の芭蕉を超えた真実の姿そのものであった。「夢」という言葉は「魂」という言葉に置き換えると意味がよく理解できる。身体は病気で死に近い状態であるが、夢という魂はこの世に残って枯野を駆け巡っていたい、という辞世の思いの構造を持っている。

夕陽《せきよう》に牛ひき帰る遠《おち》の雲　芭蕉
老子《ろうし》のすがた山の端《は》がくれ　信章
寓言《ぐうげん》の昔の落葉《おちば》かきすてて　芭蕉

『芭蕉の本1　作家の基盤』の中で堀正人は、老荘思想と芭蕉の寓言について論じている。三十三歳の時に詠んだ百韻「梅の風」の句で、芭蕉は老子が牛に乗る姿を詠み、寓言という言葉を使っている。難解な思想を一般化して広く伝えるために、他事に託して述べた寓言を、荘子は文章全体の九割で使用していたという。難解な真理そのものを一般の人に語ることはできないから、容易な寓言を使って説明せざるを得ない。それは滑稽な比喩につながり、寓言と俳諧は滑稽という内容で一致しているというのが芭蕉の考えであった。芭蕉の俳諧は求道性と同時に諧謔性をもっている。荘子の寓言はまさに「唐土のはいかい」であった。現在の芭蕉研究家が同じ芭蕉の句について異なった解釈をするのは、寓言のもつ二面性である。

世ににほへ梅花《ばいか》一枝《いっし》のみそさざい

四十二歳の句。一枝軒の主人（葛城の医師・明石玄随のこと）の徳の高さは、世の中に匂って理解されてほしいと詠む。一枝にだけ巣を作って十分な鷦鷯《みそさざい》のような徳の高さであり、荘子の「鷦鷯は深林に巣くうも、一枝に過ぎない」を踏まえている。一枝軒の主人は世に出ていなくとも徳が高く、人品を持っていることを称えた句である。政治家・官僚・経営者のように活躍する人ではなく、隠遁している人の中に優れた人がいるという考えが芭蕉の俳諧精神の中にあり、その思想は荘子の影響であった。

かたつぶり角《つの》ふりわけよ須磨明石

四十五歳の句。かたつむりの二つの角を振り分けて須磨と明石の方向を示してほしいと詠むのは、荘子の「蝸牛角上の争い」を踏まえている。かたつむりの左の角と右の角が争って戦ったが、そんな小さな世界の争いにとらわれて大局を見失ってはいけないと教えている。荘子は戦争を起こす政治を嫌った思想家であり、刀を捨て武士の道を諦め、平和を求めて詩歌に命を懸けた西行や芭蕉の精神と歌句に影響を与えた。この句は直接的には戦争についての句ではないが、荘子の精神をさらに諧謔化している。

愚《ぐ》にくらく棘《いばら》をつかむ蛍哉

三十八歳以前の句。愚かなことに、蛍を捕るつもりが木のいばらを摑んでしまったと詠む。目の前の利益と欲だけを追いかけるのはだめだという寓話であり、荘子の影響を受けている。利益至上主義の出版社によって、文化・文学の書物が出版されなくなっていく現代の風潮を揶揄しているようである。

花にあそぶ虻《あぶ》なくらひそ友雀《ともすずめ》

四十四歳の句。「物皆自得《ものみなじとく》」の前書がある。花に遊ぶとは、自分にあった天地に安んじる自得の境地であり、荘子の言葉と精神を踏まえている。虻は芭蕉である。虻を食う雀は自得の境地を妨げる俗の世間である。

草いろ〳〵おの〳〵花の手柄かな

四十五歳の句。色々な花が咲いてそれぞれの手柄を見せている。色々の花には差はなく、価値に違いはないという万物平等の荘子の思想が反映されている。人間を含み森羅万象に存在するものは、存在するだけの必然的な理由をもって平等に存在している、という荘子の無為自然と万物斉同の精神である。草は門人たちの作品の比喩であった。どんな花でも、どんな動物でも、どんな俳句でも、もともとは良いとか悪いとかの評価を持って存在しているわけではない。人は好き嫌いの感情的主観的な好みによってものを判断しているにすぎない。

分かり易い俳句で荘子の「万物斉同」の平等思想を表現している。選者として金銭を得る点者の生活を嫌った理由であろう。俳諧だけでなく、俳句・短歌の文学作品に一般的に応用可能な考えである。作品が作られた時点では、作品には評価はなく平等である。駄句か佳句かを決めるのは読者であるが、特に評価の基準があるわけではなく個人的な主観によって決めている。評価には客観的で絶対的で普遍的な基準はなく、作品の受賞の決定も主観の多数決に近い。佳句・秀句・名句についてその理由を散文化して述べることができ、その文章がさらに読者によって納得できるときに優れた批評となる。芭蕉は創作と評価の基準の普遍性を求めて荘子にたどり着いたのではないか。そして俳諧精神の自由を得たのであろう。

よくみれば薺《なずな》花さく垣ねかな

四十四歳以前の句。よく見ると垣根のあたりに薺の花が咲いている。見過ごされがちな小さな花を強く意識して詠む。芭蕉はいつも自然を「よくみれば」の精神で注意して見ている。造化の神のなせる自然の神秘を意識して見ている。単純な客観的な物の写生ではない。荘子のいう無為自然に基づいて、造化の秘密を見ている。

白菊よ〳〵恥《はじ》長髪よ〳〵

四十歳以前の句。白菊よ白菊よ、長寿といえども長い白髪をさらし続けては恥だと詠む。『荘子』の「富めば即ち事《こと》多し。寿なれば即ち辱《はずか》しめ多し」（富があればめんどうが増える。長生きをすれば恥をかくことが多い）を踏まえている。紀元前の時代でも今と同じく、多くの現実的な中国人は寿と富を幸福の条件としたが、荘子はこれを否定していた。『徒然草』にも「命長ければ辱多し」として引用されている。

無為自然の造化に従い生きることが、西行、兼好、芭蕉の理想であった。十・七・五、二十二音の著しい字余りの句であることは問題ではなかった。一見新しく表面的な表現技巧は問題ではなく、精神的な内容が表現そのものであったから、芭蕉は詩歌の霊神となり得た。

猿を聞人《きくひと》捨子《すてご》に秋の風いかに

四十一歳の句。子を失った猿の声を断腸の思いで聞いた人よ、捨て子に秋風が吹き付けている現実を何とするのかと問う。猿の声は人の涙を催すという、杜甫の「秋興八首」を踏まえている。『野ざらし紀行』では、富士川のほとりで三つばかりの捨て子を哀れに思い食べ物を与え、天命と運命に従うほかはないと述べている。貧乏な暮しをしている人が、貧乏の原因を追求しても理由がわからず、「命」（運命）に従うほかはないという『荘子』の「大宗師篇」を踏まえている。

はらなかやものにもつかず啼《なく》ひばり

四十四歳以前の句。原の中で、雲雀は何の物にもつかずに自由に鳴いている。「ものにもつかず」という言葉は、西行の歌〈雲雀立つ荒野《あらの》に生《お》ふる姫百合の何につくともなき心かな〉を踏まえる。特定のものに拘束されて生きることを嫌い、造化と天為に従った荘子の自由な精神が詠まれている。夏目漱石の『草枕』の世界を連想させる。漱石も荘子に詳しく、神仙郷に憧れて『草枕』を書いていた。

政治と経済の環境にとらわれず、人事のしがらみにとらわれず、自由に生きて自由に創作することが文学・芸術をめざす人の理想であろう。老荘思想の無為自然とは、そういう自由を求めることであろう。高濱虚子の説く「極楽の文学」に通うところがある。多くの人間・俳人は、戦争や地震や津波を求めてはいないのだから、多くの死者を出した地獄の世界を詠むことは俳人の究極の目的とはなり得ない。自然との調和を求める花鳥諷詠の世界は、極楽浄土・神仙郷の世界に通うところがある。

雲霧の暫《ざん》時《じ》百景をつくしけり

四十一歳の句。雲や霧の動きにつれ、富士山は少しの間に百景ともいえる変化した景色を見せてくれると詠む。中国の崑崙山・蓬萊・方丈は仙郷の地であり、富士山はこれらの山にも比すべきだが、その千変する風景は表現できず、藐姑射《はこや》の山の神人も詩や絵にはできない、と前書に書いている。日本人が古代から高い山を霊峰と思い、神の山と思うところにも、荘子や道教・神仙教の影響が見られる。

蚤《のみ》虱《しらみ》馬の尿《しと》する枕もと
鶯や餅に糞《ふん》する縁《えん》の先

「道は屎溺《しにょう》に在り」という荘子の言葉に基づいている。和歌では詠まれない汚い言葉を俳諧が取り上げたという単純な思いつきではなくて、荘子の精神が背景にある。

子規の末期の句には、「草木国土悉皆成仏《そうもくこくどしつかいじょうぶつ》」の前書がついていて、子規の写生論の本質的な意味が象徴されている。万物に生命性があるという言葉は釈迦の思想ではなく、道はどこにでもあり、ケラ虫や蟻にあり、いぬびえにあり、瓦壁《がへき》にあり、屎尿《しにょう》にあるという荘子の思想であり、万物の生命は一体という考えからきていると、老荘思想研究の第一人者である福永光司は説く。

釈迦にとっては、今の人間を苦しみから解放することが大切であって、動物や植物が悟ることや、人間以外の動植物が成仏することを考えてはいなかった。インドの宗教・哲学では人間と動物には生命があるが、植物には生命や魂が存在しているとは思われていなかった。

中国に仏教が渡来した後に、老荘思想の影響で、植物や無機物を含んだ万物に命・魂があるという思想が習合していた。人間が悟るという意味の仏性は、万物が生命性・魂を持つという意味に変化していた。科学的にも、屎尿が肥料として利用されているのだから、生命の一体感を説く荘子の説も非科学的とは言えない。

二句目は四十九歳の句。縁先に干している餅の上に鶯が糞を落とすという現実を捉えている。これも、屎尿にも生命があるとした荘子の精神の俳諧化と考えた方が、荘子を尊敬した芭蕉の多くの句文の精神と一貫性がある。汚さを狙って屎尿を詠んだのであれば他にもっと汚い類句が多いはずだが、そのような句は見つからない。

また、尿や糞の句は荘子の「無為自然」の思想にも通う。荘子は人為的なものを嫌い、人工的な技術は戦争を起こすとすでに洞察していたが、自然のままを肯定する荘子の精神を芭蕉が学んだ結果が、句に屎尿を詠む態度ではなかったかと思われる。汚いものも詠むという気持ちから意識的に詠んだのではなく、自然の現象を無為に眺めた結果、命あるものは屎尿をだすという現象は、そのまま「無為自然」の姿だと思ったのではないか。

『古事記』には、イザナミの大便から生まれた波邇夜須毘売神《はにやすびめのかみ》や、イザナミの尿から生まれた彌都波能売神《みつはのめのかみ》があるが、これらは屎尿を神とした道教神道の影響を受けている。屎尿を含めて万物が造化の神であり、森羅万象・宇宙の気と一体になることが、荘子の無為自然の精神であった。

荘子は「神と一と為る」といい、己を虚しくして純粋な精神で霊妙な働きと一体となり、天地自然の理法と一体となることが、道を悟った理想の真人であった。「神なる者は和を好む」といい、造化の神は万物を平等にはぐくむという。荘子は「神」を「道の霊妙な働き」といい、道の根源と一体になった存在を「天人」といい、道の精妙さと一体になった存在を「神人」という。聖人や君子よりも至高の存在・人であった。「和」を重んじるのは日本固有ではなく、荘子の精神から来ている。

芭蕉は俳諧を通じて造化・自然と一体になり得たから、神人・霊神と呼ばれることも、芭蕉が尊敬した荘子は同意するであろう。神は形がないが万物を養い、神という霊妙な働きは万物と共にさまざまに変化する。荘子の説く神は自然そのものであり、理性的であるが人格的でなく、普遍的な神に通じる神である。科学や理性・知性に矛盾も対立もしない神である。荘子の造化の神は、ニュートンやアインシュタインが信じていた自然の奥の神の観念に通う。

◇

芭蕉以降には、森澄雄が荘子から虚実の精神を学び、俳句創作に応用していた。

澄雄がタオイズムの老荘思想、とりわけ虚と造化の思想を通じての生命思想を俳句の核としてきたことは、単に澄雄の俳句観・人生観だけの問題ではなく、日本の文化・芸術・文学・宗教等の精神思想を考える際にも極めて重要である。今までの拙著で繰り返し述べてきたことであるが、十分に理解されてきたとは思えないのでここに繰り返しておきたい。

俳句思想といっても全く新しい芸術思想はこの世にはあり得なくて、問題は数千年続いている潜在意識下の、東洋の普遍的で根源的な大きい芸術思想を意識して、日常の具象的な作品に生かせたかどうかである。

大きな生命思想を荘子は「虚」と名づけ、日常の生命を「実」と呼び、この荘子の虚実の思想に感銘を受けて芭蕉は自らの俳句思想を持ち、澄雄に引き継がれてきた。

昭和五十九年の『澄雄俳話百題』に「虚」についての発言がある。澄雄は「心」を大事にし、俳句の「物説」や「事説」に賛成せず、「虚実論」について、「実」は実人生や実物で、その実人生を包むもっと大きな世界が「虚」であり、詩人が想像力という精神力を失えばもう詩人とはいえないと説いていた。俳句は眼の所産ではなく精神力の所産であり、本当のものが見えるためには、顔の眼を捨てる必要があるとまでいう。澄雄のいう滑稽は、荘子的なあるいは老子的な滑稽であった。哲学を持たない俳句はろくな俳句ではないと厳しく指摘し、大きな人生観を持つことが大事と考えていた。

澄雄は、向こうにある大きな自然からそのまま句をもらうから色々考えず、自分の命を包んでいる宇宙や虚空という大きいものからもらって、心に光が見えた時に俳句を詠むという。芭蕉には虚に浮かぶ実人生が見え、石田波郷もまた虚空に浮かんだいのちが見えていて、この二人に学んだ澄雄は、老子の「無為自然」が一番大切で、俳諧は大きな遊び、虚空の遊びで、その自由を楽しめると述べる。人間の分別や人間の案ずる時空を超えれば、虚空燦々であり、この虚空のすべてが生き生きと面白くなると説く。虚とは虚無ではなく、生命と気が満ちている生命宇宙である。

『俳句と遊行』での芭蕉研究家・廣田二郎との対談で、廣田は、言葉だけに気をとられた貞門派、談林派を乗り越えるためには思想が必要だと考え、その基礎に荘子・老子の思想を突きとめて芭蕉の芭蕉らしい骨格ができたと説き、澄雄が共感している。中国の仏教に影響を与えたのは老荘思想である、と澄雄がいうところは、澄雄の友人であった老荘思想研究の第一人者・福永光司からの影響である。

「高く悟りて俗に帰るべし」「虚に居て実を行ふべし」という芭蕉の思想は軽みにつながり、粉飾を捨てて「あるがままにあるように見える」という老荘思想を目指し、芭蕉は「無私で個性」を持っていたと澄雄は洞察する。「高く悟る」とは、生命の根源としての虚の造化宇宙を直観することであり、「俗に帰る」とは、大きな生命の虚の中でのこの世の現実の命を感じることである。芭蕉は造化の哲学を持っていたが、現代の俳人は哲学を持っていないと澄雄は指摘して、小説と違い「虚空」が詠えて、たった十七字で大きな世界が包めるから俳句をやっているという。

歌人・上田三四二との対談で三四二は、澄雄の〈身動きも夢見ごころや寒の鯉〉の「夢見ごころ」というのは荘子的であり、ただの仙の世界ではなくて、人間らしい墨絵に朱が混じった感じと鑑賞している。同じ本で澄雄は〈寒鯉を雲のごとくに食はず飼ふ〉は自らの胸中で一仙人と化して、無数の鯉と遊ぶ白雲去来の仙境を夢みた句だと自註していて、タオイズムの老荘思想が含んでいた仙境の蓬萊思想を語っている。今までの澄雄論ではあまり取り上げられなかった点である。

実を掘り下げて出会うところが虚の空間であり、虚は鬼や霊の大きな世界を含んでいた。小さな自分よりも見えない虚の世界の方が大きく、現実を通して虚の世界が見えないと大きい俳句にならず、写生派には実だけがあり虚がない、と澄雄は俳句での虚の思想を執拗に説き続けた。人間の存在がもっと大きな虚に浮かんでいるから、その大きな虚の感覚を持って実を詠まないと本当の実が生まれず、虚があるから宗教があり、神や仏は信じなくとも虚は信じないとしようがないと、虚と造化を深く信じていた。虚の世界は、無や空ではなく、生命の根源としての気に満ちた造化宇宙である。

『俳句のいのち』でも澄雄は虚を語る。子規の近代俳句は芭蕉のもつ無常も造化も切り捨てたが、現代俳句は未だそれに代わる大きな思想も哲学も持たず、芭蕉の〈行く春を近江の人とをしみける〉のおおらかで豊かな呼吸を失ったと指摘していた。

『俳句のゆたかさ』で大岡信との対談では、澄雄は虚子を高く評価し、虚子ははっきりした小さなことを詠み、後ろ側にひそむ巨大なものを象徴的に示すことが出来た天才であり、小によって大を象徴する句といい、芭蕉の「虚に居て実を行ふ」と同じ精神を持つと発見していた。「小」とは「実」、日常・現実の世界であり、「大」は「虚」であり、造化であり、心の宇宙である。現代俳句は理屈が多く、理屈で俳句をつくるなと強調した。

澄雄の句集『虚心』の意味は「心に何のわだかまりもない、素直な心でいること」であり、「人間はこの広大な宇宙の中の一点。人間の生もまた、永遠に流れて止まぬ時間の一点に過ぎない。句はその大きな時空の今の一瞬に永遠を言いとめる大きな遊びである。我を捨てる遊びである」と、老荘思想に基づいた俳句観・人生観を述べていて、この言葉は美しい思想詩である。

和と道の精神——日本文化の中のタオ

老子と荘子は死後に道教の神にされたが、道教そのものが宗教組織となるのは紀元後のことである。西洋から見て、東洋特有の思想とは仏教や儒教ではなくタオイズム（道教・道家思想）とされている。記紀万葉をはじめ日本文化の成立は文献的には八世紀であり、そのルーツを縄文時代に遡ることは、文字・言葉が全く残っていないため明瞭に証明できるものは少なく、縄文の遺物から空想するほかはない。まず弥生時代・古墳時代の文化の影響を考えるのが自然である。記紀万葉の漢字が紙の上に書かれた頃に具体的に存在していたのは、例えばキトラ古墳や高松塚古墳の中に見る道教的仙界であった。愛国心からか日本人は、日本の文化が朝鮮や中国から渡来してきたとは思いたくないようである。客観的に、日本の文化における渡来文化の影響の真実を知ることは難しい。

自然人類学者の埴原和郎によれば、縄文時代晩期の日本人口は約五万人で、弥生時代の初めから古墳時代の終わる頃までに大陸からの渡来人は約百万人いた、と人骨の分析から推定している。日本人が、一～二割の縄文人と八～九割の弥生時代の渡来人との混血であるならば、日本の文化の基層には縄文文化と渡来文化がその割合で混在していると推定できる。骨やＤＮＡの研究から、日本人の多くは弥生人で、朝鮮半島・大陸からの渡来人であるとされている。民族大移動によって、弥生時代から日本人口が爆発的に増加していると埴原はいう。埴原の渡来人の推定が大きすぎるという意見も出されているが、稲作、銅や鉄の文化、古墳の文化と共に渡来してきた精神文化が日本に弘まったと考えるのが客観的で合理的であろう。銅鐸・銅矛・銅鏡・鉄器の文化を基に、道教・儒教・仏教が日本文化の基層に入ってきたことは否定できない。人口の数の問題よりも、渡来文化の新しさが日本文化の核となっていった。明治時代以降に欧米の文化が日本に弘まったことによく似ている。

日本文化は朝鮮経由のタオイズム（以下タオ）の影響を受けたが、日本人はタオについての教育を全く受けてこなかったため、日本文化にタオの影響はないと思い込まされてしまっている。知識・教養は小学校から高校までの教育を受けてさえ忘れられがちであるのに、ましてや学校で全く教えられなかったタオについて、多くの日本人は理解する機会が全くなかった。

仏教・儒教以前に道教が渡来していたことを理解し研究した学者は少ない。さすがに折口信夫は論文「国文学の発生」の中で、日本の神道と仏教に道教の影響があることを洞察していた。「量り難く古い道教伝来の昔」「道教の色あひを多分に持つた仏教」等指摘しているが、日本が中国に侵略を始めた頃には愛国心からか、中国の道教の影響については誰も語らなくなっていたように思える。

政治経済の問題や特に領土の問題から、また日本が朝鮮や中国に侵略して日本の領土とした歴史、最終的に敗戦となった歴史の経験から、日本人は日本の文化が中国や朝鮮から来たということを認めたくない傾向があり、日本には日本固有の文化・宗教が存在していたという説が受け入れられやすい。しかし、思想・哲学・文学・宗教のあらゆる精神は言葉によって語られ、言葉は漢字として朝鮮を経由して中国から渡ってきたことは、客観的に認めざるを得ない。

タオは広い意味で、哲学思想としての老子・荘子の道家と、宗教・信仰としての道教・神仙道と陰陽五行説を含んでいる。道教の中心思想は不老不死と長寿で、漢方の薬を作り出した。日本の古代の医療は当時の先進医療であった中国の漢方薬に頼らざるを得なかったから、漢方薬を通じて道教が深く浸透していたと考えられる。

道を英語でタオと発音することから、道の思想・精神をタオイズムと呼ぶ。俳句道・俳諧道・柔道・茶道・華道・神道等々に道がついているのは、タオ精神の影響である。「神道」という漢字は、古代中国において道教的な精神の別名であり、『易経』にも見られる言葉である。タオは人間肯定・生命肯定の思想であり、仏教の空・無の否定精神の対極にある。長寿を目的としたから、神道の生命維持の祈願と目的が合致している。

岡倉天心は日本人のなかでは道教を深く研究し理解したタオイストであり、茶道は道教だと『茶の本』で断言している。『茶の本』は茶道を理解するために役立つだけでなく、日本文化と中国文化の深い関係を知ることに役立つ。

◇

神や魂について語らない孔子の儒教や釈迦仏教に比較して、タオは神と魂の思想である。日本文化の中には、現代人が知らないタオの精神が朝鮮を経由して渡来してきていた。今日でも盛んな七福神信仰の福禄寿・寿老人は、タオの南極星の神である。タオには七福神とよく似た八仙（八福神）があるが、七福神信仰が日本の宗教のルーツを語っている。

戦前に日本の帝国大学で道教を研究した学者は大学から追い出されたと、戦後に東大・京大でタオを教えた老荘思想研究の第一人者の福永光司はいう。福永は俳人の森澄雄と陸軍予備士官学校の同窓であり、福永の纏めた老荘思想の書物は澄雄の俳句観に大きな影響を与えたことを、私は俳句総合誌「俳句界」の対談で澄雄から直接確認し得た。ほとんど知られていないタオについて、福永の多くの著作は詳しく教えてくれる。

以下は、福永の著書から学んだ、目から鱗の落ちる文化論の一部にすぎない。

道教の研究は、天皇を頂点とする日本の神道の背景を教えてくれる。日本国憲法第一章に書かれた天皇の漢字の本来の意味は北極星であり、北辰・太一・紫微星とも呼ばれた道教神道の最高神であった。記紀神話において天皇の祖先を太陽神とすると、北極星の祖先が太陽であるという矛盾が、日本の天皇神話に潜在していた。中国皇帝が最高神とした神を日本の大王の名前にする事には、日本の大王を中国の皇帝の上に置くという政治的戦略があったのではないか。

伊勢神宮は、漢の武帝がタオの天皇＝太一神を国家祭祀として甘泉宮に祀ったことに倣っていた。伊勢神宮の幟や遷宮の柱には太一と書かれていて、天照大御神が太一と関係があることは多くの学者によって指摘されている。伊勢神宮や天皇家の重要な行事が、日神の輝く日中に行われるのではなく、北極星の輝く深夜に行われるのは、天皇＝太一＝北極星を意識しているからであろう。

柿本人麻呂の〈大君は神にしませば天雲の雷の上にいほりせるかも〉という歌は、タオの神人・神仙・明神の神の思想であった。天武天皇の「武」は、武帝皇帝の「武」に基づき、天武天皇はタオを好み天皇という名前を導入した。神武という名前は『易経』にあり、天神の軍という意味であった。また「神宮」や「神社」という漢字そのものがタオの言葉であった。

元旦の宮中の四方拝はタオに基づき、北辰の星を拝み、東西南北の星神を拝んでいる。タオ・神仙の信仰を天皇家が独占し、一般には禁じられていた。星を祀る妙見信仰も禁じられていた。陰陽寮が占星術により天体の異変を政治の判断に関係させていたから、日本の文学では星を取り上げることが憚られた。日本人が星に興味がないために、詩歌に星を詠まなかったわけではない。

『古事記』の三柱の神はタオの「三気の尊神」に基づき、国生みや神生みはタオの神学に基づいている。天皇は北極星を背にしていたから南面であり、天皇を守る武士は北面の武士と呼ばれた。茶室においても客は南面であり、江戸城からみて日光東照宮が北極星の方向にあるのは、タオ・風水思想である。天皇であれ亡き家康であれ、その権威はうしろに存在している天の最高神・北極星の権威であった。

三種の神器の中の鏡・剣はタオの宝で神鏡・霊剣とされた。天の最高神の権威のシンボルであった。『古事記』で、天照大御神が鏡を「我が御魂として、齋《いつ》きまつれ」というのは、タオの鏡の思想と天照大御神が深い関係にあったからである。ご神体が鏡、鏡が神というのは、神社や神道へのタオの深い影響である。八咫《やた》鏡と草薙《くさなぎ》剣が天皇即位の神璽《しんじ》となったのも、鏡と剣には神霊が宿るというタオの思想からである。神社の御神体には鏡が多く、古墳に多くの鏡が埋められたのも、タオの鏡が神霊を呼び邪を祓うからであった。妙見信仰や三井寺の尊星王信仰はタオの北辰信仰である。

四季をさらに細かくした七十二候は、タオ・七十二星信仰に関係している。『延喜式』では二十四君という二十四節気を司る神が祀られていた。道教の十二支霊符と同じ符が京都の霊符神社にある。俳句の定型・四季信仰はタオの決定的な影響である。俳句の歳時記のルーツは中国の歳時記であり、歳時記は道教の季節ごとの祭事をまとめたものであった。

日本神話が天神・国神・海神の構成になっているのは、タオの天官・地官・水官の三気の尊神と一致している。『魏志倭人伝』の卑弥呼の鬼道は、鏡を神具とした道教・タオのことである。

日本の仏教寺院や神道神社に見られる祭祀・祈禱・おまじない・占い・祝詞・護符（お札・お守り）・おみくじ・線香・霊媒（神がかり）・神託（お告げ）は全てタオから来ている。祈禱・おまじない・祝詞・お札・お守りは仏教や日本の神道に採用されて、現在でも盛んである。

和・調和は日本文化の特徴とされ、大和の「和」は和漢というように日本を象徴する言葉であるが、大和の語源は太和であり、タオの太一（天皇）の下の陰陽の和がルーツであった。季語にもある蓬萊は、タオの仙境であり仙人の住む場所であり、正月の飾り物に採用された。

自然・森羅万象、特に動物・植物・無機物にも、魂・命があるというのはタオの思想であり、釈迦仏教の思想にはない。自然が神であるというのもタオの思想である。タオは心と命と神の思想であり、天の心と命と神、地の心と命と神、水の心と命と神という思想を含んでいた。気の思想、生命は気、元気というのはタオの精神である。縄文文化に見られるアニミズムはタオイズムに共通している。

儒教と仏教は理の哲学、タオは気の哲学と呼ばれる。気功はタオの体操への応用であり、仙人になるために山に籠ることが仏教に影響し、寺は山に建てられた。山岳信仰や霊山の思想もタオの影響である。儒教は右を、タオは左を大切にする。着物を着る時に左が前であることや、左大臣が右大臣よりも偉いのはタオの影響である。

紫が皇族の色であるのはタオの影響であり、北極星が古代に紫の光だったからとされている。天皇は「紫の宮」にいて四方を制御するとされた。天皇の宮殿を紫宸殿というのは、タオの紫宮・紫微宮の影響である。北京の紫禁城、『万葉集』の紫の歌、紫を重んじる皇族の服の色、紫式部、光源氏の妻が紫上であったのもタオの影響である。桐壺の「壺」は、タオの仙人の住む蓬壺に基づく。『源氏物語』に見られる祟り・生き霊・呪いは仏教や儒教の影響ではなく、タオの思想である。タオはまず皇室・宮中に入り、その後民間に広まっていった。神亀や天平の元号、平城・聖武・嵯峨天皇の名前もタオに基づく。斉明・天智・天武の天皇はタオの思想を採用した。飛鳥に残存する亀の石、沖縄の亀の形の墓も、神亀の年号と同じく亀を神としたタオの神仙教の影響であった。「亀が鳴く」という言葉のルーツがまったくわからないとされてきた季語もまた、長寿・不老不死を求めたタオの影響である。

イザナギが黄泉の国のイザナミに会い、禊《みそぎ》をして目を洗うと左の目から天照大御神、右の目から月読命が生まれるのは道教の経典に基づく。太陽と月の神はタオの陰陽の神である。日本の神道の精神と思われてきた、穢《けが》れ・禊・祓《はら》いはタオの精神であり、水に流すという日本人の考え方に影響している。

天照大御神は太陽で女性だというのは中国の南の文化であり、源氏の旗が白、紅白歌合戦の女性が赤という考えに影響している。沖縄の神話『おもろ』の太陽神の天道子大主が女性であるのもタオの影響で、天・道・大・主という漢字の一字一字そのものがタオの神を表現していて、沖縄の信仰も沖縄独自の信仰や縄文文化の影響ではなく、地理的に近い中国文化・宗教の深い影響を受けていると考えた方が自然である。歴史的に、孤立して独立して固有の文化が発生したことはなく、地理的な影響を受けていると考えた方が自然であろう。

日本は渡来してきた精神・思想を取り込むことに優れていたことは、明治以後の西洋文化の取り込み方に見られ、東洋や西洋の文化・思想を吸収し日本化することに優れていたことは現代にも見ることができる。日本が明治維新後に西洋の文化を取り入れ、敗戦後にアメリカ文化を取り入れた以上の熱心さで、古代には朝鮮と中国の文化に追いつくために取り入れたのであろう。

藤原不比等の『養老律令』にある大祓の祝詞では、日月星辰、八方諸神、五方の五帝、四時（四季の神）の四気といったタオの神々が祀られる。吉野は神仙郷であり、日本最古の漢詩集『懐風藻』は神仙世界がテーマである。長屋王は左道を学び、国家を傾けたとして自害させられたが、左道とは道教の幻術・呪詛である。日本でも中国・朝鮮でも、時の政権が嫌ったのは呪詛であった。

タオは奇数・陽数を重要視している。偶数は陰、奇数は陽であり、五節句や短歌・俳句の定型や七五三の考えに影響した。『古事記』の神代史は、三柱の神、別天《ことあまつ》神五柱、神代七代と展開し、三・五・七の奇数で構成されている。四季の概念は殷・周の時代に生じ、四方の神に基づく。五行とは四方プラス中央で、奇数である五が重要な数字となった。五行プラス陰陽の二で、奇数の七も大切な数字となった。短歌・俳句の五・七の陽数と定型思想はタオに基づく。

桃はタオの桃神であり、桃源郷は桃神に守られ、桃太郎や鬼退治はタオの影響である。『竹取物語』のかぐや姫が月に昇天するのも神仙道の影響であり、浦島太郎の亀や乙姫、竜宮城はタオの神仙郷であった。龍宮が常世と呼ばれたのも、老荘思想の「常」という思想の影響である。海神はワタツミと歌われたが、海若と書かれ荘子に見られる言葉であり、少童や海童とも呼ばれた。

五節句はタオの行事であった。七夕の七月七日は、陰の織姫と陽の牽牛がクロスする日で、唐の玄宗が楊貴妃に会うのも七夕の日であった。七月十五日が中元の日で、日本ではお中元・お盆が盛んなのもタオの影響である。一月十五日が上元、十月十五日が下元で、祭が行われた。秋祭りや村祭りが下元に相当し、出雲の神在月は、下元の日に万の神々が道君に朝するというタオの思想に基づく。風水・陰陽説はタオの思想で、飛鳥・藤原・京都の都は風水に基づいて設計された。日本の都はタオの東西南北の四神に守られている。天皇・皇子は神仙とされていた。

『老子』には母・根・常の思想があり、記紀神話の妣の国・根の国・常世の国に対応している。道は万物の母、万物は根に帰る、命に帰ることを常と呼ぶタオの思想である。黄泉の国もまた、タオの地下の冥土のことである。

源氏とは北魏の皇帝親衛隊、八幡とは諸葛孔明の八陣図戦法の軍旗をもつ軍神で、日本に渡来していた。鎮守の森の鎮守はタオの言葉である。庚申信仰は道教であり、体内の虫が天帝に悪行を報告に行くという信仰であった。秋田のなまはげの青鬼・赤鬼はタオの鬼であった。仙台という地名は天台と同じく、天上の神の世界の政府というタオの言葉である。祖先崇拝・祖霊信仰はタオであり、万世一系や家元制度に影響している。

真言という漢字はタオに基づき、即身成仏はタオの影響であり釈迦仏教にはない。釈迦仏教で禁じていた肉食妻帯は、生命・性愛肯定のタオの影響である。節分祭はタオの八節春分の略語、追儺の儀式における黄色の豆には「鬼毒を殺す」効能があった。京都の吉田神社は全国の神様を祀り、全国の神社を統括していた。吉田兼倶が道教に基づき神道の教説をうちたてた。竈の神は日本全国で今でも祀られるが、司馬遷の『史記』に見るタオの神である。熊野信仰に見られる三足烏も『史記』『山海経』で西王母に仕える鳥として書かれ、不老不死の仙薬を製する太陽の精であった。法隆寺の玉虫厨子の絵にも、太陽の中に三足烏がいる。

◇

以上の日本の文化・仏教・神道へのタオの影響は、氷山の一角である。タオは漢字・稲作農業・養蚕・銅鉄製造と共に渡来し、仏教や神道の中に浸透していき、今は日本文化の中で空気のようになってしまっているようである。仏教や神道の研究家は自らの研究対象を絶対視しているから、道教の影響を語らないし気づかないことが多い。また、古墳文化や弥生文化を飛ばして、日本文化の多くがすでに縄文時代に存在していたという意見には想像・空想が多く、具体的で客観的な縄文時代の証拠が提示されないケースが見られる。

日本の精神・思想は複雑で重層的である。縄文文化・弥生文化・神道・道教・儒教・仏教・キリスト教等々、多様な精神が複雑に関係しているため、何か一つの精神・思想だけでは語ることができない。

陶淵明 vs 李白

詩の奥の山水思想と隠遁の精神

陶淵明は、三六五年に現在の中国江西省に生まれ、四二七年に六十三歳で没した。四十一歳の時に官職を辞して郷里へ帰った時の詩「帰園田居」（園田の居に帰る）は田園詩の代表である。

李白は、七〇一年、唐の時代に西域か蜀のどちらかで生まれ、七六二年、六十二歳で没した。「白也《はくや》詩に敵無し」と杜甫は李白の詩を絶賛していた。

李白は同時代に生きた杜甫とよく比較されるが、ここでは時代を隔てた陶淵明と比べ、二人の文学精神を見たい。李白は淵明の影響を受けている。

二人は、官僚社会から逃避した隠逸・隠遁の詩人である。また中国の詩人の中でも二人は特に酒好きであった。古代中国における革命と戦争の時代に、官僚は生命の危険がともなっていて、身を隠す人が多かった。
精神的に自由な世界を求める人々の心の支えとなったのは、儒教ではなく老荘思想の道家思想であり、無為自然の精神や造化に従う平等精神をもって、詩人は自然の山水を詠んでいた。自然の山水に美しさを感じ意識的に詩に表現したのは、東洋文学では陶淵明の頃に遡ることができる。日本文学が自然の美しさを描写したことは、陶淵明をはじめ中国の漢詩の影響が大きい。二人には仏教関係をテーマとした詩が見られない。古代中国において、美と詩の精神は儒教や仏教ではなく、タオイズムと深く結びついていた。

◇

芭蕉は陶淵明と李白の詩を共によく読んでいて、句作に応用している。

八九《はっく》間《けん》空で雨ふる柳哉　芭蕉
道ほそし相撲《すもう》とり草の花の露

一句目の「柳が枝葉を広げた八〜九間ほどの空間で降るともなく雨が降っている」という句は、淵明の詩「帰園田居」の「草屋八九間、楡柳後簷《ゆりゆうこうえん》を蔭《おお》ひ」、二句目の「相撲取り草が茂った道は細く、その花には露がしとどに降りている」という句は、同じ淵明の「道狭くして草木長《ちょう》じ、夕露《せきろ》我衣《わがころも》を沾《うるお》す」を踏まえている。一見写実のように見える芭蕉の句は、中国の古典を応用したものであった。

近代俳句や現代俳句においても、〝柳に雨〟や〝花に露〟のイメージはよく詠まれるが、すでに陶淵明の詩に見ることができる。芭蕉の「温泉頌」という文の「彼桃源《かのとうげん》も舟をうしなひ」は、淵明の『桃花源記』の、漁人が渓谷に沿って桃林に入り遊んだという桃源郷の話を踏まえる。また「芭蕉を移す詞」という文の「菊は東籬《とうり》に栄《さかえ》、竹は北窓の君となる」は、淵明の有名な詩「飲酒」の「菊を采る東籬の下、悠然として南山を見る」を踏まえる。漢詩を好んだ夏目漱石は『草枕』でこの詩を引用して、「ただそれぎりの裏《うち》に暑苦しい世の中をまるで忘れた光景が出てくる」と説明し共感している。

官職を嫌い故郷に帰り、農耕に従事していた淵明の生き方は、天地万物の運行や変化と心を一つにしてその変化を楽しむという老荘思想に基づき、芭蕉や漱石は淵明の生き方に憧れていた。

芭蕉は、ただ表面的な言葉の上から淵明の詩を応用した句を作ったのではなく、淵明の思想・精神に共感をおぼえて、淵明の詩の精神に深い関心を持った。官庁や企業に勤めることを嫌って田舎に移り住み、自然に親しむ人たちが現代日本にも見られることに通うところがある。都会に住んでいても、詩歌に惹かれる心は陶淵明の詩に遡ることができる。

芭蕉の『おくのほそ道』の「月日《つきひ》は百代《はくたい》の過客《かかく》にして、行《ゆき》かふ年も又旅人也」は、李白の詩「春夜宴桃李園序」の一節「夫《そ》れ天地は万物の逆旅《げきりょ》なり、光陰《こういん》は百代の過客なり」を踏まえる。人生が旅だというのは李白自身の体験であり、広い中国本土で目的のない旅をしたのは李白以外少ないとされる。

また芭蕉の文「三人七郎兵衛」の中の「かの独酌の興によせて、いささかたはぶれとなしけり」は、李白の詩「月下独酌」の「杯を挙げて、名月を迎え、われと月とが、わが影に対してあわせて三人となった」を踏まえている。李白は月の詩人と呼ばれたが、芭蕉に月の句が多いのは、西行だけでなく李白の影響でもあった。月を人と思い、月に人格を感じるのは日本の詩歌の特徴であるが、李白を初めとした古代中国の詩精神の影響が見られる。日本文学のアニミズムには、古代中国文学の抱えていたアニミズムの影響がある。縄文時代からのアニミズムも考えられるが、残念ながら文字・言葉が残存していないため証明することは困難である。

芭蕉の文「風琴《こと》をあやどり、雨をよび波をおこす」は、李白の詩「金門答蘇秀才」の「松は風琴《ふうきん》の峡《きょう》中《ちゅう》に鳴りひびき」の詩を踏まえている。同じ詩の中の「心は自然に虚妙の霊域に至り」「この身も、この世も、両つながら忘れ、唯だ心霊のみが厳存して、宇宙と契合する」という、身体よりも精神を大切にする思想や詩人の心が宇宙と交感する詩的精神は、芭蕉を初めとする日本の詩歌に影響していた。

桃源の路次の細さよ冬ごもり　蕪村

芳賀徹は『与謝蕪村の小さな世界』で、淵明の詩「桃花源の詩ならびに記」の文学・絵画への影響を調べている。「東アジア人の理想郷、平和な農村小共同体の映像」は、「東洋の名ある詩人でこれに魅せられなかったひとはいないといってもよいほどだ」「一つの楽園のトポス」といい、桃源郷はけっして神仙郷でも単なるユートピアでもなく、「母胎のような安らぎの小空間」と芳賀は述べる。李白は詩の中で、桃源郷を「世には又桃源の如き、この世からなる仙境があって、秦の暴虐を避けることも出来る」と詠む。李白は桃源郷を仙郷と呼んでいる。李白は道教の信者であったから、桃源郷を神仙郷に見立てていた。

下定雅弘の『陶淵明と白楽天』によれば、『桃花源記』は道教の「洞天思想」をヒントにしたという。

名山の中には洞天という洞窟内の別天地、異次元の仙郷があると信じられていたことをヒントに、淵明が自分自身の田園生活の体験を組み込んで作ったという。しかし淵明の別天地は仙人の住む仙郷ではなく、平凡な人が住む所であった。淵明は若いころに儒教を学んでいて、理性的で現実的なところがあった。また同時に老荘思想と道教にも関心をもっていたけれども、神人や仙人の住む神秘的な神仙世界は信じていなかった。

一方、李白は道教の神仙郷に憧れて、不老不死の神仙になりたいと望んでいた。

淵明は、神仙に関心を持って詩を詠んでも「服食して神仙を求むるも／多く薬の誤る所と為る」「富貴《ふう き》は吾《わ》が願いに非《あら》ず、帝郷《ていきょう》（神仙の世界）は期《き》す可《べ》からず」と詠み、不老不死の薬には害があり、神仙世界に行くことを望まず、酒を飲むことがこの世の幸福であった。「飲酒」という詩では「御身大切とばかりに養生したところで、死んでしまえば体そのものが消えてしまうのだ」と無常を詠み、「自祭《じさい》文《ぶん》」という自分の葬式を詠んだ詩では「広い野原に葬って、魂を安らげる」と、魂は天に昇るという道教的な思想ではなく、むしろ身体が埋められた土地に魂が安らぐと考えていた。死後の魂は存在しないという考えではなかった。

淵明が山水の美しさを詠んだのも、人間は不老不死ではなく無常だという精神に基づく。「斜川に遊ぶ」という詩では「私の命もこのように次第に死に向かっていくのだ。それを思うと胸中がざわめき、吉日のこの日を待って斜川に遊びに出かけた」と詠み、川の流れ、舞うかもめ、はるかな湖水、遠くの山を褒める。老いて死ぬからこそ自然が美しいという思想である。

四季折々の自然の美しさを意識的に詠んだのは淵明が最初とされている。中国の詩と日本の詩歌に共通する美意識であり、虚子の花鳥諷詠にも流れる詩的精神である。人間の生命が永遠で死なないのであれば、詩歌はこの世に存在しないのではないか。人は死ぬから、自然を詠むのではないか。

芭蕉が引用した淵明の「帰園田居」では、「人生幻化《げんか》に似たり、終《つい》に当《まさ》に空無に帰すべし」と詠んでいた。仏教の無常観に似ているが、仏教思想をテーマとした詩は見当たらない。人生を幻と詠んだのは淵明が初めてだという。人の生命の無常は特に仏教に限った思想ではなく、荘子、陶淵明、李白といった老荘思想にも共通した考えである。

四十九歳の時の詩「形影神」は淵明の思想的成熟といわれ、形（身体）と体の影と神（精神）が登場する。形が「必ず死んでしまって跡形もなくなるのだ」といえば、影は「こうして一緒にいることが難しい、悲しいことにそのうち共に滅んでしまう。我が身が亡びれば名もまた消え去る」という。神（精神）は「造化の妙はえこひいきをすることがない」「人が天地人という三つの中の一つとなっているのは、この私、精神のせいではなかろうか」「老いも若きも同じく死がまちかまえている」「善行を積むのは喜ばしいことだが、死後誰が君のためにほめたたえてくれるだろう」「人生の大きな変化に身を任せ」「命尽きる時には尽きればいい」という。これは老荘の無為自然の思想に共通している。生きている今を大切に生きるというのは、宗教に頼らない思想では、淵明の詩に尽きている。

「影はただ、わたしの身体に付きまとうばかりだ」「ひとまずは、この月と影を友としよう」という李白の詩「月下独酌」は淵明の詩の〝影〟の影響であり、李白の詩は芭蕉に影響した。影を自らの魂・霊の象徴とするのも、陶淵明や李白に遡ることができる。

◇

李白は天衣無縫で奔放な性格であった。生前すでに伝説につつまれ、仙界からこの世に流罪となった謫仙《たくせん》と呼ばれていた。この時代の詩人は李白もふくめ、地方をまわり官吏に自作詩を献呈し、援助を求めて生活をしていた。詩歌だけで生活することの大変さは日本の連歌師や俳諧師に共通し、詩人・俳人に援助をするパトロンがいたことは中国と日本に共通であった。

李白の時代の唐の皇帝・玄宗は特に道教を重んじ、各地の道士を朝廷に呼び入れた。当時は科挙の科目は儒教ではなく、老荘等の道教の書物で受験ができた。玄宗は、政治よりも楊貴妃にうつつをぬかしていた皇帝である。皇帝の妹は道教の尼であり、この皇女のおかげで李白は宮廷に召された。李白の朝廷内での評判はよく、皇帝に命ぜられるままに娯楽的な詩を作っていた。『源氏物語』の訳者で李白の研究者であったA・ウェイリーは『李白』の中で、李白は仙人の実在と、仙人から仙術を学べることを信じていたという。李白の「古風」という詩では、「わたしは仙人に会いに来て、恭しくひざまずき仙術の秘法を尋ねた」「今こそまさにわたしは丹砂《たんさ》を練る暮らしに入り、永久に浮世の人々に別れを告げよう」と詠んでいる。

しかし、宮中の仕事は退屈で面白くなかったようだ。まわりの顔色をうかがう必要がないどこかの山に隠棲したいと望んでいた。長安に三年いて、四十三歳の頃、朝廷から追放されている。その後に杜甫と知り合い、二年間各地を遊歴し交情を深めた。杜甫は十一歳年下で、李白を大変尊敬して、「詩成れば鬼神を泣かしむ」とまで褒めている。この頃は、中国各地に「山人」と呼ばれる隠遁者がいて、官僚への道を目指していた人々の情報ネットワークがあったという。日本でも修験者の間で情報のネットワークがあったとされることを連想する。空海や西行が地図のない時代に全国の山河を旅できたのも、修験者のネットワークのおかげだといわれていることを連想する。

李白は杜甫と別れた後、道教の道士の修行をして、老子廟で正式な道士の免状を授与されている。李白は旅に明け暮れ、中国本土の全域を旅行した。その理由はよく分からないとされるが、道教の修行をしていたのではないか。李白の研究者は詩人という立場だけから李白を見ていて、詩の創作の背景にある、道教の信者であったことについてはあまり関心がないように思える。

人生は旅だという李白の思想は、西行や芭蕉等、日本の詩歌人に影響を与えてきた。

前述の「古風」という詩では、荘周が夢で胡蝶になり、覚めて胡蝶が荘周になった話を、「もともと一体であるものが交互に姿をかえて／万事はまことにはてしなく運動してゆくのだ」と理解して詩に詠んでいる。「上雲楽」という詩では「造化神」という漢字が使われている。荘子の説く森羅万象の「造化」を李白は神と詠んだ。『荘子』には「造化」という言葉だけであって「造化神」という言葉は見当たらない。「造化」そのものが「神」の意味を含んでいたが、李白ははっきりと「造化神」という言葉を使っている。

「日出入行」という詩では「ひろく大きく宇宙根元の精気とおなじ仲間になりたい」と詠み、「短歌行」という詩では「百年の歳月も残念ながらすぐにたつ／青空はひろびろとはてしなく／万年をへて物の根源は永遠である」と詠み、老荘思想の影響が思われる。

「長歌行」という詩では「東から吹く春風は万物を動かし／草も木もみな物を言いたげである」と詠む。

東の方角からの風が春を呼び、万物の生命が活動を起こすという四季の風神の思想や、草木が声を出して話すという詩歌的アニミズムの思想は、日本の詩歌精神に影響を与えた。草木が話すという思想はよく古代日本の詩歌に見る思想といわれるが、李白をはじめ古代中国の詩には普通に見られる詩的精神である。

李白が五十六歳の時に、加わった軍が反乱軍とされて流刑となっている。五十九歳の時に恩赦となり、その三年後に没した。

白楽天は「李白墓」という追悼の詩で李白を、「この荒れた墓の下の黄泉《よみ》の国の骨を憐れに思う」と詠み、「かつては天を驚かし、地をどよもす優れた詩文を作った人」と褒め称え、「しかし詩人の多くは幸せに遠く、なかでも李白ほど落ちぶれた詩人はいない」と、人生は不幸であったと詠んだ。

A・ウェイリーは、李白を含めて大詩人が後世の一般読者に知られるのは限られた作品だけであり、多くの作品は別れの宴や社交的な機会に友人に寄せた、一時的な挨拶の詩であったと指摘している。これは、芭蕉や高濱虚子等、日本の俳諧師や俳人にも当てはまる。山本健吉が俳句は挨拶だといったのが、すでに古代中国の漢詩においても多くの挨拶詩が見られることに共通していたことは、興味深い史的真実である。

柿本人麻呂VS大伴家持

人麻呂はなぜ歌聖・歌の神になったのか?

日本の文学は『万葉集』に始まった。日本で最初の「自覚的な詩人」は柿本人麻呂であったと山本健吉は『柿本人麻呂』で洞察し、「日本の文芸批評家が自分の国の古典について発言できないのは、文芸批評家として片輪なのではないだろうか」という。現代俳壇・歌壇に山本健吉のような批評家がいないと言われてきたのは、近代性のみが追求され、古典から現代詩歌に貫道する精神が軽視・無視されてきたからであろう。ここでは日本最古の文学である『万葉集』を虚心に学び、詩歌文学の始まりに籠められた精神は何であったのかを知りたい。

◇

人麻呂は、斉明天皇六年（六六〇）頃に生まれ、養老四年（七二〇）頃に没したとされるが、正確には不明である。藤原宮の女帝・持統天皇の時代に宮廷歌人として多くの歌を残した。祝詞・宣命・法典の編纂等をする撰善言司《よごとつくりのつかさ》という役所に所属していたと折口信夫はいう。帰化人や留学生等、当時の最先端の教養を持った優れた知識人が所属していた役所である。

近江朝の時代に百済が唐・新羅に負け、多くの官民が百済から日本に亡命して朝廷の要職にあった。『万葉集』初期の歌には百済の影響があると、北山茂夫は『柿本人麻呂』にいう。天智・天武・持統の時代は、朝鮮文化と中国文化を学ぶことが最も重要であった。

柿本人麻呂は『万葉集』を代表する歌人であり、死後に和歌・連歌の神となり、現在でも日本各地の柿本神社に祭神として祀られている。連歌師は歌道の神として床の間に人麿像を掲げていた。中国の道教神道では紀元前の古代から現在まで、詩歌・学問の神様として文昌という神が祀られてきたように、日本においても人麻呂・菅原道真・松尾芭蕉が詩歌・文学の神として祀られている。人麻呂・芭蕉がミューズとして祀られるのは、歌や句が優れていただけでなく、彼らが詩歌俳諧を通じて神々の信仰を詠んだことも一つの理由であろう。日本の文化史上、無神論者や僧侶が神として祀られることはなかったであろう。

人麻呂は歌人であっただけでなく、現代まで続く天皇中心の神道を歌によって弘めた、神官兼広報担当のような使命を担っていたようである。日本の大王に天皇という名前が付けられたのは、道教に深い関心があった天武天皇から持統天皇の時代にかけてとされる。人麻呂が歌人であった時代に重なる。

天武天皇の飛鳥浄御原宮に付属する工房遺跡である、飛鳥池遺跡から出土した木簡には、「天皇聚露」（天皇露を聚《あつ》めて）と書かれている。これを最も確実な証拠として、天武朝には天皇という称号が成立していた可能性があるという。天武天皇は道教に深い関心があったから、天武天皇の周辺には道教に詳しい渡来人がいたようだ。天武天皇の在位は六七三年から六八六年だから、人麻呂が十三歳頃から二十六歳頃の間であり、持統天皇が在位した時には人麻呂は三十歳頃である。

持統天皇の時代の宮廷歌人であった人麻呂は、『万葉集』で「天皇」という言葉を使った歌人であった。『古事記』『日本書紀』が天皇を中心とする日本国家の歴史を記述し、人麻呂は『万葉集』で天皇の名を歌に詠むことによって、天皇を神とした思想を弘めた。

人麻呂の詠んだ草壁皇子への挽歌〈飛鳥《とぶとり》の　浄《きよみ》の宮に　神ながら　太敷《ふとし》きまして　天皇《すめろき》の　敷きます国〉で天皇という言葉が使われた。天皇という言葉は、中国の宗教である道教神道において最高の神である北極星を意味していて、天地に君臨する神であった。星神・北極星の天皇という言葉を日本の王の名前につけたことは、人麻呂の周辺にいた道教に詳しい渡来人の知恵によるものであろう。

大君《おおきみ》は神にしませば天雲《あまくも》の雷の上に廬《いお》りせるかも　　人麻呂

「天皇」という言葉も、王を「神」というのも、人麻呂の時代以前には遡ることができず、「全く新しい思想」と佐佐木幸綱は『柿本人麻呂ノート』にいう。「新しい思想」とは日本固有の思想ではなく、渡来した道教神道の思想であった。人間の王の名前を天皇としたから、人間が神となったのである。大君の「君」というのも、道教では神の名に付けられていた。人麻呂は日本の王に、天皇という中国における最高神の名前をつけ、人間を神にして歌い上げた。

歌に詠み、宮廷の宴の席で歌われ、それが貴族や民衆に伝えられることによって、現実の政治の世界で人間の王が天皇という最高の神になっていった。人麻呂が歌の中で使う言霊というのは、言葉に出すことによって言葉の世界が現実化する働きである。人間の王が天皇・神と人麻呂により歌われることによって、日本史において人間が神とされたのであり、太平洋戦争の後に天皇が人間宣言をしても、天皇という神の名前が憲法で使われるかぎり人間ではなく神に近い象徴と思いがちなのは、古代から続く歌の力である。日本人は、一度制度が定められると廃止することは困難であり、五・七・五・七・七の定型や二十四節気の伝統が古代から続いているのも、天皇という神の名が続いているのも、同じ詩歌の言霊の力である。

『万葉集』の歌が多くの人に読まれることにより、日本人の無意識的な精神が形成されてきた。天皇という言葉を人麻呂の周辺にいた官僚たちが道教から取り入れたが、人を神とする思想は荘子の思想に基づく。『荘子』には真人・神人という言葉があり、宇宙の根源の真理である道（タオ）を体得した人が神人と呼ばれた。神人の心は万物の鏡であるため、古代道教において鏡が神を象徴するという思想が『古事記』に取り入れられ、鏡を「我が御魂《みたま》と思え」といった天照大御神の言葉となり、多くの神社の宝となった。荘子や老子が神になったのも、大王が天皇になったのも同じ思想である。天皇・神人・神社・鏡・定型詩・歳時記の四季観のルーツは、すべて古代中国の道教の神観念に依拠している。

中国では王の名前は皇帝であり、皇帝は神ではなく、皇帝の上には天皇という神があった。革命は神の命であり、革命が起きると皇帝は交代した。日本では大王が天皇という神になってしまったため天皇の上の神はなく、革命は生じなかった。天照大御神は天皇の祖先となり、本来の北極星の神は隠れてしまった。天皇を中心とした記紀神話と神の名前が創られたのは、天武天皇から持統天皇にかけて、政治と宗教に優れたエリートが企図したものなのであろう。

磯城島《しきしま》の大和《やまと》の国は言霊《ことたま》の助くる国ぞ真幸《まさき》くありこそ

この短歌は〈葦原の　水穂の国は　神ながら　言挙げせぬ国　しかれども　言挙げぞわがする〉という長歌への反歌である。山上憶良が一行にいた時の、遣唐使を送る時の人麻呂の歌とされている。言霊とは、言葉で表現された状態が言葉の力で事となって実現する働きである。「いや重け吉事」という言葉が『万葉集』最後の大伴家持の歌にあるように、未来の吉事を願う歌を詠めば実際に幸福がやってくるという信仰である。吉野の「吉」は吉事の吉であり、吉凶の吉である。吉凶は道教での占いの言葉であり、言霊によって吉を呼ぶのが祈りであり歌の働きであった。

わが国は　常世《とこよ》にならむ　図負《ふみ》へる　神《あや》しき亀も　新代《あらたよ》と

これは「藤原宮の役民の作る歌」と題する長歌の一部である。「わが国」は永遠に幸福な国になることが神秘的な亀の背に画かれていて、即位された新しい女帝の治める世を祝うという意味である。これは農民の歌ではなく人麻呂の長歌とされる。常世と神亀という言葉は中国の道教思想に基づき、『荘子』に見られる。亀は、吉凶占いに亀の甲が使用されたため神とされた。常世というのは神仙の国であると『日本書紀』に書かれている。神仙とは道教にいう不老不死の天の国であり、蓬萊とも呼ばれ亀の上に載っていた。仏教の無常の思想に対し、老荘思想には永遠性としての「常」を重んじる考えがある。

　大和の　青香具山《あおかぐやま》は　日の経《たて》の　大御門《おおみかど》に　春山と　茂《しみ》さび立てり　畝傍《うねび》の　この瑞山《みずやま》は　日の緯《よこ》の　大御門に　瑞山と　山さびいます　耳成《みみなし》の　青菅山《あおすげやま》は　背面《そとも》の　大御門に　宜《よろ》しなへ
　　神さび立てり　名くはし　吉野の山は　影面《かげとも》の　大御門ゆ　雲居にぞ　遠くありける

　これは「藤原宮の御井の歌」と題する長歌の一部である。藤原というのは藤井が原という土地の名前からきており、藤井というのは井戸の神を表した。この長歌も人麻呂の歌とされている。藤原宮を囲む四つの山、香具・畝傍・耳成・吉野の山は、古代中国の風水思想によって決められた。藤原宮・奈良の都・京都の都は風水に基づいて土地が決められた。中国・香港・台湾では現在も、墓やビルの設計に風水が応用されている。飛鳥から藤原宮の時代には、百済から亡命してきた渡来人によって都の土地が決められ、人麻呂の歌も風水の思想を反映している。人麻呂の時代は古代という言葉から連想される時代ではなく、むしろ唐や朝鮮の新しい文化を学んでいた時代であった。日本がアメリカのＩＴ技術を取り入れたように、人麻呂の時代は唐や朝鮮から当時の近代的な知識・技術を取り入れていた。日本が世界で生き残るためには最新の知識・技術を真似しなければならないのは、昔も今も同じである。

　　東《ひむかし》の野《の》に炎《かぎろい》の立つ見えてかへり見すれば月かたぶきぬ

「軽皇子《かるのみこ》の安騎の野に宿りましし時」に詠まれた人麻呂のこの歌は有名であるが、一見やさしそうに見えながら、その意味の背景を考えると大変難解な歌となる。この歌だけを読むと写生の歌のようだが、前後の歌を読むと写生歌ではない。この歌の前後には次の三首がある。

阿騎の野に宿《やど》る旅人うちなびき眠《い》も寝《ぬ》らめやもいにしへ思ふに
ま草《くさ》刈る荒野にはあれど黄葉《もみじば》の過ぎにし君が形見《かたみ》とぞ来《こ》し
日並皇子《ひなみしのみこ》の命《みこと》の馬並《な》めて御狩《みかり》立たしし時は来向《きむか》ふ

なぜ人麻呂は軽皇子と一緒に飛鳥の宮から馬に乗って山道を越えて、雪の降る大和国の宇陀郡阿騎野で一夜を過ごしたのか、なぜ朝になって東に太陽を見て同時に西に月を見たのか、その意味は歌からは全くわからない。太陽が東から昇る時に西に月が沈むのは、万葉学者・犬養孝が『万葉の旅』に載せた写真によると、十二月二十三日の午前六時半である。では、なぜ冬至の頃の雪の降る寒い時にわざわざ山に登り徹夜したのか、理由はわからない。「いにしへ思ふ」「形見」とは、女帝・持統天皇の孫である軽皇子の父・草壁皇子（日並皇子）と一緒に、以前人麻呂が同じ地に猟に来ていることをいう。

これら一連の歌は、草壁皇子への鎮魂・追懐や、軽皇子の英姿を歌ったという解釈があるが、すでに否定されている。万葉学者・森朝男は『古代文学と時間』の中で、個人を詠んだ歌ではなく天皇が即位の後に行う大嘗祭を意識した歌といい、佐佐木幸綱も同意している。大嘗祭をはじめとして、天皇の儀式は夜の八時頃に始まり翌日の朝六時頃まで行われる。伊勢神宮の儀式や天皇関係の重要な儀式が深夜に行われるのは、天皇の意味が道教では北極星であり、北極星が輝いている時間に儀式が行われたからであろう。

天皇の先祖が天照大御神ならば儀式は昼間に行われるべきだが、重要な儀式が行われるのは星の神が輝いている時間である。個人の鎮魂であれば山中で徹夜する必要はなく、御陵や飛鳥の宮の近くで昼間に行えばよかった。軽皇子の父・草壁皇子が以前同じ土地に来ていたというだけで、鎮魂の儀式を徹夜で行う必要はなかったであろう。問題は、なぜ父もまた同じ場所に来ていたのか、そこで何をしていたのか、ということになる。父と子は、寒い冬空の下でなぜ徹夜をしたのであろうか。

夕方、東には月を見て、深夜に北極星や北斗七星を見て、朝、東に昇る太陽を見て、西に沈む月を見た。道教において太陽は日神であり、月は月神であり、北極星は天皇という名の最高神であった。犬養が載せた写真から理解できることは、太陽・月・星の天体の様子が一夜で一度に見られる場所は阿騎野であり、平地ではなかったということである。人麻呂は個人的な関心で場所や歌の内容を決めたのではなく、当時の祭式に従っていたのであろう。冬至の頃の天体の状態と、場所の条件と、祭式とがこの歌の環境を決定しているのであって、亡き草壁皇子・軽皇子・人麻呂たち個人の心情の歌ではなかったであろう。

すでに同じ場所で、全ての参加者に共通する儀式を行っていた。天皇になるための天皇霊の受霊儀式、と白川静が『初期万葉論』で洞察する理由が最も合理的である。冬至を陰陽交会の時として、生死の転換の際として受霊の儀礼が行われるのは、もとより中国から得た知識だ、と白川が述べるところはまさにその通りである。しかし白川はそれ以上何も語っていないため、天皇霊の受霊とは具体的に何かは分からない。人麻呂の周りにいた百済や唐からの渡来人にとって、天皇という言葉が道教での北極星の最高神であったから、星神の輝く下でかつての皇太子・皇子は、天皇になるための祈り・儀式を徹夜で行ったのではないか。山中で徹夜をした合理的な理由は他には考えられない。天皇の祖先が天照大御神であるならば、天皇霊の受霊は太陽の下で行えばよいにもかかわらず、宮廷・神社に関する儀式・祭式が星の下で実施されるのは、日本の天皇の神道が道教神道に依拠していたからであろう。

以上は私の仮説であるが、よく似た儀式を島尾新は『もっと知りたい雪舟』の中で書いている。雪舟が「四季山水図巻」を周防（山口県）の大内氏の殿様に献上したのは、大内家の正統な世継の儀式のためであった。大内氏の氏神が北極星の神・妙見菩薩であり、後継者は北極星の神の神性を身に付ける儀式をしたという。大内氏は朝鮮・百済の聖明王の末裔であった。妙見信仰は道教の一種である。私の仮説と同じ信仰の構造が大内家の儀式に見られる。室町時代に中国地方と北九州を支配していた大内氏が、天皇家とよく似た北極星の神霊を身に付ける神事をしていたことは、日本の宗教史・政治史においてほとんど無視されてきたことであろう。

北極星・北辰を一般人が祀ることを禁じたのは、「天皇」という言葉の意味が北極星だからである。天皇を王の名前にして、天皇の祖先を日神の天照大御神とした記紀神話を定めたため、道教を禁じていた。人麻呂歌において夜に実施されたことは秘儀であった。東に太陽を、西に月を見たのも道教神学である。福永光司によれば、京都御所の東西には日華門と月華門があり、日華とは日光の気、月華とは月光の気であり、日月の気を体内に取り込むことにより永遠の生命を得るとする神仙の術に依拠している。高松塚古墳やキトラ古墳の壁画に見られる構造、東西の日神月神、天上の星神、東西南北の四神に守られて死者が永遠の生命を得て眠る構造と、人麻呂の歌の構造とが同じであるのも偶然ではない。大宝元年の正月の拝賀の儀式に日月四神の幡が立てられるのも、同じ精神構造に基づいていよう。

◇

日本の古典に星が詠まれることは少ないとよく言われてきたが、それは日本人の感性や精神構造に理由があるのではなく、星を詠むことに政治上さしつかえがあったからではないか。『万葉集』の時代に、中国の皇帝にとっての神であった天皇という北極星の神を大王の名前としたことに加えて、飛鳥朝廷の役所では陰陽寮を設け、天体を観察して異変を天文博士に報告し、占書に基づき占文を内裏に密奏した。『日本書紀』には「星入月」等の天文記事が多く書かれている。天文上の位置関係が政治上の決断・判断に応用されていた。

陰陽道は道教の日本化であり、道教には星占いの書物が存在する。養老四年（七五九）に施行された『僧尼令《そうにりょう》』では、天文を観測して災難・吉祥が起こることを語って庶民を妖惑することが禁じられ、『類聚国史』延暦十五年（七九六）三月には「禁祭北辰」とあって北辰の祭祀が禁じられていたことから、飛鳥時代にも同様の禁制があったのではないかと推測する。

花鳥諷詠と近代的憂愁のルーツ

大伴家持は、養老二年（七一八）頃に生まれ、延暦四年（七八五）に没した。奈良時代の貴族・歌人であり、歌人・大伴旅人の子である。長歌・短歌の合計が四七三首というのは『万葉集』全体の一割を超え、家持が『万葉集』の編纂にかかわったとされている。貴族の恋愛に相聞歌は必須であった。『万葉集』には八人の女性から家持へ贈られた相聞歌が残されているが、一方で家持から五人の女性へ贈った歌は除かれていることが、家持編纂の根拠の一つとなっている。

大伴氏は大和朝廷以来の武門の家であり、祖父・安麻呂、父・旅人と同じく律令制下の高級官吏として、天平の政争の中で家持は中納言まで昇っている。祖父・安麻呂は壬申の乱において大海人皇子《おおあまのおうじ》（後の天武天皇）側につき、近江軍粉砕に大変貢献していた。

聖武天皇の時、左大臣が長屋王《ながやのおおきみ》で、父・大伴旅人が中納言であったため、藤原氏によって自害させられた長屋王の変は大伴氏の没落を暗示していた。長屋王の私邸が詩宴の場所となり、そこで詠まれた漢詩が『懐風藻《かいふうそう》』に纏められている。中国の道教をまねて吉野を神仙郷とした漢詩が多く詠まれた。長屋王は、当時禁じられていた左道《さどう》と呼ばれる道教を信じていたことが、自害させられた理由の一つとされる。家持は子供ながらに敏感に政治の環境変化を感じていたであろう。

◇

新《あら》しき年の始《はじめ》の初春《はつはる》の今日降る雪のいや重《し》け吉事《よごと》　家持

新年というのは新しい収穫の始まりとしての年であり、初春が四季の始まりであったのは、古代中国において初春に一年の豊作を神に祈ったからであり、家持の時代でも同じであった。中国の詩において雪が豊年を約束していたから、雪が豊作の予兆となり、雪が積もることに対し豊作という吉事を願った。この有名な歌は七五九年、四十二歳の時に左遷させられていった因幡国（現・鳥取県）での正月の寿歌である。『万葉集』最後の歌であると同時に、家持の人生に残る最後の歌とされる。

十五歳から四十二歳まで多くの歌を詠んだにもかかわらず、四十二歳から六十八歳で没するまでの二十六年もの間の歌が一切見つかっていない。歌を意識的に一切歌わなくなったとする学者と、山本健吉や中西進のように、歌は詠んだが見つかっていないとする意見があり謎である。藤原家により大伴家がお家断絶に遭う状況であったから、家持が政治に没頭せざるを得ない状況を考えると、歌は詠んでも意識的に残さなかったのであろう。

因幡守の後は、薩摩守・相模守・伊勢守を経て中央の参議にまで昇進、蝦夷を治める多賀城の持節征東将軍として軍の指揮官となったが、蝦夷と戦争をすることなく陸奥で没している。時代はすでに桓武《かんむ》天皇の世であった。

政変に翻弄されつつも朝廷に忠実であり、地方の長官としてそつはなかったようだ。藤原氏が政治と全軍力を握り政変が相次いで起こった時代に、家持は歌を詠むよりも、大伴氏一族のさらなる没落を防ぐための昇進活動と政治に集中せざるを得なかったであろう。祖父の世代の人麻呂や父の世代の山辺赤人のような宮廷歌人と異なり、歌は四十二歳までの風流事であったと考えられる。

引用歌は農事予祝の吉事を祈願した歌だが、藤原氏によって没落した大伴氏一族の魂の叫びのようだ。家持は死後に、種継暗殺事件の謀議に加わったことにより除名され、家財を没収されている。それまでも家持は反・藤原氏の事件にかかわったと想像されているが、資料は何も残っていない。

春の野に霞たなびきうら悲しこの夕かげに鶯《うぐいす》鳴くも
わが宿《やど》のいささ群竹《むらたけ》吹く風の音のかそけきこの夕《ゆうべ》かも
うらうらに照れる春日《はるひ》に雲雀《ひばり》あがりこころ悲《かな》しも一人し思へば

この三首は七五三年、家持が三十六歳の時の作品であり、絶唱の春愁三首と呼ばれてきた。越中守（現・富山県）として二十九歳から五年間勤め、少納言に昇進して奈良の都に帰っていた時の歌である。個人的な孤独感、憂愁の感情が歌われ、『万葉集』の中では新しさと近代性が感じられる。近代人・現代人の孤独な憂愁の感情としても共感できる歌である。

人麻呂が没したころ家持が生まれたから、生きた時代が全く異なっているわけではないにもかかわらず、飛鳥・藤原宮と天平・平城京の時代では政治と宗教に変化が生じ、その影響を受ける文学の世界にも変化が生じている。公の歌・宴での歌とは異なり、個人の孤独な憂愁を歌う時代になっていた。「うら悲し」「こころ悲し」という感情は現代人も共感することができる。何かしらもの悲しくて、特に原因はないと思っても不思議ではない。霞がたなびく夕刻に鳴く鶯の声は悲しみを呼ぶ。さらに暗くなり、細い竹に吹くかすかな風の音を聞いている。自宅の庭に竹を植えるのは、老荘思想の影響を受けて竹を好んだ文人たちが「竹林の七賢」と呼ばれていたことを連想させる。鶯の鳴き声も雲雀の囀りも、家持の孤独な魂を象徴する。家持の悲しみは命がもつ悲しみ、生存そのものの悲しみでもある。中西進は、これらの歌は近代的な存在の孤独感ではなくて、むしろ古代的だという。「こころ悲しも」というのは、平和な治世を乱す者がいたから悲しいという。

高濱虚子が唱えた「花鳥諷詠」の花鳥は、『万葉集』においては歌人の心情を表すための自然の生き物であった。現代の俳句に見られる、春の季節感としての花や鳥という季語・季題と人の思いとの関係はすでに『万葉集』に見られ、中国の詩から学び日本化したものであった。

これら三首に続く左注に見られる「春日遅々」という言葉は中国の『詩経』にあり、「こころ悲しも」という言葉も同じ詩の「女心傷悲」を踏まえていた。今から千年以上前の近代的な憂愁の歌が、二千年以上前の古代中国の漢詩を踏まえていたのは興味ある事実である。

なぜ家持は「悲し」と感じたのか、後世の研究者はその感情の原因を探りたがるものである。この三首独詠の後、作歌を五ヶ月間中断していたという。その理由を、出世に遅れ時流からとり残されていく家持の孤独、と北山茂夫は『大伴家持』で想像する。この歌の前年には東大寺の大仏の開眼会が開かれ、僧尼が一万人参列したという。盛大な儀式が行われたにもかかわらず家持が一首も歌っていないことを考えても、この歌の頃の家持は政治的にもなにか孤独の悲しみにとらわれていたようである。

家持が十四歳の時の父の死、二十二歳の時の愛妾の死、二十九歳の時の弟・書持《ふみもち》の死を思うと、親しい人が周りになく、中央においての昇進の遅れ、藤原氏が政治の中心を占める時代において、大伴氏の復興を果たさなければいけないにもかかわらず援護してくれる貴族の少なさ等々、個人的に孤独の悲しみの極にいたようだ。個人の孤独と悲しみには何らかの原因があったと考えられる。

家持は律令制・官僚政治になじむことができなかったのではないか。官僚は民衆のために働くのではなく、自らの昇進だけを願って働き、賄賂もあった。家持は官僚制の中でうまくやっていくことを嫌ったかもしれないが、そこから逃避することは出来なかった。孤独さと悲しみの感情は全く原因のないものではなく、『万葉集』最後の歌と同様に、時代に鋭敏な詩人的性格をもった家持の、大伴氏全体の孤立と没落の悲しみの予兆であった。

　うつせみの世は常なしと知るものを秋風寒み偲《しの》ひつるかも
　うつせみは数なき身なり山川《やまかわ》の清《さや》けき見つつ道を尋《たず》ねな
　泡沫《みつぼ》なす仮《か》れる身ぞとは知れれどもなほし願ひつ千年《ちとせ》の命《いのち》を

一首目は、二十二歳の時に詠んだ亡き愛妾への挽歌である。名前が判明しない若い妾は幼い子供を残し、佐保山のほとりで火葬されたという。人の世は無常と知ってはいても、秋風の寒さに彼女のことを思い出したという歌である。無常観に基づくが、諦めることはできず、やはりめめしく亡き人を思わざるを得ないという率直な感情をそのまま詠んでおり、現代人にも通じる。

二首目は「修道」を欲して作ったと前書にいう。人の生命ははかないものだから、山川の清らかさを見ながら仏の道を求めたいと詠む。聖武天皇が亡くなって七七日《なななぬか》（四十九日）の間の、三十九歳の時の歌である。聖武天皇は毘盧遮那《びるしやな》仏を建立し仏教を信じた。仏教的な無常観は一般化していた。「数」とは仏教の言葉で存在を意味している。

三首目は二首目と同じ時の歌である。二首目では仏の道を求めたが、三首目では千歳の命を祈願する。永遠の生命を希求するのは、宗教的には道教の神仙思想であり神道思想である。水の泡のような仮の身と分かりつつ、千歳の永遠の生命を願うのが人間の心である。家持はこの歌で、仏教の無常観と道教の不老不死の精神を比較している。

万葉人であれ現代人であれ、人の死に遭って人間の生命の無常を知る。しかし、無常を克服して悟るためには釈迦の説くような厳しい戒律を守らなければいけないが、戒律を守ることは僧侶でも困難であり、普通の人には不可能である。無常を知りつつ、永遠の生命を神に祈らざるを得ない。そして、インドから中国・朝鮮・日本に入ってきた仏教の仏は、すでに永遠の生命を求め祈られる神のような存在に変貌していた。家持が祈ったように、現代人も生命の無常を知りつつ、正月には「千歳の命」を神仏に祈らざるを得ない。

春の苑 紅《そのくれない》にほふ桃の花下照《したで》る道に出で立つをとめ
もののふの八十《やそ》をとめらが汲《く》みまがふ寺井《てらい》のうへの堅香子《かたかご》の花

家持三十三歳の時、越中での歌である。

一首目では、春の苑が桃の花によって赤く照り映えている。桃の花が下を照らす道に出ている乙女を詠む。この歌の二年後に描かれたとされる正倉院の樹下美人図を、すでに知っていたかのようだ。この歌は、桃の花を日本の詩歌史において初めて詠んでいる。また、三つの体言止めにしたのも技巧的には初めての試みであり、三句切れの俳句のような効果がある。

古代中国の『詩経』の「桃の夭夭《ようよう》たる、灼灼《しやくしやく》たるその華《はな》。この子《こ》ここに帰《とつ》ぐ」（桃の木の若々しくつやつやしいのに、輝くように華やかな花が咲く。乙女は嫁いでいく）の詩を踏まえている。新しい感じがする家持の歌も中国の詩の影響を受けていた。古代中国の詩における花と女性のイメージに基づき詠んだ歌である。桃と女性のイメージは、道教の西王母にみるように神仙境の仙女に依拠していた。俳句の花鳥の背景には『万葉集』の花鳥があり、その奥には古代中国の花鳥の文学・文化があった。

二首目も同じような発想の歌である。たくさんの氏族の乙女たちがかわるがわる水を汲み、寺の井戸のほとりにはカタクリの花が咲いている。五・七・五の上句と七・七の下句が両方とも体言止めで技巧上切れていて、『新古今和歌集』における技巧のさきがけのようである。連歌・連句のルーツでもある。二首とも『万葉集』にしては現代にも通じる新しさを感じるのは、体言止めによる切れがあるからだろう。また花と乙女の組み合わせは、美しさ、楽しさ、明るさを感じさせる。

夢《いめ》の会《あい》は苦しかりけりおどろきてかき探れども手にも触れねば

これは家持が二十三歳の時に大伴坂上大嬢《おおとものさかのうえのおおおとめ》に贈った恋歌であり、夢の中で出会っても、目覚めればいくら探っても手には触れないので苦しい思いがするという意味である。唐の小説『遊仙窟』によく似た話があり、現実と夢の間に通うものを家持は自分自身の歌としている。夢の中の女性は手に触れることができないから逆に心が苦しい、というのは不思議な現象である。

春風の花をちらすと見る夢は覚めても胸のさわぐなりけり　西行

西行に全く同じ心の構造の歌がある。夢の中で春風が花を散らすのを見たが、覚めてもあたかも実際に散った時と同じ感情がわいている不思議を詠む。西行が中国の小説か家持の歌を読んでいたかはわからないが、西行と家持の詩魂に共通するものを感じる。

◇

古代中国の詩歌に四季観や恋の詩が少なくて、四季観と恋の歌は日本文化に固有なもの、とよく語れることがあるが、日本文化への中国文化の影響を認めたくない人々の政治的な意見であろう。

最近の『國學院雑誌』創刊一二〇周年記念特集号に、辰巳正明の「万葉集と楽府系歌辞」という論文があり、「日本人の季節感は、漢文学の理解から出発する」と明瞭に書かれている。日本の古典文学の研究には中国の古代文学の研究が不可欠であるようだ。中国の南北朝時代（五〜六世紀）には、楽府《がふ》と呼ばれる歌の中に相聞四時歌があり、恋の歌が四季観をともなって歌われていたことが論じられている。

辰巳訳の例によれば、春歌の一節「恋人は春の月に戯れ、スカートのすそを引いている」、夏歌の一節「月の明かりの中で芙蓉を摘み、夜毎に恋人と一緒にいる」、秋歌の一節「恋人は臥したままで帰らず、名月の中で遊ぶ」、冬歌の一節「恋人は夜具を重ねて寝るので、しとねの中は夏のように暑い」が引用される。『万葉集』巻十の多くの四季相聞歌に深い影響を与えていたことを知ることが出来る。

大日如来という光の仏

空海の『秘蔵宝鑰《ひぞうほうやく》』序詩は深い思想を詩的に表現する。多くの書物、とりわけ密教の経典を読んで深く学ぶことの重要性を詠んでいる。空海は、難解な密教を詩的な表現で人に伝えることができた天才であった。

「悠悠《ゆうゆう》たり悠悠たり太《はなは》だ悠悠たり」

私たちの前には、読まなければならない千万巻の書物が限りなくあって、途方にくれることを詩的に表現している。

「杳杳《ようよう》たり杳杳たり甚《はなは》だ杳杳たり」

広く深い道を説く多くの道があると詠む。

「生まれ生まれ生まれ生まれて生《しょう》の始めに暗く」

「死に死に死に死んで死の終りに冥《くら》し」

聖人の残した書物を理解せずに、私達はただ生死輪廻を繰り返していると空海は詠む。

芭蕉は「許六離別の詞」の中で空海について触れている。「古人の跡をもとめず、古人の求めたる所をもとめよ」と南山大師（空海）が書道について述べたことは、風雅（俳諧）もまたこれと同じだと芭蕉はいう。俳諧と書道に共通する精神は、「書も同じく古人の意にならうことをよしと考えていますが、古人の書跡に似ていることを巧みだとはいたしません」という『性霊集《しょうりょうしゅう》』（空海）の言葉である。言葉の技巧をただまねるのは易しいが、言葉の本意を知ることは難しい。本意とは俳諧・書・漢詩に共通する精神である。空海が求めた精神・思想を、今日私たちが理解することは難しい。

仏教の思想が難解であるのは、インドの仏教の言葉を翻訳した中国の言葉が抽象的で難解である上に、同じ仏教でも宗派によって異なる思想を唱えているからであり、仏教の全ての宗派に共通した理論・体系が存在しないからである。例えば、密教と浄土真宗はどちらも仏教であるが、この二派に共通して一貫する精神・思想があるわけではない。仏教史において、釈迦の思想から体系的に派生して発展してきたのではなく、宗祖が異なると全く別の思想が唱えられてきた。同じ思想に貫かれた仏教とは思わずに、考え方が別の宗教だと思った方が分かり易い。真言宗において空海は空海独自の空海教を唱え、浄土真宗において親鸞は親鸞独自の親鸞教を唱えていたのである。

釈迦は釈迦教を唱えたが、大乗仏教は釈迦教ではなく、各々独自の宗教を唱えてきた。釈迦、空海、親鸞の思想の論理的な一貫性を理解しようとすると大変な混乱に陥る。釈迦、空海、親鸞、道元等々、多くの宗祖の説く思想は全く別だと思ったほうがむしろ分かり易い。

自力で悟ろうとする釈迦仏教の宗教とは根本的に異なる大乗仏教（他力の信仰）が発生してきた。先祖の墓の前で先祖の霊に祈るのは仏教固有の精神ではなく、宗派の思想からやってきたのではない、仏教伝来以前の精神であろう。先祖の霊を大切にする儒教や道教の影響も考えられる。一般の多くの日本人が仏教徒であるのは、先祖の墓が仏教宗派の寺によって管理されていることが大きな理由であり、例えば空海や親鸞の思想・精神を理解しているわけではない。江戸時代に決められた檀家制度が今も存在して多くの人は従っているけれども、今自由に宗派を決めなければならなくなったとしたら、日本人は何によって決めるのであろうか。どの宗派を選ぶかは難問であろう。

釈迦と初期・原始仏教は、修行者自らが悟りの境地に到達するべく自力で努める禁欲主義であり、心の外部に存在する仏像を拝むということはなかった。一方、大乗仏教では在家信者が仏像を通じて拝み信じる宗教に変貌し、密教は特に欲望を肯定した。空海も親鸞も、死後は信者に崇められて祈られる神のような存在となった。空海の教えも親鸞の教えも自ら唱えたものではなく、中国での密教、浄土宗をベースにして日本化したものであった。さらに霊魂を認めて葬式・法事に関与しているのは、インドでの仏教とは大きな違いである。空海は神々を認めたが、親鸞は神社にお参りすることを認めてはいなかった。浄土真宗には位牌がなく、同じ大乗仏教でも考え方が異なる。

空海の真言宗は大日如来という仏、親鸞の浄土真宗は西方の極楽浄土に住む阿弥陀仏を信じる宗教であり、釈迦という人間の教えを絶対的に信じる仏教ではない。空海は大日如来という太陽神に近い仏を通じて宇宙的な光を見つめ、親鸞は阿弥陀仏という無量光の仏を通じて浄土の光を見つめていた。日本文化は蛸壺的といわれるように、神道・仏教には八百万千万《やおよろずちよろず》の神仏と多くの宗派・教義・思想が歴史上、戦争や論争を経て共存・共生している。空海も親鸞も宗教家であるから、書物を通じて仏教思想を理解できるというわけではなく、最後は実践を通じての信仰を要求されるが、まずは文章を通じて理解をはじめるほかはない。

◇

空海は、宝亀五年（七七四）讃岐国多度郡屏風浦（現・香川県善通寺市）に生まれ、承和二年（八三五）三月二十一日、六十二歳（満六十歳）で高野山で入滅した。身体は死んだが魂は今も生きていると信じられ、高野山では今も毎日食事を用意しているのは、日本人が神棚の神に食事を捧げる精神に近い。空海の魂・精神が今も生きていることが信じられなければ、真言密教を信じたことにはならないであろうか。空海の即身成仏を理解することは簡単ではないようだ。

空海は平安時代に活躍した真言宗の開祖である。諡号《しごう》は弘法大師で、幼名は佐伯真魚《さえきのまお》。宗教上のライバルは日本天台宗の開祖・最澄（伝教大師）であったが、ここでは思想上の大きな違いから親鸞と比較したい。

空海は能書家であり、嵯峨天皇・橘逸勢《たちばなのはやなり》と共に三筆と呼ばれる。大学での勉学を見限り、十九歳の頃山林修行に入った。当時、自然神道と中国・朝鮮から渡来した道教・仏教の混淆した山岳宗教が弘まっていた。二十四歳で儒教・道教・仏教の三教を比較した『聾瞽指帰《ろうこしいき》』を書き、仏教が最善の宗教と判断した。室戸岬で虚空蔵求聞持法《こくうぞうぐもんじのほう》を修し、御厨人窟《みくろど》で修行中に口に明星が飛び込み、仏と一体となって悟りを開いたとされる。空海にはキリストのように神秘体験が多く、他者が追体験できないところが多い。中国語が堪能で、唐に渡る前に日本で読み得る仏教の経典をマスターしていた。空海は九世紀に活躍したが、中国の初唐には「海空智蔵」という道教の道士が登場する『海空経』が書かれ、空海は道教について多くの書物を読んでいたから、「空海」という名前は「海空」から来た可能性が考えられる。

『聾瞽指帰』は後に『三教指帰《さんごうしいき》』となっているが、基本的には変更はない。なぜ重要な三つの宗教に神道がないのか疑問であるが、専門家もその疑問には全く触れていない。空海ほどの人が、仏教と比較するために日本の宗教として神道を選ばずに、なぜ日本人に弘まっていないとされる道教を選んだのかは謎である。奈良時代から平安時代にかけて、神道は道教とよく似た宗教と思われていたから、四教比較ではなくて三教比較をしたのではないか。道教よりも仏教が良いと判断すれば、必然的に神道よりも仏教の方が良いことになったのではないか。また、日本の神道の本質は道教神道の本質と同じだと空海は思っていたのだろうか。長寿を神々に祈ることにおいて、神道と道教は共通している。

空海は、長安で青龍寺の恵果《けいか》和尚に師事し、密教の大悲胎蔵《だいひたいぞう》、金剛界の灌頂《かんじょう》を受けている。三十二歳で伝法阿闍梨位の灌頂を受け、大日如来を意味する遍照金剛《へんじょうこんごう》の灌頂名を与えられた。四十三歳の時に高野山開創を許可されている。

密教はインドで発生して中国に渡り、チベットや日本に伝わり、現在はチベットと日本以外では消滅した。仏と人が合一する神秘主義であり、加持祈禱や護摩を中心とした呪術でもある。インドのバラモン教は多神教で祭祀・儀礼を行い、その時の聖なる言葉を真言（マントラ）と呼ぶが、密教に影響している。釈迦教に一般大衆の人気がなくなった後、大乗仏教の一つとしてヒンズー教の儀礼を取り入れた密教が発生し、日本に伝わって雑密《ぞうみつ》と呼ばれた。初期密教では十一面観音、千手観音等の多面の変化観音が生じた。多くの顔が多くの民衆を救済するという思想を象徴している。その後に空海が唐で学んだ密教は経典『大日教』と、大日如来を中心として人間と仏が合一するための曼荼羅である。「仏」の意味は釈迦や人から、人を超越した神的存在に変化していた。

空海には『秘密曼荼羅十住心論』という宗教思想を体系化した著作がある。悪を犯し宗教に無関係の心の状態である「第一住心」から始まり、宇宙の大生命の秘密に参入し即身成仏となる「第十住心」にいたる、十の型に分類した著作である。儒教・道教と真言宗以外の日本の仏教宗派を批判して、真言宗が最も優れていることを説く。論理的ではあるが、究極的には大日如来を信じるかどうかが大切であり、その信仰と書物の論理によって真言宗を理解することとの間には大きい溝がある。

空海著『性霊集』は詩文集であり、漢詩・願文・追悼文等を集めていて空海の精神が分かり易い。『弘法大師空海全集』第六巻の現代訳を参考に引用したい。「山中に何の楽しみか有る」という詩において、山中にこもる理由を詠んでいる。「春の花、秋の菊は私に向って笑いかけ／明け方の月、朝の風は俗念を洗い去る／一身に具《そな》わる肉体・言葉・精神のはたらきは塵や水滴以上の普遍性をもち／全宇宙を支配する仏に身を捧げている」と詠み、自然に囲まれて森羅万象を支配する仏と共にいることの歓びを詠う。空海は自然賞讃の詩人であった。空海は最高権力の中枢に入り込んだ成功者であるが、一方、高野山で死を迎えたいと望み最後は高野山で暮らしたのは、唐に渡るまで高野山の自然の中で修行をしていたからであろう。

『三教指帰』において仏教は道教より優れていると判断したが、空海の詩文には老荘思想や道教神道のタオイズムの考えが多く見られる。詩的な修辞の多くは道教的世界に関係している。

「西施の美しい笑みは人を死ぬほど焦れさすが／魚や鳥は仰天して気に入ることは全くない」という詩は、女性の美しさや人の評価は絶対的でなく主観的で相対的であり、人によって異なると説く荘子の文を踏まえている。

池の碑に書いた文の中で、堤は「さながら霊妙な神が、土をこねているよう、大きな鑪《ろ》で焼きあげているかのよう」とあるのも、造化の神は鋳型を作る炉のようだという荘子の文を踏まえる。空海は、仏だけでなく多くの神々を詩文に詠む。師・恵果の碑に書いた詩には「雨を降らせ雨を止めるのは／日を経過せず即時に効験があった」とあり、唐の時代での密教には雨を降らせたり止ませたりする呪師としての役割があったことが理解できる。

自然については、「四季は万物を生長させたり殺したりする」「鳥獣草木の声はすべて仏のみ言葉」とある。「四季は順々にうつり変り」「五行《ごぎょう》はかわるがわるに生じてきて、宇宙の万物は大地に生育する」と詠むのは、道教や陰陽五行説の影響である。

国家のために修法することについての文章には、「先帝桓武天皇のご恩沢の雨に浴して、はるか大唐国に遊学の機会を得た」「私を覆う天も、私を載せる大地も、比類なき仁帝（嵯峨天皇）の仁慈の天地である」と、大日如来と同様に天皇を崇める言葉を多く書いている。中国と同様に、国家が宗教を認可する権限を持っていたから、空海は天皇を崇めていたと思われる。権力に逆らえば仏教の存在は認められなかった。「龍の瑞祥《ずいしょう》を官に紀《しる》し、これによって陛下の仙境が永遠に安泰となり」と書くのは、天皇の住む所が仙境であるという道教の考えに基づく。天皇については「天なる神の子」といい記紀万葉と同じ思想である。日本については「秦の始皇帝が不死の草を求めさせた」とあり、道教説話を引用している。

天皇を祈るための願文には、天皇の幸福、田に恵みの水、疫病のないことを祈り、「五種の天神、八道の神々、ともに法のめぐみを浴びて、ひとしくさとりの道へ登らせたまえ」と詠む。空海の文章には道教的な神々が登場し、密教の加護を神々に祈願する。

道教は日本に入っていないというのが日本の宗教学者の意見であるにもかかわらず、なぜ空海の文章に多くの道教や荘子の言葉が見られるのかが語られてこなかったのは、仏教学者は道教の存在を無視したかったからではないか。本居宣長が仏教と儒教と老荘思想を嫌ったように、近現代の仏教・儒教・日本神道の学者が道教・老荘思想の影響を無視してきたため、客観的に比較研究されてこなかったのではないか。

空海は加持祈禱を重視した。護国のための宗教思想はインドではなく中国で生じ、日本で踏襲された。空海は帰国後に京に入り、密教の布教のため鎮護国家の修法を願い出て、初めて密教による修法が実施され弘まった。嵯峨天皇の支援を得て大内裏に「真言院」を作り、天皇が病気の時に加持祈禱して悪霊祓いをした。霊の思想と一体であるから道教的要素が入っていた。天皇の加持を通じて国家の安泰を祈願した。『源氏物語』にも書かれる、悪霊・もののけ・邪霊・怨霊を祓うための祈禱であった。神道・陰陽道では効果がなくて、密教の加持祈禱が弘まった。手に印を結び、口に真言を唱えて、瞑想に入ることが三種の秘密の行、「三密」と呼ばれた。

密教の『理趣経』では、性愛が比喩に使われていた。「妙適」という男女の愛撫の悦びや交わりの完全な恍惚境が菩薩の境地にたとえられた。男女の交わりの恍惚境、愛撫の悦び、男女の互いの声・匂い・触れあい等々の性的快楽が、悟り・菩薩の境地の象徴であるという教えは、立川教を生じさせた。生命力によって大自然と一体化することが密教の「清浄」であった。『理趣経』は、比叡山の最澄が借用したかったが空海に断られ、二人が決別する契機となったことで有名な経である。空海は、書物の理解だけで修行はできないと最澄に説いていた。

書物・言葉だけでは密教は理解できず、悟りの境地は消極的な「空」でなく、この世に「大楽」を実現するところにあり、象徴的比喩として男女の性的快楽を用いたために、外部には秘密の経典とされた。『秘蔵記《ひぞうき》』でも、加持(不可思議な力のはたらき)を「父の精子を母の陰部に入れる時、母の子宮がよく受持して胎児となる種子が生長するようなもの」と男女の性愛にたとえていた。仏が自らに入り、自らが仏の中に入り合体することが加持であり、即身成仏であった。

高野山を開くことに関する文では「私がこの高野の地に居住していた時、たびたび丹生《にう》明神の御守護をうけた」と述べる。吉野から高野にかけては水銀の鉱床があり、丹生明神は水銀の神で、水銀を掘る人達は空海を経済的に援助していた。「十方世界の諸仏」と同時に「日本国中の天神地祇」「高野山中の地・水・火・風・空のもろもろの鬼神に申したてまつる」と、神霊・鬼神・尊霊に高野山の壇場の建立への擁護を祈願しているのも、神仏混淆であった。

空海が蜜柑を天皇に献上した時の詩では「このようなたとえようもない珍味はいずこよりもたらされたのか／きっと天女・西王母の故であろう」と、道教説話の仙女に触れている。

曼荼羅については「み仏の図を礼拝し、仰ぎ眺めていると、大いなるみ仏の智慧の剣が、人々の煩悩をすべて断ち切ってくれるように思われる」「み仏に供養したり、み仏を讃えれば、み仏の大いなる智により、至上の幸せが授けられる」と、空海は曼荼羅の仏の効用について至上の幸福が得られると述べる。曼荼羅の難解な説明よりも、空海自身が曼荼羅の効用について語った言葉の方が曼荼羅理解の参考になる。効用がなければ曼荼羅を作る必要もなく、それを信じる人もいなかったであろう。曼荼羅は宇宙の中の無限の仏陀と菩薩をイメージし、インドで発生した。両界曼荼羅は、大日如来を中心とした二つの働きの胎蔵界曼荼羅と金剛界曼荼羅を幾何学模様で象徴している。空海の師・恵果が中国において陰陽思想の影響を受けて創造した。釈迦中心ではなく、王者の姿をした大日如来と一体化するための絵画であった。

空海は死者の法事のために多くの文章を書いた。「みまかれる彼の人はすでにとこしえにさとりの世界に休み楽しんでおられようが、この世に残された者は、悲しみの底に苦しむ」「痛ましいかな、苦しいかな」「ひたすらお願い申し上げる。この善き行いを借りて、今は亡き母のさびしき魂を、さとりの世に運び進ませたまえ」と祈願する。平安時代の法事での空海の言葉は、今日の葬儀や法事での言葉と違いはない。あの世での死者の魂を悟りの世に運ぶために祈っている。日本では仏教が葬儀と結びついたが、僧侶が何を祈願しているかについては空海の言葉からよく理解できる。

ある人の四十九日の忌日の時の願文では、亡き人が残した多くの土地を永代供養料として神護寺に奉納したことによって、「心より願いあげたてまつる。この供養の善き行いによって、今は亡きひとりの魂を救いたまえ」「生死の苦しみの輪廻をたちきる理智をもって成仏したまえ」と祈願している。この世での悟りのために宗派が異なる思想を唱えているが、空海が信者からの供養料を得たことによってあの世での成仏を祈願したことは、古今の宗派においても違いはない。

◇

あの世の魂という思想は釈迦にはなかった。亡き人の「亡魂」「煢霊《けいれい》」「尊霊」「先霊」「魂」に対する空海の祈りの文章は、釈迦仏教というよりも道教的である。仏教が葬式と結びついて浄土宗が大衆に弘まった、その精神のさきがけが見られる。「九想の詩」では死についての九つの思いを述べている。「肉体はやがてこの野の塵となって残るが、魂はいったいどこへ帰り去るのであろうか」と詠む空海は、肉体から魂が去ることを死と考えていた。空海がかつて否定したはずの道教と同じ思想であり、魂の存在を語らなかった釈迦仏教とは異なっていた。

高野山が宗派に関わらず多くの人々の死後の墓場になったのは、山に死後の霊がのぼるという仏教以前の霊的精神であると同時に、空海自身もまた死者のあの世での魂の成仏を祈願していたからだろう。丹生明神の信仰、死者の霊魂の成仏等、空海には神仏霊魂混淆の精神が見られる。

阿弥陀仏という光の仏

親鸞は、平安時代末期の承安三年（一一七三）、日野有範《ありのり》の長男として京都に生まれ、弘長二年（一二六二）九十歳で往生した。浄土真宗の宗祖である。越後に流罪の後は、生涯にわたり非僧非俗の立場を貫き、親鸞自身は寺を一つも建てていない。

『宗教年鑑』平成二十五年版によれば、浄土系の信者は一七九五万人であり仏教宗派の中では最も多い。浄土系の信者が多いのは、ただ念仏・称名するだけで極楽浄土に往生できるという教えが分かり易く弘まったからであろう。難解な大乗仏教の宗派の違いを論理的に理解することは、一般の人には不可能であろう。また、理性で理解することと、何か一つの宗教を信じることとは、根本的に異なる精神の働きである。特に浄土系の大乗仏教は、悟りということよりも、称名するだけで、阿弥陀仏をひたすら信じることを要求される点で、一つの神を信じることを要求されるキリスト教に似ている。

◇

親鸞は藤原氏一門・日野家の貴族の生まれだが、要職についていない傍流であり、両親の死のためか幼くして出家させられたという。戦火の京都では、出家することが現実的な生きる道の一つであったようだ。ただ親鸞の幼少時代については謎が多く、不明な点が多いとされている。

親鸞の時代は平安時代末期から鎌倉時代中期であり、貴族から武家へと政権が変わったが、戦乱・飢饉により荒廃して末法の時代といわれ、末法思想が弘まっていた。洛中での死者は三万人以上といわれたから、今日の東日本大震災以上の死者が京の都だけで出たと思うと戦乱の大きさが分かり、浄土宗が一気に弘まった理由が分かる。疫病・飢饉があり、武士は戦争をしていて、民衆が生きることは苦しく、せめて死んだあとは苦しみたくないと、往生して浄土に行くことを願っていた。

浄土教を理論化したのは、平安時代に書かれた源信《げんしん》の『往生要集』である。この世の穢土（けがれた国土）を離れて浄土を願う、浄土念仏を説いた。藤原道長が帰依し、当時の多くの知識人が信仰した。極楽浄土と阿弥陀仏が眼前に見えるように心を集中する、観想の教えであった。宇治の平等院や大原三千院は阿弥陀仏を祀る寺である。しかし観想の教えは簡単でないため、法然が、口で「南無阿弥陀仏」と唱えるだけで凡夫・女性であれ誰でもが浄土に往生できる、という平等な教えを説き弘まっていった。法然は朝鮮からの渡来系の集団に属し差別を受けていたため、自ら「辺境の平民」と卑下していたと梅原猛はいう。差別なく大衆に弘まった理由であろう。

親鸞は九歳で京都青蓮院において得度し、比叡山延暦寺に登り、天台宗の堂僧として不断念仏の修行をしていた。親鸞自身は何も語らないが、僧兵に守られた強力な政治力を持つ延暦寺で、二十年間厳しい修行をして自力修行の限界を感じたのだろうか、二十九歳の時に下山し、聖徳太子建立の六角堂（京都）に百日参籠《さんろう》した。聖徳太子は日本の仏教の始祖と思われており、観音菩薩の化身とする太子信仰があって、太子堂に祀られていた。

親鸞の夢の中に救世観音の化身が現れて、「お前が過去からの業が深くて、女性との性愛を望むなら、観音の私が美しい女性となりお前に犯されてやろう。そして一生の間、人生を立派にして、死ぬときには極楽浄土に導いてやろう」という女犯偈《にょぼんげ》の夢告に従い、夜明けとともに東山の法然の草庵を訪ねる。この『親鸞聖人伝絵』に伝わる話は、親鸞の妻帯を正当化するための覚如の創作とされるが、性の問題を抱えていた親鸞が、女犯を禁じるという仏教の禁を破っても浄土に往けることを説いた生々しい話である。もっとも、これは親鸞自身の著作ではなく伝説の中の夢の話なので、学者によって異なった解釈がある。

親鸞は岡崎の地に草庵を結び、百日にわたり法然のもとで専修《せんじゅ》念仏を学んだ。極楽浄土と阿弥陀仏が眼前に見えるように心を集中する観想を、必要としない教えであった。

肉食妻帯を伴った念仏の教えが弘まり、他の仏教の思想を批判したため、興福寺は朝廷に法然の浄土教の停止を訴え、後鳥羽上皇は専修念仏の停止を命じて僧侶四人を死罪とし、法然ならびに三十五歳の親鸞を流罪に処し僧籍を剥奪した。親鸞は越後国国府（現・新潟県上越市）に配流された。

「興福寺奏状」によれば、専修念仏が訴えられた理由は、天皇の許可なく新しい宗派を立てたこと、阿弥陀如来の光明が念仏者だけを照らす絵図を描いたこと、釈迦ではなく阿弥陀如来を信仰対象にしたこと、神々を信じないこと、他の宗派を否定したこと、念仏とは心の中で念ずることであるにもかかわらず口で唱えることだと念仏の本来の意味を誤解したこと、女犯や肉食等戒められている行為を許したこと、国の平安を乱したこと等であった。いかに既存の仏教集団が専修念仏の勢いをおそれていたかがよく理解できる。特に親鸞は「天神に帰依せざれ」といい、神・鬼神を祀ることを禁じたため、神仏混淆的であった他の仏教宗派と対立した。

親鸞は愚禿釈《ぐとくしやく》親鸞《しんらん》と名乗り、非僧非俗の生活を始めた。流罪より五年後に勅免の宣旨が順徳天皇より下り、常陸（茨城県）の草庵を中心に東国での布教活動を約二十年間行った。六十三歳頃に帰京し著作活動に励んでいる。親鸞が京都に帰る前後にも、鎌倉幕府は何度も専修念仏を禁止していた。

法然の浄土宗は戒律を守るが、親鸞の浄土真宗には戒律がないのが大きな違いである。瞑想・修行・戒律を守り、女犯と殺生をせず、浄土や仏を観想することだけでは浄土に往けないと説いた。善い行いをしても浄土には往けず、経を読み修行しても浄土には往けず、ただ阿弥陀如来を信じて「南無阿弥陀仏」を称《とな》えればそれだけで浄土に往けるという、それまで誰も説くことのなかったことを説いた。

寄付ができる富んだ人だけが浄土に往けるというのは間違いで、お金のない人もただ念仏するだけで浄土に往けるという説は大衆化しやすい。知識を持ち経を理解できる人だけが浄土に往けるという考えも否定されて、知識がなくともただ念仏だけで浄土に往けるという、伝統的な仏教からすれば革命的な考えであった。ひたすら念仏を称えて信じることを説いたのは、キリスト教徒が神を信じることに近い。知性と理性による理解を不要とした信仰である。

別の観点からいえば、超自然や宇宙的な声を聞くことや悟ることを否定した。老荘や大乗仏教の思想は天地の声や超自然の声を聞いて神仏と一体となることだが、それはまだ自力に近い思想であり、自分自身が仏になることは人間として不可能である、というのが親鸞の立場であった。阿弥陀仏の本願にひたすらすがることが他力であって、修行しても仏にはなれず、ただ念仏だけが可能なのだと説いた。浄土教以前の仏教での、空や無を悟り、超自然の宇宙的な声を聞くという修練は幻聴にすぎないという教えであり、煩悩具足の凡夫の人間が浄土に往くには念仏しかないという、徹底した宗教思想であった。

浄土真宗は、釈迦を祀らずに阿弥陀仏を拝む阿弥陀教であり、先祖をまつる位牌はない。位牌はもともと儒教や道教で死者の霊魂が宿るものであり、中国で仏教が取り入れていた。

親鸞はただ阿弥陀仏だけを信じることを説き、他の仏・菩薩や神々を祈願することは禁じていたが、『蓮如の手紙』によれば、蓮如は「御文」の中で、もろもろの仏教宗派をそしってはいけない、もろもろの仏・菩薩や神々を軽んじてはならないと説き、他の教えを批判・非難することを禁じていた。他の宗教から批判されることを避けていたのであろう。浄土真宗が弘まったのは、蓮如の努力に負うところが大きい。

『歎異抄《たんにしょう》』は弟子の唯円が親鸞の言葉を記したものとされる。「親鸞においては、ただ念仏して弥陀にたすけられまひ《(ゐ)》らすべし」「たとひ法然聖人にすかされまひ《(ゐ)》らせて、念仏して地獄におちたりとも、さらに後悔すべからずさふ《(う)》らう《(ふ)》」と、法然の教えにだまされて地獄に落ちるとしても親鸞は後悔しない、という激しい絶対的な信仰であった。親鸞の、肉食妻帯を認めた上での信仰の強さと深さが、多くの信者を生んだ。

親鸞の重要な思想は二種廻向《えこう》とされるが、この考えは浄土真宗が念仏だけではない難解な仏教思想だということを表している。一般の信者は「南無阿弥陀仏」を称えるだけで浄土に往けるとはいうものの、親鸞自身は多くの難解な思想を書き著している。廻向とは、一般的にはお寺にお布施をして供養することだが、親鸞のいう廻向は阿弥陀仏の廻向であり、民衆を救うために死後再びこの世に還ってくることをいう。

往相《おうそう》廻向と還相《げんそう》廻向の二つの廻向がある。往相廻向は「南無阿弥陀仏」と称えれば極楽浄土に往生できることであるが、還相廻向とはこの世に苦しむ人のために、またこの世に還ってきて念仏の教えを弘めて人を救うことである。親鸞は書簡の中で「如来の二種の廻向とまふ(う)すことは、この二種の廻向の願を信じ、ふたごころのなきを、真実の信心とまふ(う)す」といい、民衆を浄土に往かせる廻向と、浄土で仏となった後に迷える民衆を仏に導く廻向の、二種の廻向を信じることを真実の信心と説いている。

浄土に往生した者が菩薩の姿で穢土に還ってきて人々を救う働きが廻向であり、それは浄土に往き仏の大慈悲を持って現世に還り、人々のために慈悲の心を働かすことでもある。浄土へ往き、そして浄土から還ってくることが親鸞の説いた大切な思想であり、生まれ変わりの思想である。念仏を称え、この世と浄土を往復することは、魂の存在に基づくようである。

浄土真宗を多くの人に弘めたのは蓮如といわれるが、蓮如の「御文」をまとめた『蓮如の手紙』を読んでも還相廻向については触れていない。梅原猛には親鸞についての多くの著作があり、特に還相廻向を親鸞の重要な思想としている。

「善人なをもて往生をとぐ、いはんや悪人をや」という言葉は「悪人正機《あくにんしょうき》説」といわれ『歎異抄』に書かれるが、親鸞の言葉であるという断定はできないとされる。唯円が伝えたこの言葉は異端となり、蓮如の時代は外に出すことが禁じられていた。一般的には、普通の人も悪い人も含めて救済できると解釈されるが、悪人さえ浄土に往けるから善人はなおさら往生できるという意味ではなく、善人さえ往生できるから悪人はなおさら往生できるという考えである。悪人の方が善人よりもっと浄土に往きやすく、「悪人成仏」と親鸞はいう。「自力で善を行う人はひたすら阿弥陀仏にすがろうとする心に欠けていて、それは阿弥陀仏の本当の願い（本願）にかなわない。一方、自力を捨てて阿弥陀仏にだけすがれば浄土に往くことができる。ひたすら阿弥陀仏にすがる悪人こそ浄土に往くことができる」とした。善人は自らこの世で善をなそうとするため、阿弥陀仏にすがるよりも自分の善行に自己満足してしまう。「自力のはからい」をする善人よりも、はからいのない悪人の方が救われるとされる。

戒律を守らなかった親鸞そのものも悪人の方に入っていたと思われる。女犯肉食であっても、信仰心を強く持てば浄土に往くことが出来て救われるという説である。悪とは何か、善とは何か、親鸞の言葉の定義が明瞭でないため、悪人とは何かについては理解が学者によって異なる。現代人が考える悪人とは異なるようであるが、悪人であれ善人であれ、「南無阿弥陀仏」と唱えるだけで救われるという教えであることには変わりはない。『親鸞と被差別民衆』において河田光夫は、悪人正機説の本当の対象は賤民的出自者であった、という林屋辰三郎の説を紹介している。悪人とは被差別民だとするならば、親鸞の平等思想と、階級にかかわらず浄土真宗が弘まった理由がよく理解できるが、反論もあるという。法を犯す人を悪人とするよりも、戒律を守らない人や被差別の民を悪人とした方が、宗教が弘まっていく合理性と可能性があるように思える。

◇

親鸞は和讃や書簡の中で、阿弥陀仏は光であると繰り返し説いている。阿弥陀仏から放たれる光は全宇宙に行きわたり、煩悩に迷う民衆を照らして救うと説く。難解な仏教理論よりも、仏を光にたとえて唱えることは多くの民衆に分かり易かったと思われる。また、必ずしも称名するだけではなくて、イメージとして光り輝く仏像に救われることを期待するという、一種の神秘性を依然としてもっていたことが書簡にあらわれている。

親鸞が重んじた『仏説無量寿経』では、阿弥陀仏には光の神様と思うほどの十二光が輝く。光は仏の智慧の光でもあり、信者には精神的な光である。無限の無量《むりょう》光、果てのない無辺《むへん》光、何ものにも遮られない無碍《むげ》光、比べるものがない無対《むたい》光、最高の輝きの炎王《えんのう》光、清らかな清浄《しょうじょう》光、喜びを与える歓喜《かんぎ》光、惑いを除き智慧を与える智慧《ちけい》光、常に照らす不断《ふだん》光、思いはかれない難思《なんじ》光、説きつくせない無称《むしょう》光、日光月光を超えた超日月光《ちょうにちがつ》と称えられる光明《こうみょう》を放っている。

宗教史において神が比喩的に光と表現されたように、仏もまた光の比喩で表現されてきた。大日如来もまた光の仏である。「阿弥陀」とはインドの言葉で、アミターバー（無量光、無限の光）とアミターユス（無量寿、無限の命）を意味するという。「阿弥陀」とはサンスクリット語の音写であって、最初は「無量寿仏」と呼ばれ、中国において「阿弥陀」という意味のない言葉が使用されたのは呪術的な意義であり、意味を考えれば本来は「南無無量寿仏」と唱えるべきだと、仏教学者の中村元はいう。

親鸞の著した『教行信証』では「不可思議光」ともいい、「仏」は「神力」を持つ「大光」と述べている。「仏」が「神」の力を持つと説かれるのは興味深い。大乗仏教の本質は、光において神仏混淆であったようだ。阿弥陀仏はじめ仏教の仏像が黄金色であるのは、精神的な輝きが黄金色で象徴されているからであろう。太陽が天を照らす偉大な神の天照大御神となったように、物理的な光が神仏の精神的な光になったのは、光のエネルギーが全ての生物の生命を維持しているからであろう。阿弥陀仏が光のイメージで表現されることは一般の人々にとって分かり易い教えであり、逆に言えば、なにかのイメージで表現されないと信心の世界に入ることは困難であるようだ。人は、言葉の概念によって思想を理性的に理解したのちに一つの宗派を信じるわけではないようである。

『親鸞からの手紙』（阿満利磨訳）の中で、「無碍光《むげこう》仏は、すべてのものの、ひどい悪にも妨げられることなく、お助けくださるために、無碍光仏と申すのだ、とお教えになっているのです」と、親鸞は無碍光仏を最も大切に思うと述べている。

浄土真宗が民衆に弘まったのは、親鸞の和讃や後の蓮如の和讃によって分かり易く説いたからであろう。例えば浄土和讃のひとつ、「智慧《ちえ》の光明《こうみよう》はかりなし／有量《うりよう》の諸相《しよそう》ことごとく／光暁《こうきよう》かぶらぬものはなし／真実明《しんじつみよう》に帰命《きみよう》せよ」を合唱することで、信者は阿弥陀如来の光を心の中に感じたのではないか。

仏の光を魂に感じなければ、空海の大日如来や、親鸞の阿弥陀如来の光は無意味ではないか。

親鸞が亡くなる二年前の八十八歳の時の手紙に、「学者めいた議論をされることなく、往生をお遂げになってくださるように」「故法然聖人が『浄土宗の人は愚者になって往生するのだ』と仰っておられたこと、たしかに承っておりました」と書くように、愚者となって阿弥陀仏を信心する心を持つことができないのであれば、何百冊の書物を読んでも親鸞の精神には届かないような思いがする。

紫式部 vs 吉田兼好

物の怪《け》と、もののあわれの物語

紫式部の生没年は不詳であるが、九七〇年頃に生まれ、一〇一四年頃に没したと推定されている。平安時代中期の女性作家・歌人であり、『源氏物語』の作者である。『小倉百人一首』には〈めぐりあひて見しやそれともわかぬまに雲がくれにし夜半の月かな〉が入選する。紫式部は『日本書紀』など日本の歴史書をよく読み「日本紀《ひほんぎ》の御局《みつぼね》」というあだ名をつけられていた。

「紫」の名前は実名でなくニックネームであり、当時実名で呼ぶのは不吉であったというが、本名は不明である。学者で詩人の藤原為時《ためとき》の娘で、二十九歳の頃に藤原宣孝《のぶたか》に嫁ぎ一女を産んだ。夫の死後、一条天皇の中宮・藤原彰子《しょうし》に仕えている時に『源氏物語』を記した。

日本文学史上最高の傑作と呼ばれてきた物語にこめられた式部の精神は何であったのかが、ここでの関心事である。物語と随筆にこめられた文化的精神をみるために、紫式部と吉田兼好を比較したいが、文学史的には式部のライバルは清少納言であった。

◇

境涯のよく似た宮廷女性の二人は、互いにライバル視していた。清少納言が仕えた中宮・定子に対抗して、中宮・彰子が式部に『源氏物語』を書かせたともいわれている。定子の兄・伊周《これちか》と彰子の父・道長は、甥と叔父の関係で同時に政敵であった。『枕草子』には、紫式部の夫・藤原宣孝について、「吉野への参詣は、高貴な人でも質素な身なりで行くのが常識であったのに、華々しい衣装で参詣した」と揶揄して書いたために、若い紫式部は清少納言について、『日記』の中で復讐するかのような悪口を書いている。

清少納言を、自信たっぷりな得意顔であきれた人といい、漢文を偉そうに書いているが全くなっていないと批判する。そして、清少納言の末路はよいわけはないとまで非難する。清少納言の末路はわからないが不遇であったとされており、式部の非難が当たったといえる。女性によるライバル意識は怖いという例である。

式部自身は「行くすゑのたのみもなきこそ」と、将来に何の期待もないと述べる。式部は、内省的で消極的で、教養をひけらかして同僚の妬みを買わないように、知識を隠していた。式部は宮仕えを好まなかったが、清少納言は無邪気に知識を振りかざして宮仕えを楽しんでいたという。

式部のいた彰子の後宮を支えていたのは藤原道長であり、道長と式部との歌のやり取りが日記にあり面白い。

すきものと名にし立てれば見る人のをらで過ぐるはあらじとぞ思ふ　道長
人にまだをられぬものを誰かこのすきものぞとは口ならしけむ　紫式部

「源氏のような好きものを主人公に物語を書いたあなたは、私生活でも浮気者でしょうね、あなたを見過ごす男はいないでしょうね」と道長が言えば、「私はまだ男性に心を許したこともないのに、浮気者だと誰がいうのか、ひどいことだ」と言い返している。貴族のトップである道長が『源氏物語』の内容を知っていた事や、式部が日記に道長との歌のやり取りを記録していたことは面白い。道長と式部の間に関係があったという説や、源氏に道長が投影されているという説もあるが、浮気者の男性を主人公にした女性の小説家を浮気者と考えていたのは面白い。

光源氏は表面的には漁色家・浮気者といっても、プレイボーイの代名詞であるドン・ファンとは異なる。浮気者はいったん女性と関係が出来た後は相手への関心をなくすが、光源氏は一度愛した女性を一生忘れていない。

数ならぬ心に身をばまかせねど身にしたがふは心なりけり

精神・心は身体に従属するほかはない、というのは女性の受動的な精神だけでなく、心と体の関係の普遍性を詠んでいる。

『源氏物語』に見られる精神構造の特徴の一つは「物の怪《もののけ》」である。源氏は、正妻・葵上の兄のかつての恋人・夕顔の可憐な姿に魅せられるが、廃院で夕顔と過ごした時に物の怪（死霊）にとり憑かれ病に伏し、その後も心に痛みを感じ続ける。病気は物の怪の霊が原因と信じられていた。

正妻・葵上が懐妊した時、源氏の通っていた女性の一人・六条御息所《ろくじょうみやすどころ》が葵上への怨念を募らせて嫉妬の情念が激しくなり、物の怪の霊となって葵上にとり憑き、葵上は男子・夕霧を出産した後に死んでしまう。物の怪は遊離魂の現象である。「もの思ふ人の魂はげにあくがるるものになむありける」（「葵」）というように、情念の深さに身体を出てあくがれる魂であり、平安時代の霊魂観であった。物の怪が登場したことで物語が読者に受けたのではないか。恐ろしさと面白さが一体であった。現代でも物の怪は漫画・映画・小説で活躍して、純文学よりも霊が活躍する大衆小説の方がよく読まれている。

陰陽道では式神がいて人に憑く。普通は死霊であるが、式部は生き霊を想像した。物語の「物」は物の怪・物の気に通じる。物の怪のような憑かれた人が語るのが物語であった。『源氏物語』では物の怪は生き霊を原因とし、そのまた原因が嫉妬と性欲であった。女性の情念・性《さが》・業であるが、心理学的な原因よりも霊的な原因が信じられていた。霊や魂の働きを縄文時代にまで遡ることができるのか、縄文時代の文献がないから全くわからないが、少なくとも道教系の説話には悪霊・死霊が跋扈しているから、中国文化の影響から離れて日本独自の文化を育てようとしていた平安時代においても、中国文化の影響は『源氏物語』に見ることができる。

亡き人にかごとをかけてわづらふもをのが心の鬼にやはあらぬ

歌の前書によれば、物の怪が憑いて病悩する女性の背後に、死んだ先妻が鬼になって現れる絵画を見て、式部の夫がお経を読み物の怪退散を祈っている。「心の鬼」は、実際にはないにもかかわらず、疑えば生じる幻想である。『源氏物語』で六条御息所の物の怪を登場させた背景には、式部の実体験があった。

「物」とは古代道教の言葉で、司馬遷の『史記』では竈《かまど》を祀ると物が至ると書かれ、「物」とはもとは神霊を意味した。竈神は現在の日本でも祀られている渡来神である。「物」とは鬼神や祖先霊であり、「物語」は神や霊の話であった。日本文学の物語の始まりとされる『竹取物語』は、道教説話に基づく仙界・月世界の霊的女性の話である。平安時代には多くの寺院が建てられ多くの僧侶がいたが、僧侶の大切な役目の一つは加持祈禱であり、物の怪を祓うことであった。

◇

源氏は、六条御息所の娘の後見・養父として広大な邸宅の六条院を造営した時に、四町の土地に理想郷として春・夏・秋・冬の四つの町を作り、それぞれに独立した邸宅と庭園を造らせ、四つの町には四人の女性を配した。春の町には紫上、夏の町には花散里、秋の町には六条御息所の娘である秋好中宮、冬の町には明石君を住まわせた。四季の自然と、四人の女性に囲まれた、源氏中年期のハーレム的絵巻である。男性にとって理想的な神仙郷・理想郷のような発想はどこからきたのであろうか。

古典にみる浦島太郎の話にある海底の竜宮城には、四季の部屋が出てくる。浦島に似た物語が中国の道教説話にあり、日本に影響した。『群書類従』の「浦島子伝《うらしまこ》」によると、浦島子は上古の仙人で、童子の姿をして仙を好み、秘術を学び陰陽のことわりや五行の教えを理解していたとあり、浦島子の話は神仙思想に基づいている。

四季の庭は不死の庭と考えられて、四季を祀ることは不老不死・長寿を得るためであった。俳句が四季とともにあることの根源的ルーツは、不老長寿の願望・祈願と、天皇や皇帝が五穀豊穣を四季と四方の神に祈っていた祀りである。天皇の皇居は仙洞と呼ばれ、仙人の住む所という意味であった。浦島は浦島大明神・浦島神社という神社に祀られている。神社のルーツの一つに不老不死のタオイズム・道教の神仙道がある。竜宮城は神の宮・神仙の堺《とこよくに》・仙宮《ひじりのみや》で、乙姫さまは神女・神仙の娘で亀姫と呼ばれていた。俳句で「亀が鳴く」という季語のルーツには、亀姫・神亀が鳴くという道教的背景がある。酒呑童《しゅてん》子の伝説にも四季の部屋が出てくる。ユートピア的神仙郷では、四季を庭の四方で同時に見ることが出来た。

中国古代思想の専門家・赤塚忠《きよし》の「風の信仰と五行説」という論文は、今から約四千年前の殷王朝の宗教について論じる。亀の甲骨文字を解読して、王朝最大の祭典である祈年祭で四方風が祀られていたことを発見している。祈年祭では五穀豊穣を四方の風の神に祈った。春は東風、夏は南風、秋は西風、冬は北風の神に祈った。農作物の四季にともなって、春の発芽、夏の成長、秋の収穫、冬の貯蔵という季節の循環が順調であることが祈られた。四季の神の信仰が、農耕民族にとって最も大切であった。北京郊外には「天壇」があり、祭壇を霊台と呼び、四季の神霊が祀られた。五行説は二千数百年前に鄒衍《すうえん》が確立したといわれるが、赤塚はさらに千年遡っている。

『高濱虚子全集』第十一巻に、古代中国の「千字文」から引用した「寒来　暑往　秋収　冬蔵」（寒さ来りて、暑さゆき、秋に収めて、冬蔵す）という文章があり、「四時の変化に処して」「天命に安んずる」ことが花鳥諷詠の精神、と虚子がいうところは、古代中国の重要な祈年祭の精神と同じである。春の発芽、夏の成長、秋の収穫、冬の貯蔵という四季の順調な循環を、四季の神に四千年近くも祈ってきたことが、俳句の季節観・季感の根源にある。虚子が引用した「千字文」の背景には、老荘思想や陰陽五行説がある。源氏が四方に四季の庭を造り四季の草花に囲まれることは、作者・紫式部自身の理想であり、農耕民族としての日本人の理想でもあり、現在の俳句の世界に繋がっている。虚子が俳句を極楽の文学といったその潜在意識は『源氏物語』の四季の庭に見られる。

『源氏物語』に見られる「方違へ」は当時の風習であった。外出の際、目的地に陰陽道の天一神が来ている時は、直行せずに他方の地に泊まって方角を違え、翌日そこから目的地に向かった。

式部には「祓戸《はらえど》の神」を詠んだ歌がある。祓殿を守る四神のことで、瀬織津《せおりつ》姫、速秋津《はやあきつ》姫、気吹戸主《いぶきどぬし》、速佐須良《はやさすらい》姫の四つの神であった。四方の神に守られることは、キトラ古墳や高松塚古墳にも見られるタオの信仰である。

平安時代に仏教の僧は陰陽師の真似をして、お祓いをして生活を営んでいた。暦に二十四節気や陰陽道の禁忌を書き込んだものを具注暦といい、当時は日々の生活で使われていた。

◇

源氏が最後に出離《しゆつり》することには、式部の仏教観が反映されている。

『源氏物語』で式部は何を語りたかったのか。テーマは何であったのか。

全体として幸福な物語ではなく、暗い情念がつきまとい、結婚拒否の倫理が見られる。例えば、宇治の大君の物語に見られ、愛するがゆえに身を引くという女性の態度である。匂宮と薫という二人の男性の愛に引き裂かれた浮舟が宇治川に身を投げる話、これによく似たストーリーは『万葉集』にも見られる。二人の男性に愛されて苦しむがゆえに自害するという精神は、今日の女性には全く見られないのではないか。

また、現実の生活をすれば不変の愛を続けることは困難だという思想であり、愛への不信がある。一夫多妻からくる女性の目からの意見である。愛で始まった関係においても、物語は心の苦痛や悲しみ、孤独感、不毛の愛に終わるケースが多い。藤壺、六条御息所、葵上、明石君、女三宮、宇治の姫君、紫上、登場人物の女性の多くに幸福な愛は見つからない。愛は幸福な人生に終わるのではなく、出家したいと思う心境を生じさせている。出家した女性は多い。密通した女性では、藤壺中宮・空蟬・女三の宮・朧月夜尚侍・浮舟、密通していない女性では、六条御息所・朝顔の姫君である。

浮舟の出家で物語を終わらせたのは、『源氏物語』が最終的に阿弥陀仏を信じる道を希求していたからであろう。人間の愛によるハッピイ・エンドの物語ではなくて、仏への帰依が真実の幸福であり、現世利益的な信仰ではない真実の浄土信仰を希求していた。式部が仕えていた頃、〈この世をばわが世とぞ思ふ望月の欠けたることもなしと思へば〉と歌った道長は、浄土を願って広大な法成寺を造り、没するまで住んだ。この世の栄華・財宝も死後までは持っていけないことを悟り、極楽浄土を深く信仰せざるを得ない時代であった。宇治の平等院は道長の別荘であったものを、その子である関白・頼通が寺院に改めている。

『源氏物語』は仏教的な因果応報の物語といわれているが、本居宣長は仏教的解釈を嫌い、「もののあはれ」を強調していた。

日本文学史上最高の傑作と呼ばれてきた物語にこめられた式部の精神には、アンハッピイ・エンドの恋愛観、仏教的な浄土信仰、道教的な陰陽道・神仙道に依拠する物の怪や生き霊・死霊・悪霊の働きが特徴的であった。

存命の喜びを楽しむ

吉田兼好《けんこう》は、弘安六年（一二八三）頃の生まれと推定されている。没年も不明で、六十八、七十、八十歳の死亡説がある。

鎌倉時代末期から南北朝時代にかけての官人・遁世者・歌人・随筆家である。卜部《うらべ》兼顕《かねあき》の子で本名は卜部兼好《かねよし》。卜部氏《うじ》は古代の祭祀貴族で、卜占《ぼくせん》による吉凶判断を業としていた。父・兼顕は吉田神社の神職であった。

兼好は吉田家の系統であったことから、江戸時代以降は吉田兼好と呼ばれるようになった。出家し兼好法師と呼ばれる。従五位下左兵衛佐にまで昇進した後、三十歳前後に出家遁世したが、正確な時期や理由は不明である。王朝文化・宮中の慣習に詳しく、隠棲の地は都に近い山里であった。半僧半俗の世捨て人であり、宗派には属さず、正式な僧ではなかった。官職を離れ、身分を捨て自由人であったのは、西行の出家に似ている。出家といっても草庵ではなく、広い屋敷であったという。兼好が四十八ないし九歳の時に『徒然草』が成立しているが、内容は出家した後に書き続けていたものである。また私家集『兼好法師家集』がある。

小林秀雄は「徒然草」の中で兼好について、「純粋で鋭敏な点で、空前の批評家の魂が出現した文学史上の大きな事件なのである」といい、「彼には常に物が見えている、人間が見えている、見え過ぎている、どんな思想も意見も彼を動かすに足りぬ」と昭和十七年四十歳の時に洞察した。真珠湾攻撃の翌年であり、小林が現代文学から古典の世界に関心を移し、「無常という事」と同じ頃に書いた文で、生死と無常について真剣に考えていた。小林の兼好論を超える評論はない。批評の神様にして、理解・共感できる兼好の批評精神である。批評精神とは、批判・非難ではない。

◇

兼好もまた生死を常に考えていたからこそ、三十歳で出家したのであろう。当時は、「兵《つわもの》の、軍《いくさ》に出《い》づるは、死に近きことを知りて、家をも忘れ、身をも忘る」（第一三七段）という武士の時代であった。西行が、武士として戦争で殺し合いをすることを避けて出家したのとよく似た理由である。重要な問題は、生死をどう考えるかであった。朝廷に残れば、朝廷と武士の関係によって戦争に巻き込まれる可能性がある。武士が台頭する時代に、朝廷での栄達を見限って三十歳頃に出家した兼好が考えたことは、生死の問題であった。生死を真剣に考えることにより、若い頃関心のなかった神仏・魂や美が意識にのぼってくる。

世間の欲望について、「東西に急ぎ、南北に走る」「生《しょう》をむさぼり、利《り》を求めて、止《や》む時なし」（第七四段）といい、名利の空しさや名利に溺れることの愚かしさを説いたが、朝廷での仕事を通じての実感であり、出家した理由でもあろう。地位・学問や芸術での名声・名誉欲・執着を、虚妄で空しいものと考えていた。荘子の無為自然の精神である。

「つれづれわぶる人は、いかなる心ならん。まぎるるかたなく、ただひとりあるのみこそよけれ」

「いまだまことの道を知らずとも、縁を離れて身を閑《しづ》かにし、事にあづからずして心を安くせんこそ、しばらく楽しぶとも言ひつべけれ」

第七五段では、隠遁・出家した理由を語る。何もせずに一人きりでいることは、わびしくてならないと嘆く人がいるが、どういう了見だろうという。他の事に気を煩わされることもなく、一人醒めているくらい良い事は他にないと、一人で隠遁生活することの喜び・楽しさを説く。

本当の仏の道を知らなくとも、本当の悟りに到達していなくとも、俗世の縁を絶って、身を閑の中に置いて、心をやすらかに保つならば、それこそこの短い人生をしばらく楽しむといえる、と説く。

『徒然草』に著しいのは死の自覚である。

人間を待っているのは、ただ老と死だけだという。今生のいのちを仮のたまわりものと見ている精神である。しかし、出家はしたが、浄土・あの世・彼岸を信じていた文章は見つからない。

「四季はなほ定《さだ》まれる序《ついで》あり。死期《しご》は序《ついで》を待たず。死は前よりしも来《きた》らず、かねて後《うしろ》に迫《せま》れり」

「沖の干潟《ひかた》はるかなれども、磯より潮の満つるがごとし」

第一五五段の文章は名文である。四季は春夏秋冬という決まった順序で循環するが、人間の死はそのような順序はなく、いきなりやってくるという。

死は前からやって来るばかりとは限らず、後ろからやって来る。死がやって来るのは、沖の干潟ははるか向こうにあるから潮が満ちて来ないと思っているうちに、自分の背後の磯のあたりからみるみる満ちてきていることに似ている、と兼好はいう。

四季の循環について、春の季節が暮れて夏になるのではなく、夏の季節が去って秋になるのではないという。春はそれ自身の中にすでに夏の気を催し、夏の中にすでに秋の気配が通っていると洞察する。木の葉が落ちるのも、まず葉が落ちてから芽が生じるのではなく、葉があるうちに下から新芽がふくらんできて押し上げるので、堪えきれず古い葉が落ちると兼好は観察している。兼好は科学者的な発想を持っていた。人間の死も生命尽きて後に死がやってくるのではなく、生命の中に死がすでに存在している。生物の身体は、生きているうちにすでに死を準備している。蛍のオスは交尾するとすぐに死ぬ。人間は少し命の期間が長いだけかもしれない。

「人、死を憎まば、生を愛すべし。存命の喜び、日々に楽しまざらんや」　（第九三段）

本当に死を憎むなら生きている今を愛するがよく、命あって今を生きている喜びを毎日楽しむことが大切だと兼好は教える。「つれづれ」とは、薄情といわれようと、人間関係のしがらみである世間の義理や社交的儀礼を絶って、存命の喜びを楽しむ精神であった。

「ひとり燈のもとに文をひろげて、見ぬ世の人を友とするぞ、こよなう慰むわざなる」
「文は、文選のあはれなる巻々、白氏文集、老子のことば、南華の編。この国の博士どもの書ける物も、いにしへのは、あはれなること多かり」

第一三段では、古典を読む楽しみを説く。古い時代の本であっても、私たちはまさに今その人と会って対話している喜びがある。書物は『文選』『白氏文集』、老子の言葉、南華の『荘子』、日本の学者の書いたものも、昔のものは趣があると勧めている。兼好の文章には老荘思想の影響が見られることは、湯浅邦弘の『入門　老荘思想』に詳しく参考になる。

古典だけでなく、「何事も、古き世のみぞ慕はしき。今様は、無下にいやしくこそなりゆくめれ」と第二二段では、今よりも昔のほうがいいと述べている。兼好は伝統を好み、昔のやり方を美しいと思っていた。

「身死して財《たから》残ることは、智者のせざるところなり」　（第一四〇段）
「世を治《おさ》むる道、倹約を本《もと》とす」　（一八四段）

ここでは、死後に財産を残すことは、智慧ある者はしないと戒め、倹約が第一と説く。財産をもらう資格があると言い張る者が現れて遺産争いが起きるのは醜いという。物は朝夕なくてはならぬ物だけあればよくて、その他の余計なものは何も持たなくてよい、と今日にも通じることを説いているのは面白い。

「筆をとれば物書かれ」　（第一五七段）
「心は必ずことに触れて来《きた》る」　（〃）
「狂人の真似とて大路を走らば、すなはち狂人なり」　（第八五段）

ここでは、人間の心の不思議について語っている。人は筆を持つと自然に何か書きたくなり、楽器を持てば音を出したくなる。心は物に触れて動き出し、善いものに触れると心が正しくなるという。心にその気がなくとも、仏前に座って数珠を手に持ち経を見れば、やがて善い結果が得られると説く。また、狂人の真似といって大通りを走ればそれは狂人であり、悪人の真似といって殺人をすればそれは悪人である、たとえ偽りであっても、賢人の真似をすればそれはもう賢人なのだと説く。歳時記を参考に十七字を埋める真似をすることが、俳人に近づく第一歩であろう。

「世に語り伝ふること、まことはあいなきにや、多くはみな虚言《そらごと》なり」
「かくは言へど、仏神《ぶつしん》の奇特《きどく》、権者《ごんざ》の伝記、さのみ信ぜざるべきにもあらず」

第七三段は、疑うことと信じることについて語る。世間で語り伝えられる話は、聞いたところはいかにも面白いが、事実そのままでは話はつまらないため、おおかたはみな嘘の話だという。人の話は誇張されがちであり、時間が経って場所が離れると、話がこしらえられてその話が事実のようになってしまうというところは、今日のニュースや週刊誌等のマスコミの情報にも当てはまるところである。釈迦・イエス・空海・親鸞等々、特に宗教者の経歴の多くは伝説に基づいている。

「花はさかりに、月はくまなきをのみ見るものかは。雨にむかひて月を恋ひ、垂れこめて春のゆくへ知らぬも、なほあはれに情深し」

「よろづのことも、始め終りこそをかしけれ。男女《おとこおんな》の情《なさけ》も、ひとへに逢ひ見るをばいふものかは」

第一三七段は、兼好の美意識について語っている。花は満開、月は満月がいいに決まっているが、見るに値するのはそればかりではない。雨に降りこめられながら雲の上の月を恋うるのもいい。室内で春の進みぐあいもわからず、今頃の花はどうだろうと恋うるのもいい。花を待ちわびながら蕾のふくらむのを見るのも、花が散って一面に庭に散り敷いているのを見るのもいいという。

どんなことでも、盛りの時よりも始めと終わりの時は趣があるといい、男女の恋も始終会って情を交わしているだけが恋の趣ではないと述べる。お互いが相思いながら成就しなかった恋の悲しさを思い、誓いながら果たせなかった約束を嘆き、恋う人を待ち続けて長い夜を一人過ごすことこそが、恋の趣を本当に理解できると説く。色好みの恋は忍ぶ恋という。色好みとは肉体的な欲ではなく、偲ぶ恋の情緒である。兼好は快楽ではなく安楽を大切にしていた。西行の恋の歌も、身体的な恋ではなく偲ぶ恋であろう。本当の恋をしている人は、わざわざ愛を歌にしないのではないか。

本居宣長が『玉勝間』で兼好の美学を非難・攻撃したことは有名である。宣長は神道的であり、兼好は仏教的な無常観で自然の美を考えていた。自然の美もまた無常であり、心の中の余情もまた美であると説く。季節の移り変わりが「ものごとにあはれなれ」という精神を持っていた。和歌・『源氏物語』・

『枕草子』・連歌・俳諧・俳句の四季の変化の詩情に通う精神である。

「世の人の心まどはす事、色欲にはしかず」　（八段）

「久米の仙人の、物あらふ女の脛《はぎ》の白きを見て、通《つう》を失ひけん」　（〃）

「まことに、愛著の道、その根ふかく、源とほし」　（九段）

男女の愛欲は根が深く、その発する源も遠い。色欲という欲だけは止められない、と兼好はいう。

「すべて、神の社こそ、捨て難く、艶めかしき物なれや」　（二四段）

法師は神社を上品で古雅といい、日本の多くの神社を訪れて褒めている。

「神仏にも、人の詣でぬ日、夜参りたる、よし」　（一九二段）

神仏のお参りは祭日や縁日などで混んでいる日ではなく、人ひとりこない夜のお参りがいいと説く。

「いづくにもあれ、しばし旅立ちたるこそ、目さむる心地すれ」　（第一五段）

「寺社などに忍びて籠《こも》りたるもをかし」　（〃）

旅行に出ることの効用を説き、旅を勧めている。旅では新鮮な気持ちになれて珍しいことに出会える。道具も人も、家で見るよりも旅先で見るほうが味わい深く見える、と旅の楽しみを語る。寺や神社に人知れず籠もることも面白いという。今日にも通じる旅行の楽しみである。今日でも、旅行で訪問する場所に、寺院・神社・教会等、宗教関係の建物が多いことについて、すでに兼好が触れていたことは興味深い。たまに俳句や短歌で神社仏閣を詠むことを嫌う人がいるが、兼好のいう「をかし」の精神を理解できない人であろう。

「目の醒めたらんほど、念仏し給へ」（第三九段）
「疑ひながらも念仏すれば、往生す」（〃）

兼好は法然上人の言葉を引用し共感している。ある人が法然に、念仏の時に眠気におそわれて念仏を怠りそうなときはどうしたらよいか聞いたところ、法然は、目が醒めたらまた念仏をすればいいと答えたことを、兼好はまことに尊いという。また、疑いながらでも念仏すれば往生できると説く法然を尊いと考えていた。疑いつつも信じることが救われる道のようだ。

西行vs明恵

地上一寸vs地上一尺

西行は、元永元年（一一一八）に生まれ、文治六年（一一九〇）七十三歳で没した。生地は文献的には不明だが、辻邦生の小説『西行花伝』では、生家の佐藤家が管理していた紀伊国（現・和歌山県）の荘園・田仲荘としている。紀の川市には西行生地跡の石碑がある。西行の出家後に妻と娘が荘園近くで尼となり、荘園を守る弟の援助を受けていたことや、弟と高野山の僧兵が荘園争いをしていたことを考えれば、辻の想像は否定できない。

明恵は、承安三年（一一七三）紀伊国有田郡に生まれ、寛喜四年（一二三二）、弥勒の宝号を唱えながら六十歳で没した。西行には、神護寺にいた十四、五歳の明恵に会いに行ったという伝説があり、二人は時代背景を共有している。平家から源氏、そして北条氏という武家政権が生じた時代であり、内戦と政治上の変革に対応したかのように、法然、親鸞、道元、日蓮、一遍という新しい仏教思想が現れた時代であった。

西行の出自である佐藤家は、奥州藤原氏・俵藤太（藤原秀郷）の子孫である。秀郷は平将門の乱を平定している。西行は北面の武士という天皇家を守る武官であり、平清盛と同僚であった。西行が出家した後、佐藤一族が管理していた荘園が源義仲の承認によって源氏に奪われそうになったが、芭蕉はその事実を知らなかったために、西行を尊敬していたものの義仲ファンでもあった、と目崎徳衛は『芭蕉のうちなる西行』で推察する。

明恵の父・平重国は平家の御家人であり、源平の戦いで戦死した。母は紀中を治めていた湯浅一族・湯浅宗重の四女で、湯浅一族は明恵の生涯のパトロンだった。明恵は九歳で両親を失い、翌年、高雄山神護寺にて、文覚の弟子で叔父の上覚に師事している。

西行・明恵は共に紀伊国の武家に生まれていた。朝廷・公卿と源平の間における複雑な敵味方の戦いと、多くの死者が出た時代背景は、仏教思想が民衆化する契機となっていた。西行は出家前には妻と子供がいたが、明恵は一生女性不犯の僧だったという。不犯は釈迦仏教の厳しい戒律であったが、日本の僧侶には戒律は守られてこなかった。

◇

明恵のライバルは、思想的には念仏だけで救われると説いた法然であり、明恵は法然の思想に反論をしていたが、ここでは同じく歌人でもあった西行の精神と比較したい。

西行は高野山の真言宗を学んだが、当時高野山に入っていた阿弥陀の浄土信仰も学んだ。平安時代末の戦乱による末法思想に伴い浄土信仰が弘まり、真言宗や華厳宗に阿弥陀信仰が入っていた。念仏を唱えるだけでこの世からあの世の浄土に行ける、という思想は民衆に分かり易く弘まっていった。

二人は共に教団を創らず、遁世の形であり、僧位での出世を望まなかった。共に歌を詠み、仏教と文学の関係に関心を持っていた。仏の道に徹するのに歌を詠む必要があったのかどうか、当時も問われていた。仏教の精神はどのように歌に表現されたか。仏教思想を現代人が理解することは難解であるが、歌は思想に比べて分かりやすく、後世の一般の人にも伝えられていきやすい。

『明恵上人伝記』によれば、高雄で修行していた明恵に、西行が和歌について語っている。

「私が歌を詠むのは、一般普通の人が詠むのとは違っている。花・郭公《ほととぎす》・月・雪、すべて風情あって心ひかれるものに相対しても、すべての姿は真実でない」

「詠む和歌はすべて真言であり、真実でないものはない。花を詠んでもほんとうに花と思わず、月を詠んでもほんとうに月だとも思わず、ただその折にふれ、心が動くままに和歌を詠んでいる」

「自分もまたこの大空のような心の上に、いろいろと情趣を詠んでゆくものの、少しも跡《あと》を残さない。この和歌は、そのままこれが釈迦如来《しやかにょらい》のほんとうの姿である。だから和歌一首をつくるたびに、仏像御一体を造る気持ですする。一句の和歌を口ずさみ心にあれこれ思う間は、秘密の尊い真言を唱えるのと同じ気持である」

（平泉洸訳）

以上は、西行の言葉を聞いた喜海の記録文であるが、西行が明恵に会ったのは史実ではない、と訳者の平泉はいう。

詩歌文学が仏教思想と結び付けられた言葉であり、『新古今和歌集』の藤原俊成・定家親子にも共通する歌論であった。西行の精神は心敬によって連歌に流れ、連歌師であり茶人であった村田珠光《じゅこう》・武野紹鷗《たけのじょうおう》によって禅と茶が結び付けられて利休に流れている。歌道、連歌道、茶道、俳諧道に流れる道の精神である。造化・自然との一体感・同質感を求める大乗仏教にも共通する精神であり、その背景には老荘思想の道の精神があった。

日本の仏教に共通するのは「草木国土《そうもくこくど》悉皆成仏《しつかいじょうぶつ》」という、本覚思想と呼ばれる精神である。この世の森羅万象に命の仏性が存在するという思想であり、神仏霊魂が習合したアニミズム的な精神である。

吉野山こずゑの花を見し日より心は身にもそはずなりにき　西行
ゆくへなく月に心のすみすみて果てはいかにかならむとすらむ　〃
あかあかやあかあかあかやあかあかやあかあかあかやあかあかや月　明恵

歌人・上田三四二は『この世この生』で西行と明恵を比較して、西行は地上一寸の人で、明恵は地上一尺の人だという。西行は桜を見れば心が身体から離れていこうとし、月を見ても心が身体を抜け出して、その果てはわからないほどであった。その西行の身体は心を追って一寸ほど浮き上がり、心身が調和を保っている。その状態を三四二は「現世浄土」「地上一寸の浄福感」といい、出家した意味もそこにあったとする。

一方、明恵は鏡のように透明な「水精の珠」のようになり、「地上一尺」に浮いて、世俗の塵を鎮めた地上一尺の清浄帯を「地球浄土」とし、その浮力は月の引力だったと三四二は洞察している。

地上一寸や一尺は医者であった三四二らしい比喩だが、歌を読むかぎりでは、二人の心が月光に魅せられる度合いに大きな違いはない。詩魂が桜や月の美しさにあこがれて体を離れようとして、体が地上から浮くような気持ちは二人に共通している。花や月に魂が魅せられることは僧侶に限らないが、当時、月の歌が仏教思想と結び付けられていたことは、現代人にはすでに分からなくなっている。現代歌人の三四二も、月が悟りの心を象徴するとは理解していなかった。西行と月の関係はあまりに美的・詩的に語られすぎてきたが、西行自身は仏教修行と月を関係づけて歌を詠んでいたことは、文学関係の評論ではあまり語られてこなかった。


わしの山思ひやるこそとほけれど心にすむは有明の月　西行

「わしの山」とは釈迦が仏教を説いた霊鷲山《りようじゆせん》である。その山は遥かに遠いが、心には澄んだ有明の月が住むという歌であり、藤原俊成は「心月輪《しんがちりん》」を観じた歌と批評している。月輪観《がちりんかん》とは、月を対象として菩提心（悟り）を求める密教の瞑想の修行であり、満月の丸く輝く姿が悟りの心に喩えられた。大乗仏教にとっての月は、煩悩の曇りを無くした悟りの象徴であった。藤原俊成の時代には、歌人にとっても月は美的・詩的存在だけでなく、仏教の悟りと関係づけられていた。

西行にとって、月は仏教の悟りに直結する対象であるが、同時に美的で神的な存在でもあった。

その玉や羽黒にかへす法の月　　芭蕉

芭蕉には月をテーマとした句が多い。「松島の月まづ心にかかりて」から始まる『おくのほそ道』の旅の行程は月見を計算していた、と俳人で評論家の安東次男は洞察する。芭蕉の月見は、西行の月の歌への思いであった。引用句は四十六歳の句で、羽黒山を再興した別当の天宥法印への追悼句である。輝く月の法力が、伊豆大島に流された天宥法印の玉（魂）を羽黒山に呼び戻すだろうと詠む。羽黒山は密教系の修験道の道場であり、神仏習合の山であった。月の法力・呪力が霊魂を呼び戻す、と芭蕉は思っていた。

芭蕉には仏教的な悟りに誘う月の光の句は少なく、むしろ道教的な魔力・呪力を月光に感じていた。西行や芭蕉の月は修験道や神仏習合の霊性に近い。西行は修験道の大峯山で二度修行している。修験道には神道・仏教・道教が複雑に習合するが、月の光の清らかさと美しさが神道・仏教・道教の霊性を象徴していたことに共通する。

釈迦誕生よりはるか以前の古代中国では、秋分の日には月を神として祀っていた。日本の月見も中国の仲秋節の影響であり、四季の祀りと共に渡来した。西行が月に仏を見ることは、月に神を思う精神に近いようだ。

紅《くれない》の雪は昔のことと聞くに花のにほひに見つる春かな　　西行

この西行の歌には道教の影響がある、と宇津木言行は『西行学　第三号』の論文「西行の聖地『吉野の奥』――道教・神仙思想と修験道の習合に注目して」にいう。紅の色の雪が昔降ったが、吉野の奥の花の色つやの中に、今その色を見るという歌である。「紅の雪」とは宮中で常備されていた毒消しの仙薬で、赤い色の硫化水銀が原料であった。水銀は道教において不老不死の薬であり、寺社の柱の朱色は水銀の色である。腐らないようにするためという実用性だけでなく、邪を祓う霊的効果があるとされた。高野山の守護神である丹生都比売《にうつひめ》神社の丹生明神を祀ったのは、水銀を扱う丹生一族であり、空海のパトロンであった。吉野から高野にかけて水銀の鉱床があり、丹生都比売神社の近くに生まれ育った西行は、桜の花に不老不死の薬の色を詠んでいた。

西行歌と神道・仏教との関係は学者によって研究されているが、西行歌と道教・神仙教との関係の考察は宇津木言行の論文が初めてではないか。国文学者は道教の存在を知らないか、知っていても日本文学には無関係と決めつけているかのようであるのは、道教と日本文化の関係がほとんど研究されてこなかったからであろう。道教を研究する学者が少なく、道教の漢文の書物が詳細に研究されてこなかったからである。日本の古典と古代中国の古典を原典で理解できる学者は極めて少ないからであろうか。道教の漢文の書物の現代日本語訳があれば、日本の宗教・文学がもっと詳しく理解できるのではないか。

榊葉に心をかけむゆふしでて思へば神も仏なりけり
いかなれば塵にまじりてます神につかふる人はきよまはるらむ
何事のおはしますをば知らねどもかたじけなさの涙こぼるる

一首目は、西行が伊勢に行き太神宮に参った時の歌である。内宮には僧侶の参詣は許されなかったが、西行の神に対する精神が詠まれている。木綿をかけて祀る天照大御神も大日如来だと詠むのは、神は仏だという本地垂迹《ほんじすいじゃく》思想である。

二首目では、塵にまじっておわす神にお仕えする人はどういうわけで清められるのだろうか、と詠む。「和光同塵は結縁のはじめといふことをよみけるに」という詞書がある。「和光同塵」は老子の言葉である。英知の光を持っていても、やわらげて誇らず、民衆と自分を同じレベルにして道を求める、と老子は説く。神と仏が互いに鋭い光をやわらげて習合し、俗塵の中で民衆を救うことに、和光同塵の精神が応用された。西行は天台、真言、浄土、修験道、伊勢神道、熊野信仰等々、多くの思想・精神を学び、和歌の中に融合させている。

三首目は西行作と伝えられてきたが、現在の研究では否定されている。西行作でないとしても、この歌の、神も仏も言葉で定義できない神仏習合の普遍的な心は、西行の思想・精神と矛盾しない。

仏教がインドから中国に入った時や朝鮮から日本に入った時には、中国でも日本でも神々の国だったので、仏教を弘めるために仏を神々の一つとした。日本ではその後、神道よりも仏教の力が強くなり、神が仏の一つに変容して神仏習合となっている。インドで発生した自力で悟る釈迦仏教とは異なる思想が、釈迦の死後に大乗仏教として発生した。釈迦を神のように崇め祀ることにより、仏がヒンズー教の神のように変容していた。

死出の山越ゆる絶え間はあらじかしなくなる人の数つづきつつ
流たえぬ波にや世をば治むらん神かぜすずしみもすその岸

一首目は、源平の戦いで、冥土への山を越えて逝く死者の列は絶え間なく、死者の数が増えていくことを悲しんだ歌であり、西行は戦争を心から憎んでいた。出家の理由も、戦争を嫌ったことに関係していると考えた方が西行の人生を理解しやすい。出家していなければ荘園の管理者を継いで、当時荘園の領地争いをしていた高野山と戦う必要があり、北面の武士としての仕事を続けていれば、源平や天皇家の争いに巻き込まれていた。出家し歌を詠む生活を選んだ理由は、西行が戦争を嫌い、平和の精神を持っていたからであろう。

小林秀雄はすでに『西行』において、「頼朝に抗して嵐の中に立つ同族の孤塁」といい、「若し世に叛かなかったなら、どんな動乱の渦中に投じて、どんな人間を相手に血を流していたか」と、西行が出家しなければ戦争の中で殺し合いをしていたと洞察する。小林秀雄という評論家は批評の神様と呼ばれただけあって、西行の出家の目的も明瞭に理解していた恐ろしいほどの慧眼の持ち主であった。

二首目は伊勢の御裳濯川《みもすそ》での歌である。絶えることのない流れの波によってこの世は平和に治められ、神風は涼しく御裳濯川の岸を吹いているという、平和を神に希求する歌である。西行の行動は今も謎だが、その一生は戦争を嫌い、歌と宗教を通じて平和を希求した行動だと考えればよく理解できる。

◇

西行に関する小説の多くはストーリーの面白さを狙うため、西行と待賢門院璋子《たいけんもんいんたまこ》との恋・失恋をテーマとしており、『源平盛衰記』の記事に基づいている。西行が鳥羽院の北面の武士になったのは二十歳の頃であり、二十三歳の時には出家している。北面の武士を通じて経験したことが出家を決断させたのであり、男の仕事として武士の世界を貫くのではなく、出家者を選んだのである。天皇家・朝廷・武士の生活を間近に見たことが、出家をうながす契機になったのであろう。

角田文衞の『待賢門院璋子の生涯』によれば、璋子は白河法皇の養女であると同時に、法皇と性的な関係があったという。璋子は十七歳の時に法皇の孫にあたる鳥羽天皇の中宮となったが、その後も白河法皇とは関係を続け、五歳で即位した崇徳天皇は鳥羽天皇の子ではなく、白河法皇の子であったと角田はいう。

西行に関する小説の多くは、すでに妻子のあった西行が二十歳から二十三歳の間に、十七歳年上で七人もの子を産み母の年代にあたる、三十七歳から四十歳の璋子と深い関係があり、出家するほどの失恋をして、西行の歌の桜や月には璋子の面影があると想像する。二十歳の青年武士が、七人の子を産んだ十七歳年上の上皇の妻に恋をしたという小説家の想像は、仏教や戦争への西行の精神と行動への思いを欠いているのではあるまいか。璋子・白河法皇・鳥羽天皇の奇妙な三角関係を知っていた西行にとっては、むしろそういう天皇家の状態が出家をうながす一つの理由となったのではないか。

目崎徳衛が『西行』の中で、過度の想像に人を駆り立てる原因は西行の恋歌の圧倒的な迫力にある、と述べていることが真実に近いようだ。西行の出家の後数年間に、崇徳天皇が退位、璋子が落飾・崩御、璋子の女房たちの離散等々、西行がいかにも予感していたかのような無常の世であった。

二十代の西行は恋を失ったから出家したのではなく、恋の奥に潜む人間の無常を見てしまったから出家したかのようである。恋歌が多いのも題詠であり、性愛の経験と実行力があれば恋歌は残さないであろう。恋というのは心の中だけの世界であり、恋歌が多いから中宮と関係があった、という想像はできないであろう。心の中の恋の歌は、桜や月や仏といったものに心・魂が魅せられる歌に関係している。

願はくは花のしたにて春死なんそのきさらぎの望月のころ
仏には桜の花をたてまつれわが後の世を人とぶらはば

望月の頃とは、釈迦が入滅した二月十五日のことであり、西行は二月十六日満月の日に入滅した。桜は神道の神でもあったから、神と美の象徴としての桜と、仏教の悟りの心を象徴する月は、神仏習合の精神の象徴であった。神社の「社」の漢字が象徴するように、神の霊や死者の霊は土の上に立てた樹木や花に依りつくので、日本でも桜に死者の霊魂が宿ることが信じられていた。特にしだれ桜は墓所に植えられていることが多い。

愛《いと》ほしやさらに心の幼《おさ》なびて魂切れらるる恋もするかな
沢水にほたるのかげのかずぞそふ我がたましひやゆきて具すらむ（ふ）
おぼえぬをたがたましひの来たるらむと思へばのきに蛍とびかう

西行は恋を「魂切れらるる」と形容する。恋心は魂の働きであり、月を見ても、桜を見ても、「あくがるる」心であった。月にも桜にも、恋と同じく「あくがるる」魂が働いていた。魂を蛍の光のイメージに象徴したことは、和泉式部の歌〈もの思へば沢の蛍もわが身よりあくがれ出づるたまかとぞ見る〉

と同様である。西行の桜にあくがるる心は高貴な女性への片思いの比喩だという論が多いが、純粋に桜そのものに魅せられていたと思われる。塚本邦雄は『西行百首』において、あくがるる状態を、西行の遊魂・離魂症状だという。

◇

あかあかやあかあかあかやあかあかやあかあかあかやあかあかや月　　明恵

川端康成は、ノーベル賞受賞記念講演『美しい日本の私』で、この歌をはじめ明恵の歌を引用して、明恵は自然に没入し自然と合一していたと述べた。

この歌は実際の月を詠んだというよりは、唯識心観《ゆいしきしんかん》によって心の奥に捉えた月のイメージへの感動を表現した陀羅尼であった。「歌は真言」と明恵に語った西行伝説の言葉通りの歌であるが、現代人には仏教的な思想に彩られた歌ではなく、月と月光の美しさに感極まっての魂の叫びのように思われるであろう。しかし現代人の仏教離れの心とは異なり、若い頃から仏教に帰依していた明恵にとっては、月の光の清らかさが悟りの心そのものであった。月の光が仏の光となる思想であり、『華厳経』の毘盧遮那《びるしやな》仏が放つ無尽の光を心に観じて、仏と合体して仏になるという精神であったことは忘れられている。

光は『無量寿経』においても阿弥陀仏を象徴し、無量光、無辺光、清浄光、歓喜光、智恵光等々、十二の光を放っている。『万葉集』では、月は自然の月を指しているか月の神を暗示していたが、十一世紀の『後拾遺和歌集』から月の歌が急に増えて、浄土信仰の弘まりから阿弥陀仏の来迎を月に託すようになり、「月輪観」によって心に月を観じることが弘まっている。

くまもなく澄める心のかかやけばわが光とや月おもふらむ

心の光こそ本当の月の光であり、光は仏や菩薩の知恵と慈悲を象徴していた。光と一体になって光に包まれることが仏と一体になることだ、という仏光観であった。

小林秀雄は講演「私の人生観」で、明恵が木の股に乗って座禅を組んでいる絵が好きだという。一面に松の木が描かれ、小鳥が飛びかいリスが遊ぶ絵は、「異様な精神力が奥の方に隠れている」「大自然をわがものとした、いかにも美しい人間像が、観というものについて、諸君に言葉以上のものを伝える筈」と小林はいう。

明恵は若い頃、故郷・紀州の白上の峰で修行中、俗から離れた仏道への意志を持つように、仏眼仏母像の前で自分で片耳を切り、無耳法師と名乗った。多くの僧は淫戒を守らず女犯をおかす破戒僧であり、明恵が耳を切ったのは自己去勢であった、と河合隼雄は『明恵　夢を生きる』で洞察する。明恵は一生不犯で女性を近づけなかったが、夢の中では豊満な肉体を持つ貴族の女性と交接したと書く。禁欲的な明恵は夢の中で性欲の思いを果たしたのではないかと解釈されるが、夢ではなく現実としての不犯が大切であったようだ。高山寺を再興した後はその徳を慕って女性が集まり、明恵は善妙寺という尼寺を建てて受け入れている。

われ去りてのちにしのばむ人なくは飛びて帰りね鷹島の石

この歌の詞書には、紀州の鷹島という島の石を取ってきて机の上に置いていたとある。明恵は辞世として、この世を去った後に賞美してくれる人がなければ空を飛んで紀州の島に帰ってしまえ、と石に向かって歌を詠んでいた。

石を命ある友として呼びかけた、悉皆《しっかい》成仏・悉有《しつう》仏性の歌であり、石に有情・生命性を感じた高濱虚子の句〈石ころも露けきものの一つかな〉と同じ精神である。孫悟空が石から生まれたように、東洋の、特に老荘思想の影響を受けた詩的精神・霊的精神においては、石や無機物は生命をもつものであり、荘子の思想が大乗仏教に影響を与えていた。紀州の海は釈迦の生まれたインドの海に繋がっているから、紀州の浜の石にも釈迦の命が宿ると明恵は思っていた。

明恵は「島殿へ」と、この紀州の島に宛てて長文の手紙を書いている。島は、木や石と同じように心を持たず非情だけれども、衆生（全ての生物）と区別することはできないといい、島は国土であり、国土は『華厳経』に説く仏の十身中の国土身であり、毘盧遮那仏の一部にあたると書く。島の大桜も思い出されて「恋しう」といい、口をきかない桜に手紙を出すのは「物狂い」だけれども、明恵を狂っていると思う人は友達にはしないとも述べている。明恵の信仰は、文学的には風狂の系譜に繋がる。明恵にとっての大乗仏教とは、森羅万象の島・桜・石・魚・樹木・海・月等々、有機物と無機物とにかかわらず生命と心を持つという信仰であり、その奥に神的な仏が存在していた。

釈迦の死後に出た大乗仏教が中国に渡来したあとに、荘子の影響で衆生の範囲が動物から植物や無機物に拡張されて、朝鮮経由で日本に渡来してきた。明恵が島に宛てた手紙に説く生命観は、荘子の造化・宇宙観に近い。『荘子』では、瓦や壁にも道性・生命があると説かれていた。

異生性《いしょうしょう》はこのほどすでに捨てはてつ仏性今は隠れあらじな

非情にも三得ありといひつべし心澄む夜の松風の声

一首目には、すでに凡夫の俗の本性を捨て去って、仏という覚者となる本性を持っていることは疑いが無いという自信がある。

二首目には、草木土石などの非情のものにも仏性の悟りの境地があり、心が澄んだ夜の松風の音にも悟りの静寂があるという思想が詠まれている。一首目は自ら悟りを得られるという歌であり、二首目はその悟りの内容である。「草木国土悉皆成仏」と同じ思想である。

「草木国土悉皆成仏」の万物に生命性があるという言葉は、釈迦が生存している時の思想ではなく、荘子の「道は、どこにもある、けらむしにあり、いぬびえにあり、がへき（瓦壁）にあり、しにょう（屎尿）にあり」という万物の生命（道）は一体であるという考えからきていると、福永光司は『中国の哲学・宗教・芸術』で洞察する。釈迦仏教にはなかった思想である。

万物に魂・生命があるという思想は、エドワード・B・タイラーが創唱し詳しく定義したアニミズムという学術用語に近く、老荘思想や密教に共通した思想であり、東洋での神仏習合の思想である。この思想において明恵と西行には共通点があり、芭蕉、子規、虚子にまで貫道している。

山のはにわれも入りなむ月も入れよなよなごとにまた友とせむ

山の端近くに傾いている月よ、私も峯の禅堂に入ろう、そして毎夜毎夜、月を親しい友として過ごそうという歌である。月と明恵の心が一体となることが悟りであった。釈迦の心の中だけの無常の悟りからさらに進んで、明恵や西行では、月や桜の自然と一体になることが悟りの心の一つとなっていた。釈迦にとっては月の光も無常であったが、中国と日本の文学と宗教では、月光は無常というよりも永遠の光となっていた。

明恵は釈迦の国・インドに行きたいという思いを激しく持ち、地図を準備して計画を立てていたが、春日大明神のお告げ・託宣によってインド行を中止している。能の「春日龍神」はこの逸話をテーマとしたものである。周りの人々が明恵に、インドに行かず日本国内で教えを説いてほしいと願望したことが神のお告げになったとされるが、釈迦の国に行くことを神が止めたというのも興味深い。明恵の歌には、西行と異なり神を詠んだ句はないが、春日神社にお参りしているから、神を信仰することは禁じていなかった。神を信仰するというよりも、神のお告げを聞くことができる体質であった。

明恵は眠って見た夢の記録を『夢記』に、十九歳から死亡の一年前まで書き続けた。夢の中で何かの前兆を見たり、春日明神の降霊を見たりと、不可思議な現象が多い。予見能力があったのは陰陽師の安倍晴明に似ている。河合隼雄は『明恵　夢を生きる』の中で明恵の夢を詳しく研究して、明恵のテレパシー現象はユングのシンクロニシティ（共時性）の考えに基づけば信頼できると判断している。

明恵の夢はあまりにも細かく詳しいので、明恵が書物を通じて勉強したことや、頭が冴えているときに意識的に考えたことも夢として書かれた可能性もあるが、明恵の精神構造は理性的な理解を超えている。世の中には神仏を信じることが出来ない俗人が多いから、神仏を信じることが出来る人が聖人となる。神仏を信じるということは、すでに夢を信じることに近い。荘子によれば、夢というのは魂の働きであるから、明恵の夢も明恵の魂の働きだと考えられる。夜に寝ている間に見る夢ではなくて、昼間でも魂は想像の世界に飛ぶことができる。

明恵の思想の特徴のひとつは、「阿留辺幾夜宇和《あるべきやうわ》」（あるべきようは）という七文字であった。今も高山寺に一枚の掛け板があり、僧侶が生活上で守るべき規律が書かれている。

『明恵上人遺訓』によれば、人はこの七文字を守るべきだといい、僧は僧のあるべきよう、俗は俗のあるべきよう、帝王は帝王のあるべきよう、臣下は臣下のあるべきようを明恵は説いていた。「あるべきようは」というのは、あるがままにということではなく、あくまで「べき」論であり、日常の規律を守ることであった。さらに「我は後世たすからんと云ふ者にあらず。ただ現世に先づあるべきやうにあらんと云ふ者なり」という。明恵は後世、死後の世界で救われることを説いていないという意味では浄土宗・浄土真宗とは異なり、釈迦に近い思想であった。

◇

明恵の思想で注目すべきは、法然批判である。平安時代末期から鎌倉時代にかけて、末世や末法といわれて死後に浄土を求める思想が弘まってきた。後世・あの世を願う法然の浄土宗である。明恵は後世というよりもこの世での悟りを主に考えていたので、何も努力せずにただ念仏だけを唱えていれば浄土に行けるという思想を否定して非難した。

法然は比叡山の学僧と修行に絶望して、四十三歳の時に専修念仏に開眼し、「ただ一向に念仏すべし」と説き学問と戒律を不要とした。「南無阿弥陀仏」と唱えるだけで、酒・肉・性が禁止されない念仏往生の宗教は、下級武士や庶民の間に救いとなって弘まった。

法然の仏は阿弥陀仏信仰であり、明恵の仏は弥勒菩薩信仰であった。南無は帰依することで、南無阿弥陀仏と唱えることは、阿弥陀仏に救われることを願い、阿弥陀仏によって極楽浄土へ導かれることである。弥勒菩薩とは釈迦の死後五十六億七千万年経ってからこの世に現れ、多くの人びとを救うという未来の仏である。菩薩とは仏になるために修行中の身であるが、人間の努力によってこの地上から罪や悪が一掃された時に人びとと共に成仏するといい、明恵は弥勒菩薩信仰であった。入滅する前に「南無弥勒菩薩」を唱えたという。

同じ仏を念じても、法然の念仏は仏のイメージを心に浮かべることはないが、明恵は仏の姿形を心に思い浮かべる観相であった。

法然の思想は神の存在を否定したが、西行・明恵は神を信じた神仏習合であったことは大きな違いである。しかし現代人にとって、阿弥陀仏は他力の存在に祈りを捧げる神々の一つのようになっている。

一休vs良寛

若い女性を愛した老僧

一休さん、良寛さんと呼ばれ、多くの説話で親しまれてきた二人は、一体どのような精神・思想を持っていたのであろうか。二人の詩歌からは、説話とは異なる姿が見えてくる。一休と良寛は共に永年禅宗を学んだが、俗化した僧侶の世界を嫌い、高い官位を求めず、市井において禅宗を教え、優れた詩歌を残した。二人は共に七十歳を越えた晩年に若い女性と知り合い、一休は性愛を赤裸々に詩歌に表現し、良寛は相聞歌を交わしていた。

◇

一休宗純は、室町末期の明徳五年（一三九四）元日、京都に生まれ、文明十三年（一四八一）八十八歳で没した。戒名は宗純、一休は道号である。『一休咄《ばなし》』では、一休の名は有漏路《うろじ》（煩悩）の世界から無漏路《むろじ》（悟り）の世界に帰る途中の「一休み」に依拠するとされている。一休が生きたのは南北朝合一の時代であり、応永の乱・応仁の乱の中で暮らしていた。

六歳で安国寺に入り、二十一歳の時に京都の臨済宗（道元が祖）大徳寺の高僧・華叟宗曇《かそうそうどん》の弟子となり、文明六年（一四七四）八十歳の時に後土御門《ごつちみかど》天皇の勅命により大徳寺の住職となったが、寺には住まず再興に尽力した。一休は後小松《ごこまつ》天皇の落胤といわれ、天皇家とは深い繋がりがあった。南朝系の生まれである母は、北朝の後小松天皇の寵愛を受けたが、帝の命を狙っていると讒言《ざんげん》されて宮中を追われた。一休寺には宮内庁管轄の「後小松天皇皇子宗純王墓」がある。

一休は詩集『狂雲集《きょううんしゅう》』の中で、自らを「妖怪」「狂雲」と呼ぶ。京都の遊里で遊女と遊び、少年愛にふけり、晩年には盲目の若い尼と愛し合った一休と、禅の道を極め大徳寺の住職となる一方で、仏教界を痛烈に批判し詩を書いた一休とは、一見矛盾していて理解に苦しむところがある。多くの一休研究者もこの矛盾を完璧に解消して論じることには成功しておらず、ここでも矛盾した二面性はそのまま取り上げる他はない。大徳寺が僧尼や商人に、禅を修行した証明書を代金と引き換えに乱発したことを一休は非難していた。一休は、自分以外に禅を説くことができるものはいないという自負を持っていた。

一休は二十七歳の時に悟りを開いたが、師の印可状《いんかじょう》（悟りを開いたことを証明する書面）を拒否して自ら風狂と名乗る。このことも理解困難である。一休の時代の京都は、戦乱・飢餓・疫病のため混乱して死者と白骨で埋まっており、一向一揆が起こった時代であった。民衆集団の政治的な運動が起き、寄合・連衆・座・講といった、集団による人間の関係が発生した時代である。室町時代の文化精神の中に一休の宗教精神があり、茶道・連歌・猿楽等の精神と関係付けられていた。〈何せうぞくすんで　一期は夢よ　ただ狂へ〉と詠う『閑吟集』の精神であった。

一休は自ら破戒の僧となり、民衆の中で法を説き布教した。

はかなしやけさみし人のおもかけはたつはけふりの夕くれの空　　一休

『一休骸骨』という文の中にある歌で、今朝会った人が夕暮れには焼かれて野辺の煙に消えるという死を詠んでいる。人間はすべて骸骨から成り立ち、生きている人間の中身は骸骨だと考え、一休は骸骨によって虚無と無常を教えた。骸骨たちが集まって宴会する絵を描いて無常を教えている。「身は死ねども魂は死なぬは、大なる誤り」といい、身体は田地に帰ると説く。一休は釈迦と同じく、魂はないという立場であった。『一休骸骨』『狂雲集』の題名にある「骸骨」と「狂雲」は、『荘子』や道教経典にある言葉である。死後の魂はないのだから、必然的に死後の極楽浄土はないとする考えであった。良寛にも「髑髏自画賛」という髑髏の絵につけた賛の漢詩があり、荘子・一休・芭蕉に貫道する髑髏観の影響がある。

『大乗仏典』第二十六巻の一休の詩集『狂雲集』（柳田聖山訳）によれば、「禅僧は禅で対立し、詩人は詩で対立して、カタツムリの角の上で、二つの国の王さまが、存否をかけて、大たちまわりをみせる」という大徳寺の内乱を批判した詩があり、芭蕉の句〈かたつぶり角《つの》ふりわけよ須磨明石〉と同じく、荘子の「蝸牛角上の争い」を踏まえている。一休も『荘子』を深く読んでいたようだ。「参禅にくる連中も、悪魔のまわしもの」「今の修行僧たちは、どいつもこいつも、穀つぶしである」「インチキ老師たちは今、おもいつきをしゃべりまくっているが、閻魔大王の前に引きだされたら、舌をきられるほかはあるまい」等、禅僧を非難する詩が多い。一方、自らについては、八十一歳で大徳寺の住持となるよう勅命を受けた時には、「五十年のあいだ、蓑笠をつけて放浪した乞食の身が、はずかしいことに、今朝は紫衣の坊主である」と恥じて謙遜する。天皇から賜った紫衣を着用することはなく、大徳寺には入山しなかったという。

禅とは何かについて具体的に説明した漢詩は見つからない。禅の悟りは、やはり不立文字のようである。詩歌については、「陶淵明の歌ごころにこそ、生命花やぐのである」と褒めている。禅僧を非難して荘子や陶淵明を評価する精神とはなにか矛盾するようであるが、よほど当時の禅僧の行いに我慢ができなかったようだ。「釈迦や弥勒という、特別の人格があるわけではない、人々は万巻の本と経をよみ、一首の詩から始めたのである」と精進努力の求道精神を説く詩によって、一休を慕う人がいたことが想像できる。

鎌田茂の『一休』には〈国いづくさとはいかにと人とはば本来無為のものとこたへよ〉という一休の歌が引用されている。故郷はどこかと聞かれれば本来無為のところと答えよ、と詠むところは、荘子の無為自然を連想する。禅僧を非難し堕落した僧侶を批判しつつ、自らも酒を飲み遊女屋に出入りしたのも、反骨精神とともに無為自然に生きるという考えを持っていたからではないか。

一休が七十七歳の時に若い盲目の尼・森女と愛し合ったことを詠んだ詩「美人陰有水仙花香」は、美人の陰部に水仙の香りがあるという性愛の詩である。また「婬水」という詩には、口の中いっぱいに女性の清らかな香りの水を含むという意味の言葉がある。言葉だけを見れば激しい性愛の様子が詠まれている。森女が熟睡している状態について、夢の中の蝶が私なのか、夢から覚めた私が本当の私なのかという『荘子』の「胡蝶の夢」が詩の中で引用される。性愛の極致におけるエクスタシーの世界を描写している。

性愛の詩と、禅や高僧とを結びつけることは困難であるため、性愛の詩は現実ではなくフィクションだとする学説がある一方、水上勉は一休の道歌「色の世界に色なき人は、金仏《かなぶつ》木仏《きぶつ》石ほとけ」を引用して、一休の性愛は自然の営みであったと説く。女性との身体的な合一と、禅的で宇宙的な空と自らの心の合一に、共通性を見つけていた。

大乗仏教的悟りを性愛のエクスタシーにたとえることは、空海密教やヒンズー教での神仏の絶対者との合一にも見られるところである。「婬坊に題す」という詩には、煩悩の固まりのような肉体を禅修行のために捨てる心は無いと詠む。一休が高僧でありながら破戒僧であったことは矛盾であるが、釈迦の教えに反した破戒的な仏教の要素が日本の禅に存在していたと考える他はない。

一休は一休文化圏と呼ばれる文化人に影響を与え、能楽・連歌・茶道関係の人々が一休に帰依していたことは不思議な事実である。連歌の宗祇、俳祖の山崎宗鑑、能の世阿弥元清や金春禅竹たちは一休に私淑していた。一休は堺に小庵を構えたことがあり、堺の豪商には一休に参禅する人もいて、経済的にも一休を援助していたとされる。

侘び茶の湯の祖である村田珠光《じゆこう》は大徳寺にいた一休に参禅し、座禅中の睡魔を避けるため茶の服用をし、後に茶事の式法を定めて茶道の先駆者となったとされるが、歴史的事実として裏付ける資料が充分残っていないという。また一休寺の門前には「薪能金春芝旧跡」という石碑があり、金春禅竹が一休の前で猿楽の能を演じたという。禅竹は一休に参禅して「能禅一如」の境地をきわめたともいわれる。一休が、能楽・連歌・茶道の室町文化・東山文化に深い精神的な影響を与えたその背景には、多くの謎が残っている。

◇

良寛は、宝暦八年（一七五八）越後国出雲崎（現・新潟県出雲崎町）に生まれ、天保二年（一八三一）七十四歳で没した。江戸時代後期の曹洞宗の僧侶であり、歌人・漢詩人・書家であった。俗名は山本栄蔵または文孝、号は大愚。小林一茶とは生きた時代がほぼ重なり、一茶の死の三年後に没している。十八歳の時に突然出家して、二十二歳からは備中玉島（現・岡山県倉敷市）の円通寺で十七年間禅の修行をした。三十九歳の時に帰郷したが、寺の住職にはならず乞食行脚をしていた。無一物・無所有の人生であった。

詩・歌・書が優れていたため多くの人々に慕われた。詩人の詩、歌人の歌、書家の書といった専門家の作品を嫌ったという。

食欲・物欲には限度がなく欲は増幅されていくため、無一物・無所有は釈迦が教えた道であるにもかかわらず、多くの僧侶は守ることができない。良寛が当時の僧侶の生活を否定していたことは一休に共通する。良寛が寺を捨てたのは、僧侶の立身出世主義・怠惰・偽善・貪欲を非難し嫌ったからであった。

良寛を尊敬し、ベストセラー作品『清貧の思想』をはじめ多くの本を書き、近代的な生活・文明を非難した中野孝次でさえも、現実には良寛のように全てを捨てる生活はできないという。物欲があると神性・仏性・道《タオ》といった生命の大本を隠してしまうといい、物欲のない良寛を慕う現代日本人が多い、と述べる。良寛は『荘子』をいつも持ち歩いていたから、良寛には荘子の無為自然の精神がふんだんに取り込まれていたと中野はいう。世間を捨てるとわずらいがなくなり、自然・宇宙と一つになれるという荘子の思想を良寛は実践していた。荘子、西行、芭蕉、良寛に共通する精神であり、芭蕉のいう「貫道する物は一なり」のエスプリである。

芭蕉や良寛の句歌を慕う人は多いが、その生活を真似することが困難だから慕うのであろうか。夏目漱石は晩年良寛に関心を持ち、漱石の「則天去私」と良寛の詩の中の「騰々　天真に任《まか》す」（ぼんやりとして、あるがままの天然自然の真理に、自分を任せきっている）という一節に相通ずるものがあると、唐木順三は『良寛』の中でいう。どちらも禅の悟りというよりも、荘子の無為自然の精神に通う。

鉢の子に菫たんぽぽこきまぜて三世《みよ》の仏にたてまつりてむ　良寛

托鉢の途中で、鉢の子に菫やたんぽぽを摘んで、過去・現在・未来の仏たちにささげると詠む。無一物・無所有の良寛は、心を無にして自然と一体であった。その幸福な心の状態を「優游《ゆうゆう》」と呼んでいた。漢詩の中に「優游　年を窮《きわ》むべし」「優游　又　優游」という言葉が見られる。歌人・上田三四二は、良寛の用いた詩語のうち最も美しい詩語の一つだという。上田は触れていないが、良寛の愛読書が『荘子』であり、良寛の「優游」や禅家のいう「遊戯」という言葉は、荘子の「汚瀆《どぶみぞ》の中で遊戯する」「万物の終始するところに遊ぶ」という言葉から来ているようだ。
「総《すべ》て風光の為に此の身を誤る」と良寛は漢詩に詠む。風光というのは風雅・風流の道であり、世の人からは風狂と呼ばれる。そのために、世間一般の人から見れば身を誤ったと認識されていた。芭蕉と同じ精神である。

うちつけに死なば死なずて長《なが》へてかかるうき目を見るがわびしさ

だしぬけに死ねたらよかったのに、生きながらえてしまい、このようにつらい目を見なければならないことがわびしいと詠む。没する三年前の七十一歳の時に、良寛はマグニチュード六・九の三条大地震を経験している。良寛自身には何も被害がなかったが、手紙には歌と文を残した。

「災難に遭《あ》ふ時節には災難に遭ふがよく候《そうろう》。死ぬ時節には死ぬがよく候。これはこれ、災難を逃るる妙法にて候」

地震・災害にはなす術もないという諦めの境地であり、三年後に死ぬことを無意識に感じていたような言葉である。無為自然の境地で、造化に従う従順さであるが、一方で「地震後作」「地震後之詩」と題する漢詩で災害の惨状を述べて、このたびの災害は遅きに似たり、と災害は人身の頽廃への警世であるとも考えていた。

この里に手毬《まり》つきつつ子どもらと遊ぶ春日は暮れずともよし

長い冬と雪の越後に春がやってきた喜びである。山中で、板とゴザだけの五合庵の囲炉裏で暖をとっても寒さが腹の中まで通い、雪の中で耐えていた良寛には、春が嬉しいものであった。子供と手毬をついて遊ぶことが好きであった。子供と一体になり、手毬と一体になり得た心を表している。

あは雪の中に立ちたる三千大千世界《みちおおち》また其の中にあわ雪ぞ降る

良寛が円通寺で修行の間に父・以南が自殺したため、三十九歳で故郷に帰り、草庵に住み乞食行をしていた。引用歌は父を偲んで詠んだものであるが、難解である。

限りなく降る雪をじっと眺めていると、心は浮遊感とともに雪の中に魅せられる。その雪の中に、三千大千世界を幻想する。あわ雪の中に、古代インド哲学で説く三千世界という大宇宙を見る。小世界は一つの須弥山を中軸とする宇宙であるが、その小世界が千個集まって小千世界となり、それが千個集まって中千世界となり、それがまた千個集まって大千世界となる。古代のインド哲学では、すでに現代の宇宙学と同じような宇宙が考えられていた。

良寛はあわ雪の中にその大宇宙を見て、その大宇宙の中にまたあわ雪が降るのを見ていた。雪と宇宙が無限に続く入れ籠の構造である。雪の中に宇宙があり、宇宙の中に雪があり、その雪の中にまた宇宙があるという構造が無限に続く。この構造は、最近の生命科学にも見られる。人間には多くの細胞があり、その小さな細胞を初期化すればまた人間全体になり得るという大きな生命を持っている。部分的な細胞が生命全体の宇宙を持つという構造である。古代インド人が考えた生命科学と宇宙科学の真理を、良寛は直観していた。

つきて見よひふみよいむなやここのとを十とをさめて又始まるを

手毬をつきなさい、一二三四五六七八九十と、十でおさめてまた一から繰り返しつくように、仏の教えに尽きることはないと詠む。良寛七十歳の時に、三十歳の貞心尼《ていしんに》が手毬上人を慕ってやって来たときに歌ったものである。一から十まで繰り返し、また一に戻ることは、人の心の円相を表し、月の円を象徴し、月の清らかな光を観じることで悟りをひらく教えである。

いついつと待ちにし人は来たりけり今は相見て何か思はむ

危篤の良寛が貞心尼を待っていたという歌である。老僧が三十歳の女性と相聞歌を交わした心情を、後世の研究家は様々に憶測しがちであるが、純粋な老いらくの恋であった。恋も禅の悟りに遠く、荘子的無為自然の心の働きである。

うらを見せおもてを見せて散るもみぢ

形見とて何残すらむ春は花夏ほととぎす秋はもみぢ葉

辞世とされる句歌である。良寛の最期を看取った貞心尼に示した句だが、谷木因《たにぼくいん》の〈裏ちりつ表を散りつ紅葉かな〉を踏まえる。自然には陰と陽があり、人生には良いことと悪いこと、苦と楽が循環する考えであり、四季循環と人生循環を詠んでいる。四時（四季）は陰陽循環である。良寛が愛読していた荘子の、四時に従う無為自然の思想の影響が思われる。散る紅葉に自らの死を見たのであろう。形見として残すことができるのは四季の美しさだというのも、荘子の「四時に順う」の精神と共通する。

皇《すめらぎ》の千代万代《よろずよ》の御代なれば華の都に言の葉もなし
浜風よ心して吹け千早振る神の社に宿りせし夜は

京都に旅をした時には天皇の世を詠み、伊勢神宮では神を詠んだ。天皇や神を思う禅僧の率直な感情が読み取れる。

是の翁以前にこの翁なく
是の翁以後にこの翁なし
芭蕉翁　芭蕉翁
人をして千古この翁を仰がしむ

良寛には「芭蕉翁の賛」という詩があり、芭蕉に傾倒していたことがわかる。
田中圭一の『良寛の実像』によれば、良寛は医者・名主・大地主等の富者に礼状を出しており、生きていくために資産家を頼っている。芭蕉も良寛も、生きるために現実家の一面を持つ。芭蕉や良寛を尊敬する資産家が存在していたことは、今日の資産家とは教養のレベルが異なっていた証拠である。

宗祇 vs 心敬

氷ばかり艶なるはなし

連歌なくして俳諧はなく、俳諧なくして俳句は存在し得なかった。俳諧・俳句が全国的に流行し一般大衆に広まったのは、連歌のおかげである。和歌定型の五・七・五・七・七の五句のうち、上句（陽）五七五と下句（陰）七七の陰陽が切れ字によって別れ、連歌における四季を反映した発句の発生が俳諧の基本となった。多くの人々が混乱することなくルールに従って詠めるように、関白左大臣・二条良基《よしもと》が式目を定めたことが、発句において有季定型が長く守られてきた歴史的な背景である。多くの人々が参画できるためにはルールが必要であった。

「勝負を好むべからず。点をのみ心にかけては連歌の損ずる也」「心を第一とすべし」「詞は花の中に花を尋ね、玉の中に玉を求むべし」と、良基が六百年前に、高点での賞品狙いを戒め、言葉の技巧よりも心の大切さを説いたことは芭蕉に影響し、現在の俳句にも通じるところである。

連歌のはじまりについては良基が『筑波問答』において、「連歌は天竺にては偈《げ》と申すなり」と連歌の基盤を神仏、特に仏教に求めている。歌を唱えることによって大衆を導くものとして、仏国禅師や夢窓国師の例を挙げる。さらに良基は男神の句〈あなうれしゑやうましをとめにあひぬ〉に、女神が〈あなうれしゑやうましをとこにあひぬ〉と応じた、歌を二人で詠む陰陽の唱和を歌の発生とする。『日本書紀』の日本武尊が東征の途中に詠んだ〈新治筑波を過ぎていくよか寝つる〉に唱和した秉燭者《ひともせるもの》（灯火をつける番人）の〈かか並べて夜には九夜日には十日を〉も連歌のルーツとする。連歌を「筑波の道」と呼ぶルーツである。

俳句が挨拶だというのは、もともと連歌・俳諧が一座での唱和の精神を持っていたからである。また連歌は神への挨拶の場でもあり、北野天満宮は連歌の守護神であった。天満宮は菅原道真を祀り、詩歌の神とした。連歌の正式な座敷では、床の間に菅原道真の神像「天神名号」の軸を掛ける。床の間の前に花を活け香炉を置いたことから「立花」が始まっている。神と連歌と華道には深い関係があった。私は歌舞伎座で『菅原伝授手習鑑』の道真役の片岡仁左衛門（人間国宝）の楽屋を訪れたことがあるが、床の間には「南無天満大自在天神」の軸が掛けられ、梅の花が活けられていて、道真役の期間は神像に成功祈願し肉食を絶つ、と仁左衛門は話されていた。

連歌師を代表する二人、心敬《しんけい》と宗祇《そうぎ》の精神とは何であったのか。

二人が生きた時代は戦乱の世であった。室町時代の東山文化の時期だが、連歌師は独立して生活できていた。今日でも俳句だけで生活できる業俳は極めて少ないことを思えば、戦乱の世で文化と宗教が民衆に広まっていたことの不思議を思う。
連歌師は日本各地を旅して連歌を広め、西行の旅を追って旅行記が書かれていて、のちの芭蕉に深い影響を与えることとなった。

◇

心敬は、応永十三年（一四〇六）紀伊国（現・和歌山県）に生まれ、十五歳の時に比叡山で学び、二十八歳で連歌に参加し、文明七年（一四七五）七十歳で相模国（現・神奈川県）大山の山麓で没した。同じ紀伊国に生まれた明恵のように、一族を戦争で失っていた。四十七歳で十住心院の院主になったが、五十七歳で「世は飢餓道」と思い放浪の旅に出た。応仁の乱の勃発前に東国を流寓している。僧侶の高い位である権大僧都《ごんのだいそうず》に昇った。評論活動で文化勲章を受章した山本健吉と大岡信の二人は、連歌師では心敬を連歌の内容において高く評価していた。潁原退蔵は「心敬と芭蕉」という文章で、「芭蕉は心敬の精神を直接学んだにちがひない」という。

世にふるは苦しきものを槙《まき》の屋にやすくも過ぐる初時雨哉　　二条院讃岐
雲はなほ定めある世のしぐれかな　　心敬
世にふるもさらにしぐれの宿りかな　　宗祇
世にふるもさらに宗祇のやどり哉　　芭蕉

讃岐・心敬・宗祇・芭蕉と、時雨の本歌取りが続いていたことは興味深い。

この世に生きることや冷たい時雨に打たれることは苦しいが、槇の屋での隠遁生活は少しの安らぎがある、と讃岐は『新古今和歌集』に詠む。心敬は、この世で生きることの無常を時雨が増幅していく、と苦しさのみを感じている。宗祇は、戦乱のこの世で生きることを、時雨の時の雨宿りの無常にたとえる。芭蕉は宗祇の無常を継いでいる。心敬のしぐれの句を「同じ心」といい、宗祇は気に入っていた。心敬にとっての時雨は「此の世の夢まぼろしの心を思ひとり、ふるまひをやさしく幽玄に心をとめよ」とする自然の無常美感の姿であり、その精神が連歌師と俳諧師に継がれていった。時雨というのはただ単に自然の雨だけでなく、生活上の苦しさを象徴していた。

心敬は六十三歳の時に書いた『ひとりごと』で、「水程感情《かんせい》ふかく、清涼なる物なし」「秋の水と聞けば、心も冷て清々たり。又氷ばかり艶なるはなし」といい、苅田の原の薄氷、軒の氷柱、草木の露霜の氷った風情を「面白くも艶にも侍らずや」とする連歌論を詩的な散文で書いている。

やまふかし心におつる秋の水　　心敬
むすふ手ににほひはこほれ菊の水
氷るらし冨士をうかふる秋の海
秋はまたこほるる程のしくれ哉
日やうつる木の下水のむらこほり

心敬の文「氷ばかり艶なるはなし」の精神が反映された自らの発句である。『ささめごと』に述べた

「道に心ざし深く、しみこほりたる人は、玉の中に光を尋ね、花のほかに匂ひを求むる、まことの道なるべし」という連歌論が反映された句である。

心敬は藤原定家を重んじ、連歌を「道」と自覚して仏教的色彩が強く、和歌と連歌の一体感、仏道と歌道の一如観を唱えた。水や氷に艶の姿を見たのは、純粋な美感と無常を悟る心であるが、詩的な直観である。

月のみぞ形見にうかぶ紀の河や沈みし人の跡の白浪

紀伊国の戦乱によって紀ノ川に投げ込まれた多くの兵士の死体を詠んだ歌で、五十八歳の歌である。西行の反戦の精神に通う。西行の弟は佐藤家を継いで、高野山の僧兵と荘園争いをしていた。西行の時代も心敬の時代も、紀ノ川には死体が浮かんでいたようだ。

ひとり猶我《なおわが》氏神や捨ざらんさらずはかかる世にも残らじ

ひとり私の氏神はお見捨てにならなかったらしい、そうでなかったならこのような世の中に生き残ることもあるまい、と紀伊国の氏神に無常の世での命を感謝する。権大僧都という高い位にいた僧・心敬も神を拝んでいた。心敬は『ささめごと』で「仏法にも、諸宗さまざまに分かれたり。儒・釈・道。しかはあれど、源《みなもと》は一なるべし」と説く。仏教の宗派の違いも、儒教・仏教・道教の違いもなく、求める根源は一つだと悟っていた。儒は儒教、釈は仏教であることは理解できるが、なぜ心敬が「道」という道教を、儒教及び仏教と並べたのかは不思議である。道教は日本には弘まらなかったとされるが、心敬も空海も道教を比較していることは、道教が日本の宗教、特に神道に入っていたことを証明していると しか考えられない。神仏混淆の背景には儒・釈・道の混淆があった。

何事も思捨《おもいすて》つと言ふ人も命のうちはいつはりにして

全てを捨てて悟ったという人も、命あるうちは嘘なのだという、高位の僧にして正直な告白のようだ。僧の位を昇るというのも欲であり、詩歌を詠むのも文章を書くのも、釈迦がいう表現欲であろう。人間が人間である限り、全ての欲を捨てて悟るということは不可能であることを思わせる。

心敬は連歌が庶民に広がることを嫌っていたという。連歌師が経済力のある町民の援助をうけていたことを「あやしの賤屋」と批判している。一方、宗祇は庶民での流行を肯定した現実家であった。

◇

宗祇は応永二十八年（一四二一）に生まれたが、生地は近江国と紀伊国の二説がある。八十二歳の時、箱根湯本で客死した。頼るべき縁者はなく天涯孤独であったとされ、謎が多い。二十代に相国寺で修行したが、世捨て人として寺を出ているからか禅の深い影響は見られず、むしろ老荘思想や神道の影響が大きい。無為自然を説く老荘を学び「自然斎」と号した。宗祇という名は、祇を宗とするという意味であり、祇は地祇で、素戔嗚と日本武尊を意味する。三十代で連歌を学び、六十八歳で北野連歌会所奉行に就任し、七十四歳で『新撰菟玖波集』を編集・完成した。画期的な大著であった。長門国（現・山口県）を治めた大内政弘《まさひろ》の援助を受けている。雪舟も大内の援助を同時期に受けていた。公家や武家に信用され、天皇の作品も『新撰菟玖波集』に入れている。心敬が一二三句で最も多く、大内政弘が七五句、自らは五九句で七番目に多い。宗祇は心敬とよく比較されるが、精神・思想の深みにおいては心敬には劣るとされてきた。

宗祇の旅は地方の名士からの援助に支えられていて、乞食風の放浪・漂泊の旅ではない。西行・宗祇・芭蕉の旅は全くの乞食風の放浪の旅ではなく、経済的なサポーターに支えられていた。詩歌を愛した地方のパトロンが多かったようである。

『筑紫道記』には「六十のいまにいたるまで、おろかなる心一すぢにひかれて」、連歌に執着して歌枕を探訪したことを書く。芭蕉の『幻住庵記』の「終に無能無才にして此一筋につながる」という文章に影響を与えていた。

宗祇の箱根湯本での臨終を看取った一番弟子の宗長《そうちょう》は、「唐土《もろこし》の遊子とやらんは、旅にして一生を暮らしはてぬる人とかや。これを道祖神となん」と『宗祇終焉記』で宗祇を道祖神に喩えている。芭蕉を旅に招いた道祖神の由来は、古代中国において、黄帝の子の遊子が諸国を遊行して、死後に道祖神となったことに基づく。連歌師の間では知られた説話であったから、芭蕉も道祖神という言葉を旅の始まりで使ったのであろう。

「天皇」をはじめ、日本の神々の名前のルーツには、古代道教の説話に依拠するものが多い。「神」「主」「君」「太」等、神を意味する漢字が日本の神道に入っている。

宗祇より後の天正十年（一五八二）、明智光秀は本能寺の変を起こす少し前に連歌会「愛宕百韻」を持ち、織田信長を破る祈願をこめた。〈ときは今天が下しる五月哉〉という句は有名である。また、〈旅なるをけふはあすはの神もしれ〉と詠み、明日の命も分からない我が身を「足羽《あすわ》の神」という旅の安全を守る道祖神に祈った。

宗祇の旅は純粋な漂泊の旅であったとは言い難く、公家と武家、武家と武家、中央と地方の間の情報伝達を通じて政治的な働きをしていたとされる。

宗祇の連歌観としては、「四時移り変るにも生老病死の心を観し、山海草木の上にも心をそへて、天地に和合して人民に相和する心」が見られる。仏教的無常観に基づくが、自然の生命と作者の心を和する神道的でアニミズム的な生命観、天地和合と造化随順のタオイズム的な宇宙観の習合である。

なべて世の風を治めよ神の春　宗祇

三島の神前に奉納した独吟千句の発句で、伊豆一帯に戦乱があった頃の句である。表面的には戦勝祈願であるが、連歌を通じて、武力の争いの世の中における和の精神を、神に祈願して求めていたことは西行にも通じる。東国時代の心敬と宗祇のパトロンは、太田道真・道灌《どうかん》（江戸城を築城）親子であった。

すずしさは水よりふかし秋の空

越後の延命寺での句であり、心敬の「艶」の歌論を連想させて現在にも通じる秀句である。宗祇を援助した亡き人の鎮魂の句ともいわれている。

若竹の生ひのぼる末や千世の秋　宗祇
秋にもこゆるなつ草の露　政弘

西国を治める大内政弘が、四歳の嫡子・義興の祝いのために催した祈禱連歌会での句である。連歌の目的の一つは、神に祈禱する呪術であった。嫡子の長命を祈るために連歌が存在した。「住吉明神は文武を守り給へり」「国家を治めむ人は、この御神の心を観ずべき」と宗祇は述べている。

『万葉集』の時代に、柿本人麻呂や山部赤人が徒歩で全国各地を旅して歌を残した理由は、観光的な旅であったわけはなく、全国の神々に天皇、皇子、自らの一族等の長命を祈る旅であったからではないか。歌のルーツの一つに神に捧げる祝詞があるように、宮廷の専門歌人は神官のような使命を持っていたのではないかということを、連歌師の祈禱の旅から想像できる。

祈りの旅が、連歌師や俳諧師にも引き継がれていたのではないか。他人や自らの命を神に祈ることや亡き人への魂鎮めが歌の始まりであり、連歌・俳諧を通じて現在の俳句にも流れていることが想像できる。私の個人的興味において文学史・精神史を見ているのではなく、取り上げた優秀な歌人・俳人たちが、客観的事実として神仏霊魂への深い思いを歌句に詠んできたことを、虚心に理解しておきたい。

松かぜやけふも神世の秋のこゑ　宗祇

下関の長門住吉神社での連歌会の句である。千年の松を吹く風は、神代の秋の風の声を今日も同じく聞いているようだと詠む。仏教的無常観ではなく、永遠性を神に祈る句である。

あきとほし亀の上なる峰の松

下関の亀山八幡宮での句である。「あきとほし（秋遠し）」とは千秋万歳であり、「亀」は道教の蓬萊山を象徴する。亀が鳴くのと同じく、歌句の亀は、鶴亀の不老不死の道教・神仙信仰に基づく。中国や韓国で亀石の上に石碑が載るのも、飛鳥の亀の石像も道教の影響であり、精神は連歌にも流れている。住吉神社の神は海の神であるが、蓬萊信仰と関係し、詩歌の神でもあり連歌会がよく催されるのも、生命の祈願と関係している。

利休 vs 雪舟

花も紅葉もなかりけり

利休は、戦国時代の大永二年（一五二二）、和泉国堺（現・大阪府堺市）で魚の卸を営む豪商の長男として生まれた。豊臣秀吉が天下人となり利休が茶頭になったが、天正十九年（一五九一）に秀吉により追放され、七十歳の時に切腹を命じられた。秀吉は利休より十四歳年下であった。

雪舟は、室町時代の応永二十七年（一四二〇）に備中国赤浜（現・岡山県総社市）に生まれ、永正三年（一五〇六）八十七歳で没した。画僧であるが最期まで看取った弟子はなく、死んだ場所や墓の場所も分からないほどの漂泊者であった。

茶人・利休と画家・雪舟を取り上げるのは、芭蕉が「貫道する物は一なり」といった中に二人が含まれているからであるが、茶道、山水画、俳諧を貫通する精神とは何であったのかは難問である。

◇

利休は、堺の豪商茶人・武野紹鷗《たけのじょうおう》に茶を学び、五十四歳で織田信長の茶会の茶頭となり、六十一歳で秀吉の茶会に参加、茶の湯に傾倒した秀吉の補佐役になった。切腹の直接的な理由は、利休が寄進した京都・大徳寺山門の上層に置かれた利休立像が、下を通る秀吉を踏む形となり不敬とされたことと、茶道具の不正売買であった。派手好みで黄金の茶室を作り精神性を軽視した秀吉とは根本的に合わず、官僚制を進めた石田三成に政治的によって排除されたともいわれるが、歴史上の真相は謎である。

茶室以前、茶の湯は大広間で行われていた。利休は侘び茶を徹底させ、茶室を極限まで縮小し、楽《らく》茶碗、竹の花入を作り、侘び茶を大成させた。茶室の床に飾る盆石が廃されて墨蹟や茶花に代わり、天目や青磁の唐物茶碗が廃されて井戸などの高麗茶碗・瀬戸焼・今焼茶碗に代わった。利休は黒を好み、掛物には水墨画を好んだ。利休作で現存する唯一の茶室「待庵《たいあん》」(国宝)はわずか二畳であり、躙《にじ》り口がつけられ、内壁は荒壁のままで仕上げ塗をせず、煤で暗く色付けされている。

身分の上下を問わず、客は躙り口から出入りすることになった。利休は簡素化・質素化を進める上で独創性を発揮した。躙り口は慶州の新羅時代の屋敷に見られ、井戸茶碗は朝鮮の日常の飯茶碗であり、利休は朝鮮文化を茶道に取り入れた。利休切腹の翌年に、秀吉は朝鮮に十六万の兵を出したが失敗に終わった。利休は秀吉が朝鮮に兵を出すことに反対であったことも、切腹の一因とされている。

明恵・栄西は茶を広めたが、茶の作法を伝えなかった。茶の作法は大徳寺の一休が村田珠光《じゅこう》に教え、草庵を結んでいた遁世者の珠光が侘び茶としての茶の湯を創案し、茶と禅を結びつけた。珠光は名物道具を所持しておらず、質素な茶碗を使い、堺の豪商たちの茶の湯とは違っていた。四畳半の茶室の先駆者、茶の開祖と呼ばれ、足利義政に仕えた。

利休の没後に子孫は、表千家（不審庵）・裏千家（今日庵）・武者小路千家（官休庵）の三家に分かれ、今日に続いている。堺にある臨済宗大徳寺派の南宗寺が堺の精神文化の中心であり、千家は代々大徳寺で得度している。集まって茶を飲むことや、連歌・俳諧も寺院中心の寄合であり、連歌の教養が新しい茶の湯の精神となった。一期一会の座の精神が、連歌道・俳諧道・茶道に共通していた。

「侘び」の心とは「藁屋に名馬つなぎたるがよし」と珠光はいう。名馬は普通、瓦葺きの立派な厩に入っているが、侘びの姿は藁屋に名馬がいる姿だという。

紹鷗にとっての侘び茶の心は、藤原定家の歌〈見わたせば花も紅葉もなかりけり浦のとま屋の秋の夕ぐれ〉であった。「浦のとま屋」とは漁師が休むあばら家であり、わびしい風景に侘び茶の精神を見ていた。「花も紅葉も」の言葉に紹鷗は、書院台子《だいす》の豪華な点前を考えた。秀吉が百畳の書院造りを作り催した豪華な茶の湯を経験した者には、質素な茶室の良さをよく理解することができた。紹鷗は連歌師を志していたが、連歌の座と茶会の精神は共通していた。

利休は藤原家隆の歌〈花をのみ待らん人に山里の雪間の草の春を見せばや〉を加えた二首を、日頃の茶道の精神とした。桜の絢爛さではなく、春の日に雪が解けて雪間に青い草の生命が見える美的な生命意識に、茶の湯の心・精神が通っていた。

侘テすめ月侘斎がなら茶歌　芭蕉

奈良茶の歌も澄んで聞こえる月侘斎で侘びて住めと詠む芭蕉の句は、質素な奈良茶と俳諧の「侘び」の精神を結びつけている。澄む月を友として暮らす生活を侘びとして高く評価していた芭蕉には、茶道の精神が通う。

禅を学んだ利休は、茶室・茶道具・茶の作法に、宇宙と一体となる精神をみていた。座禅は内観法と呼ばれ、心の内に永遠の生命を見つめることであり、「安心立命」の精神である。茶道は、仏道に励むために心を放下し、執着を捨てて心を清らかに保つことに役立った。茶室は隠者の草庵を真似たから、無為自然の精神に通っている。茶道具の銘は古典文学の教養に基づいて考案され、茶道の「侘び寂び」の精神は連歌の美学から来ている。

天台宗の僧侶であった心敬は連歌師であり、宗祇の師匠であった。心敬の連歌の理念は、花や紅葉の華麗な美とは対照的な冬枯れの美・枯野の美・簡素で寂静の美であり、山水画や茶道の精神に通う。東山文化の享楽的風潮に批判的であった心敬は『ささめごと』の中で、歌をどのように詠むべきかについて「枯れ野のすすき、有明の月」と答え、「冷え寂びたるかたを悟り知れとなり」と述べる。心敬連歌の「寂び」の精神が茶の湯に影響していた。さらに「不立文字」「以心伝心」「和敬静寂」の精神が、茶道に影響を与えていた。

『荘子』天道篇に、「虚静《きよせい》」「寂漠《せきばく》」が無為自然の道のあり方だと説かれている。自己を虚しくした心の静かさとひっそりとした静寂が、天地自然の均衡のとれた状態だという。その境地に安らげば、「虚則実」という虚心が充実した状態になると説く。茶道にいう「和敬静寂」の境地に近い精神である。

関根宗中は『茶道と中国文化』で、茶道は総合芸術であり、茶道には禅だけでなく儒教や易・道教が影響を与えたと説く。礼教といわれる儒教は、礼に始まり礼に終わるとされる茶道の礼儀作法に影響した。また、茶道は陰陽二気の交合で成り立ち、客は陰、亭主は陽で、茶の湯は陰の水と陽の炭火の関係だとされる。茶室、風炉釜、台子の構造が陰陽五行説に基づき、茶道空間は無為自然に基づく仙郷だとされる。禅と茶道の一如を説く茶道研究家が多い中で、禅以外の思想の影響が客観的に説かれている。

ともしびに陰と陽との二つありあかつき陰によひは陽なり

この歌は、利休の教えをわかりやすく詠んだ「利休百首」の中の一首であり、茶道は陰陽五行説の影響をも受けていた。灯火や時刻に陰陽があることを詠んでいる。

茶道が現代でも多くの人々の心の支えとなり得ているのは、形と美意識の奥に精神性を持つからであり、俳諧と通じている。物があっての心・精神ではあるが、物よりも心・精神が大切である。茶道や俳句に精神性を感じない人はそれまでである。茶道といえば作法しか考えない人は、なぜ武士が茶道を大切に思ったかは理解できないし、長く伝統として続いていることも理解できず、ましてや芭蕉がいったような、俳諧と茶道に一貫するものが感じられないであろう。精神性を感じる人は、茶道と俳句が心の中で強く結びつく。利休の茶道から俳諧に貫道するものを、芭蕉は強く感じたのであろう。

岡倉天心は『茶の本』において、八世紀に道教的象徴主義への好みを持っていた陸羽が『茶経』を著して茶を定式化した精神を紹介している。形式・定式にこめられた精神が茶と俳諧に通う。茶は、心身を浄化し、不老不死の境地に至る神の飲み物であり、天の甘露であった。禅が道教の教義を取り入れ、達磨の像の前で神聖な儀式にのっとり茶を飲んだことが、日本の茶の湯を生みだした。天心は茶道を、姿を変えた道教だといい、茶を通じてタオ（道）という宇宙の気を感じとっていた。宇宙の気を直観するかどうかは人によって異なることであり、茶道と俳諧道に共通点を感じるかどうかも主観によって異なる。茶碗の中の茶の緑に宇宙的な気・精神を感じられない人には茶道は無縁であろう。感じることのできない人が感じることのできる人を非難しても意味のないことである。茶道や詩歌文学を理解するためには「無用の用」を理解する必要がある。

インドから中国に入った禅宗は茶とは無縁であったから、茶道と禅とはもともと関係がなかった。天心がいうように、中国において禅がタオイズムの影響を受けて、荘子の造化宇宙の精神において茶と結びついた。荘子を崇めていた芭蕉が利休に貫道する精神を直観したのは、茶道に取り入れられていた道教的精神を直観したからではないか。茶室を呼ぶ「数寄屋」「好き家」「空き屋」という言葉は、虚が万物を内包するという道教の精神と天心はいい、道教の思想が禅を通じて具体化されたものだと説く。

人生七十　力囲希咄《りきいきとつ》
吾這宝剣《わがこのほうけん》　祖仏《そぶつ》　共殺《ともにころす》

利休の辞世の漢詩で、十三世紀成都の人・韓利休の遺偈を踏まえているとされる。

「力囲希咄」とは、悟りを開いた時に一気に全否定する叫び声、「吾這宝剣」は切腹のための短刀、「祖仏共殺」は禅の公案の「仏に逢うては仏を殺し、祖に逢うては祖を殺し」を踏まえ、仏も師も自分も否定しきって、完全に自由な宇宙との一体感に到達するという意味である。利休は商人で経済的には裕福であったが、禅を理解し、禅の思想を反映した詩を創ることのできる詩人でもあった。

提《ひっさぐ》る我得具足《わがえぐそく》の一つ太刀《たち》今此時《このとき》ぞ天になげうつ

利休辞世の和歌である。今腹に突き立てる太刀も腹に突き刺すだけでなく、自分を否定し、祖師の仏もともに否定して、剣を天になげうち、生死の差別を超克し、道を悟る境地に達したという意味で、利休は茶人を超えた宗教的精神を持ち、腹に刀を突き刺した。

◇

雪舟は子供の頃に禅宗の寺に預けられていた。十七歳の時に京都五山の一つ相国寺に入り、四十六歳の時に周防国(現・山口県)に移り、大内氏によって四十七歳の時に遣明使に選ばれ、中国で三年学んだ。栄西や道元も学んだ天童寺で、禅僧として最高の地位「第一座」の称号を受けている。天童寺で学んだ日本人で、雪舟だけが第一座の称号を得たのは社交辞令にすぎないという学者もいるが、禅の理解においても優れていたことを証明している。

絵の細かいことにこだわらない、ダイナミックで荒っぽい画風が本場中国で認められ、自信をつけた。中国に渡る前に日本ですでに山水画を学び、自らの画風をもっていたことが役に立っている。明の時代の中国文化は絵画を含め退廃的で、荒廃しつつあったとされる。中国では学ぶべき絵画には出会えず、雪舟は中国の自然から独自に山水の姿を学んだ。

日本に帰ってからは各地を旅して漂泊の画家となり、八十代まで休むことなく大作を描き活動した。漂泊の人生の中で誰にも看取られず孤独に亡くなったが、雪舟の最も親しい禅僧・牧松周省《ぼくしょうしゅうしょう》は雪舟の死後に〈東に漂ひ西に泊り舟千里〉と詩に詠んだ。漂泊は公務であったという説もある。

芭蕉が雪舟に「貫道する物」を感じたのは、「そぞろ神の物につきて心を狂はせ、道祖神のまねきに会ひて」という芭蕉の風狂と同じ精神を持っていたからであろう。現代でも雪舟については分からないことが多いから、芭蕉はどこまで知っていたのかは分からず想像する他はない。

雪舟は画家として中国に渡った最初の人であり、現在では六点が国宝指定され、一人の画家としては最も多いという。小林秀雄は「雪舟」の中で、職業画家でもなく、絵は禅僧の余技でもなく、思想を語るのに絵という手段しかない所まで絵をもっていった人だといい、「思想としての絵画の自律性」を日本で最初に明瞭に自覚した人だと洞察した。絵画に表現された精神とは何かについて、言葉で表現することは不可能であろう。禅そのものが不立文字とされて言葉にできず、悟るために座禅があった。

七世紀初めに大陸より紙・墨・絵具が伝えられて、日本の美術が始まっている。

中国の禅宗には老荘思想の影響があり、夢窓疎石が夢中問答で老荘思想への関心を語り、五山詩僧の詩には老荘の言葉が多く引用される。陶淵明や「竹林の七賢」への憧憬が強く、山水庭園が神仙郷の精神を反映していた。芭蕉は荘子を尊敬し、俳句俳文には荘子の影響が深いが、山水画の世界はもともと神仙の世界であったため、芭蕉俳諧と雪舟の山水画の精神には通うところがあったと思われる。

雪舟の絵「天橋立図」には寺と神社が描かれていて、天橋立を中心とした神仏の交わる空間であると美術史家の山下裕二は『日本を語る』の中でいい、神仏習合を「日本美術は神と仏のハイブリッド」と述べる。禅の思想を雪舟の絵に直接感じることは難しい。東洋の森羅万象には神仏習合の精神が融合している。雪舟が「雲谷」と号していたこと、山口での画室を「雲谷軒」と名付けたことから、雲谷に住んでいた宋の朱子を意識しており、朱子学に関心をもっていたと、美術評論家の吉村貞司は『雪舟』で洞察する。

七十七歳で描いた「慧可断臂図《えかだんぴず》」は、達磨和尚を尊敬して弟子志願をした慧可が、承諾を得られないため自らの左腕を切断して右手で持ち、壁に向かって座る達磨に差し出すという不気味な絵である。腕の切り口の血が赤く描かれていて生々しい。画家の山口晃は『ヘンな日本美術史』で、この絵は人物を描く角度、顔、目、耳を描く角度が全て異なり、見れば見るほどヘンだと批評する。

雪舟には二種類の「四季山水図」があり、春夏秋冬の四季を四幅描いている。造化の四季を描いた雪舟の絵画に、四時に従い造化に従うという自らの人生観・俳諧観を芭蕉は感じたのではないか。

山下裕二は「逸脱」「乱暴力」の画家として、絵の細部の奇抜さを評価する。細部には前衛的・抽象表現的ともいえる技巧があるが、絵の全体の構成は山水画の伝統を守っている。細部は奇抜だが全体は奇抜ではなく、いかにも自然に実在する山水だという印象である。

山水画は客観的な写生ではなく、伝統的に山水に内在する生命や気を表現することが大切であった。山水画はもともと仏教よりも道教と深く関係があった。崑崙山や蓬莱山などといった山を神とする信仰があり、紀元前には五岳の神霊を遥拝する五岳廟があり、山水画のルーツとなっている。絵画に並行して、山や高楼に登り詩を詠むこともおこなわれていた。最古の山水画論といわれる宗柄《そうへい》著『画山水序』

には「山水の趣きは霊」と書かれる。山水画は神霊の器とされていた。

山岳は神霊がこもり、仙人が暮らす神仙郷であった。絵が客観的な写実であるよりも、精神、神秘、写神、伝神気韻、神韻、霊的、神気、神霊、伝神、通神、風韻という、言葉で表現される絵が重要であった。気や神という言葉はオカルト的でなく、あらゆるものに生命が吹きこまれるように描くことであった。自然の中の道の働き・宇宙の活力を絵画に写すことであった。荘子の説く「気」のエネルギーを絵画に写すことであった。岡倉天心が説くように中国禅はタオイズムの影響を受けていたが、日本の山水画への禅の影響は、ルーツを遡れば禅が影響を受けたタオイズムの影響であろう。

雪舟が長さ十六メートルの「四季山水図巻」を大内氏の殿様に献上したのは、大内家の正統な世継の儀式のためであったと、『もっと知りたい雪舟』で島尾新はいう。大内氏の氏神が北極星の神・妙見菩薩であり、後継者が北極星の神の神性を身に付ける儀式であった。大内氏は朝鮮・百済からやってきた末裔だという。雪舟が長い間仕えた大内氏の北極星の信仰が、雪舟の絵画に影響がないということは考えられない。妙見信仰は道教の一種である。柿本人麻呂の章での「東の野に」の歌に関する私の仮説と同じ信仰の構造が、大内家の儀式に見られるのは興味深い。

定型・季感は守りつつも、旅を通じて自然の奥に精神性を追求した芭蕉句に通うところがある。

ニュートン vs アインシュタイン

科学と調和する宇宙的宗教性《コズミカル・レリジョン》

宗教と科学は調和するものだ。――アインシュタイン

自然とその法則は闇の中にあった。ニュートンよ現れよと神が言い、全ては光り輝いた。――アレキサンダー・ポープ

人間にとって大切な精神は、科学の理性と宗教の霊性の精神であるが、この二つは歴史的には対立するものと誤解されてきた。俳句を含む文学は感性の世界であることはいうまでもないが、感性の奥には理性と霊性が共存している。究極の霊性と神性の問題は、「うさんくさい」とか「オカルト的」といった主観的な問題ではなく、理性と矛盾しない。霊性は理性的な言葉で語ることが難しいために、うさん

くさい似非宗教がはびこり易い。理性と矛盾しない霊性・神性をつきつめて考えた科学者が存在していたことは、あまり語られてこなかった。

人類史上、最も優れた叡智に基づく科学的発見は、ニュートンとアインシュタインによってなされた。この二人にとって、宗教は何であったのかが今回の関心である。科学が進歩すれば宗教は無くなると誤解する人がいるが、理性の究極には霊性と神性があることを一生かけて考え続けたのは、人類史上最高の叡智をもつ二人の天才であった。アインシュタインはニュートンを「最も想像的な天才」「最高の推理力と創造力を持つ人」「最も印象的な偉業を成し遂げた」という。二人の天才は、神が科学上の原理を創ったと信じていた。

◇

アイザック・ニュートンは、一六四二年のクリスマスの日に、イギリスの農家の息子として生まれたが、父はニュートンが生まれる前に亡くなった。清教徒革命が勃発した年であり、魔女裁判に狂う異様な狂気の世紀であった。母は再婚したため母方の祖母に育てられて、生涯、女性を信用せず女性を近づけなかったという。一七二七年、多くの資産を残して八十四歳で没し、イギリスで初めての国葬となり、国王に継ぐ扱いであった。碑文では「神さながらの知力」を持った偉人と讃えられている。

二十一歳で微分法を発見した優れた数学者であり、二十二歳で万有引力を発見し、二十六歳で反射望遠鏡を発明する優れた工学者であり、三十歳で光の粒子性を発見した優れた物理学者であった。さらに重要なことに、錬金術と神学に大変な関心を持つ優れた思想家・哲学者であった。ヨーロッパでも比類のない錬金術に関する著作を秘密裏に残していた。錬金術に関心を持ったのは、「神についての知識」を得て「神をその驚嘆すべき御業のうちに讃美」する目的からであった。

ニュートンは、神・イエス・聖霊の三つが不可分な一つの神格に統一されている、というキリスト教の三位一体説を徹底して疑い、イエスと聖霊の神性を否定した。ニュートンにとっての神は、永遠で無限の神、物体も空間も同時に満たしつつ、あらゆるところにあって万物を支配する神であった。神はニュートンの法則を樹立させた存在であった。『プリンキピア』で、神はいずれの時、いずれの所にも存在すると述べている。「このように神は惑星を太陽から異なった距離に配したのである」といい、宇宙の法則は神が創ったと考えていた。

聖書を歴史的に研究して、神という言葉の意味はイエスや聖霊であるという限定はなく、本来は父という神だけであったといい、「ヨハネの第一の手紙」での三位一体説は、シリアの聖書やアウグスティヌスもそうは言っていないといい、四世紀に聖書が書き換えられたと発見している。

イエスを神とすることは偶像崇拝であり罪である、とニュートンは考えていた。四世紀以前の教会では、神はただ一つの神だけであった。イエスは神と人間のあいだの仲介者であり、神に従属するものであった。神の子は子であって、神ではないという思想であった。異教徒をキリスト教に改宗させるために、異教徒の迷信を多く採用し、三位一体説を持ちこんだと考えた。幽霊や悪魔の信仰や、それらを呼ぶ祈禱や礼拝をおこなう教会と修道院を批判し、画像、肖像、聖水、指輪、数珠等を崇め十字を切るのは、異教徒の魔術や呪術と同じ迷信と考えた。

宗教が神と人間だけであれば理解が容易であるが、なぜイエスと聖霊という存在が神と一体なのかは理解が容易ではなく、ニュートンの理性はその矛盾を突いていた。人間イエスと聖霊という存在が神と一体ということは、ニュートンにとって三者が神々であるというアニミズムであった。キリスト教はアニミズムと対立する思想と考えられてきたが、神だけが存在しているのではなく、現在の聖書は三者が神と一体であると説く。ニュートンの時代にはまだアニミズムという英語はなかったが、ニュートンが批判・非難した偶像崇拝は後世のアニミズムと同じ考えである。

ニュートンは、三位一体説が人間イエスや聖霊を神とすることは偶像崇拝の形であり、罪とまで考えた。彼には科学的合理主義と霊的神秘主義が対立していなかった。神は自然の主であったというニュートンの考えは、むしろ荘子の造化の神の考えに近いのではないか。理性で突きつめた最後には神が存在していた。

◇

アルベルト・アインシュタインは、一八七九年ドイツに生まれたユダヤ人で、一九〇一年スイス市民権を得てベルンの特許局に勤め、上司に見つからないように物理学を研究していたという。一九〇五年、二十六歳の時、特殊相対性理論と光量子仮説を提唱、一九二二年、四十六歳の時にノーベル物理学賞を受賞したが、ナチス政府によって国家反逆者とされたためにアメリカに亡命した。一九三九年、ナチス打倒のために原子爆弾の開発計画をローズヴェルト大統領に進言し、一九四五年、原爆が広島と長崎に投下されたことを一生における大きな過ちと反省して、原子爆弾と原子力兵器を破棄する平和運動に熱心であった。

　ミュンヘンの学校を落第し、チューリッヒ工科大学の入試に失敗しているから、試験勉強の得意な学校秀才ではなかった。一九五五年に七十六歳で没した。形式を嫌い公の葬儀は行われず、遺体は近親者だけで葬られた。

『アインシュタイン大全』によれば、宗教哲学に強い関心を持っていたので「仮面をかぶった神学者」と呼ばれたが、教会の礼拝には出席せず、自らを「非常に敬虔な無信仰者」と呼んだ。生涯にわたり擬人的な神を拒否し、「牛が絵を描けたら牛の姿で神を描く」という哲学者クセノパネスの言葉や、スピノザの唱えた「神即自然」の影響を受けていた。神即自然の考えは荘子の造化の神に似ている。宇宙の調和による神の存在を信じて、無神論者を批判した。

『アインシュタイン選集3』には、アインシュタインの神の思想が書かれて、自らの宗教思想を「宇宙的宗教性（コズミカル・レリジョン）」と名付けている。擬人的な神の概念ではなく、なんら形ある神の概念にも、いかなる神学にも導かれることがなく、神は科学的研究の最強かつ最高の機動力であった。その感情がニュートンの体内では脈々と生きていたといい、ニュートンの説く神を宇宙的宗教性と考えていた。

「深刻な科学的精神にしてそれに固有の宗教性をもたぬものを見出すことはおよそ困難であろう。しかしこの種の宗教性は原始人のそれとは自ら区別される」

といい、科学的精神は宗教性をもつと考え、呪術的な宗教とは異なっていたとする。

「理性の示現としての自然の合法則性のもつ調和についての恍惚たる驚きにこそ、研究者の宗教性が存在する」

「科学は宗教的態度というものに依存している」

といい、調和と法則性そのものが神であった。

アニミズムについては、

「自然界は人間と同じ心情をもった魔に充ちている」

「アニミズム的自然観と文化人類学者タイラーがいみじくも呼んだ自然観の点で、古代世界のなかでは最高の文化水準を誇った民族でも呪物を崇拝する現代アフリカのニグロと大同小異です。この自然観はいまだかつて完全に消滅したためしがありません。ユダヤ教の一神論もキリスト教の一神論も、アニミズム的自然観を完全に克服しておりません」

と述べていて、キリスト教の三位一体説を偶像崇拝としたニュートンの考えと共通点がある。

アインシュタインが、ユダヤ教もキリスト教もアニミズムだと批判していた事実は、宗教思想史・科学史においても興味深い。聖書を細かく読めば、天使・悪魔・悪霊・聖霊の存在はアニミズムとしか理解できないことを、ニュートンとアインシュタインはすでに論じていた。タイラーやアインシュタインのいうアニミズムはオカルト的・魔術的・呪術的な原始的な宗教であり、現在の日本人、例えば山本健吉や金子兜太が説く純粋な生命感覚としてのアニミズムとは定義が異なる。『アインシュタイン、神を語る』と『アインシュタインは語る』から、神についての考えをまとめてみたい。

彼が知りたいのは、神がいかにこの世界を作ったのかということであり、ただ神の考えを知りたいということであった。彼は無神論者ではなかったが、「罰したりする神」「意志をもつ神」を否定し、さらに死後の世界、天国や地獄、神の人間的な姿、個人の不死、聖書の中の話は信じていなかった。組織された宗教を否定し、ユダヤ教も否定した。肉体のない魂という概念は意味がないと思い、神智学や心霊主義のオカルトは混乱と弱さの兆候といい否定した。宗教の領域と科学の領域の間におこる衝突の主たる源は、人格神の概念にあると考えた。教会は、つねに支配者や政治権力を持つ側について平和と人類を犠牲にしたから、彼は教会を信じていなかった。

神は存在しないという科学者はおかしくて、本物の科学者は信仰をもっと信じていた。「自分が無限の知恵の海岸の一粒の砂にすぎないと思ったとき、それが宗教者になったときだ」というのは、ニュートンが書いた言葉に基づく。科学的真理以前の宗教的崇敬を考えていた。

神がどのようにこの世界を創造したのか知りたいと思う科学者であった。

「認識できるすべての連鎖の背後に、とらえがたい、形のない、説明できない何かがあることがわかります。この、私たちが理解しうるどんなものも超える力にたいする畏敬の念が私の宗教です」

といい、一切の物は私たちには制御できないもろもろの力で決まっていて、昆虫についても、星についても、人間も、野菜も、宇宙の塵も、すべて神秘的な旋律に合わせて踊っていると考えた。人間はものを考え、感じ、行動する点では自由でなく、星の運動と同じ因果にしばられているということを、常にわきまえていなければならないと主張した。造化の神に従う立場である。

実証主義者は、観測できないものは存在しないとするから、自分は実証主義者ではないという。何を観測「できる」のか、あるいは「できない」のかを、妥当な形で確証することは人間には不可能だからと反証している。写生・写実・実証主義者に真理は発見できなかった。この世の中の多くは、目に見えないものによって構成されている。真理は目には見えないものである。

「宇宙の基本法則はシンプルだ」「自然のすべては数学的単純性を示している」と、神の世界に単純な法則を考えていた。「神の意志は自然から読み取れる」といい、創造の法則にのみ関心を持っていた。宇宙が内包するハーモニー、宇宙的秩序を信じなければ、真の科学思考は不可能だと結論している。彼の見方はスピノザの見方に近く、美への讃美と、秩序と調和は、論理的に単純明快だという信念を持っていた。

「神が世界を相手にサイコロをもてあそぶ道を選ぶことは一瞬たりとも信じられない」

と、物の存在が統計的にしかわからないことに対して、あくまでも明確に物の存在がわかることを信じていた。

「宇宙的な宗教的感情は科学的研究のもっとも強く高貴な動機である」

「宗教をともなわない科学はびっこである。科学をともなわない宗教は盲目である」

と、科学と宗教は対立しないという精神であった。

「科学の領域のすばらしい推論・仮説はすべて深い宗教的感情から生まれる」

といい、科学上の大きな業績は全て直観的に知られるもので、直観と霊感を信じていた。世界は不思議なものだと強調していて、物理だけでなく生命についても語っている。

「戸外の木は命をもっているが、偶像は死んでいる。自然の総体は生命だ。そして生命は、人間くさい神を拒絶する。宇宙を一つの調和した全体として体験したいものだ。すべての細胞は命をもっているのだから」

「物質も命をもっている。それはエネルギーが凝縮されたものだ」

と説く。

生命の意味とは何か？　この問いの答えを知ることは、宗教的な心をもつことだという。また、自然は完全に物質的でも、完全に精神的でもなく、人間も血と肉だけの存在ではなく、宗教があると強調している。

「私たちが経験できるもっとも清らかなものは、神秘的なものである。真の芸術と真の科学の誕生に立ち会う根本的な感情だ。これを知らず、もはや驚くべきものに憧れることも、驚異を感じることもできない者は、死んでいるも同然、消えたロウソクだ」

といい、科学、宗教、芸術は対立せず、調和する精神であった。現代の詩歌俳句文学の感性とも矛盾しない、理性と生命性の精神だと思われる。

松尾芭蕉vs小林一茶

芭蕉はなぜ俳聖・霊神になり得たのか？

松尾芭蕉と小林一茶を対象とした専門の学術研究書・評論は多数あるが、ここでは二人の作品を文学的観点から網羅するのではなく、また評伝ではなく、作品の奥に秘めた本質的な精神・思想を探りたい。芭蕉と一茶の俳諧文学には詩的観点からだけでは完全に理解できない何かがあり、その何かが、現在も二人が読まれ続ける理由の一つとなっていると思われる。文学の実作者の中には、文学の奥に思想・精神を読み取ることを嫌う人もいるが、芭蕉と一茶の俳諧・発句の中に精神的な思想が含まれていたことを見てみたい。

◇

芭蕉は寛永二十一年（一六四四）伊賀国上野（現・三重県伊賀市）に生まれ、元禄七年（一六九四）大坂において五十一歳で亡くなった。墓は滋賀県大津市の義仲寺にある。

徳川将軍でいえば家光の時代に生まれ、家綱の時代を経て綱吉の時代に亡くなった。綱吉の時代は「天和《てんな》の治」の時期であり、元禄元年（一六八八）登用の柳沢吉保の経済的近代化による緊縮政策の時代で、この時期に談林俳壇は衰退した。元禄時代の実体は絢爛たるものではなく、圧政下で庶民の生活は貧しく暗い時代であったようだ。

「朝日新聞」（二〇一二年四月二十八日付）で一般の読者を対象としたアンケート「いちばん好きな俳人」を実施した結果、一位が芭蕉、二位が一茶、三位が正岡子規、四位が蕪村、五位が高濱虚子であった。一般人ではなく結社俳人のアンケートであればまた別の結果が予想されるが、近代・現代の俳人ではなく、近世俳人の三人が一、二、四位を占めたことは注目すべきである。芭蕉、一茶、蕪村が今も好かれる俳人である理由が何かを知りたいが、好きという感情は理性的な分析ができないため、ここでは近世俳人が持っていた精神・思想は何だったのかという観点から再評価したい。

◇

芭蕉は没後の寛政三年（一七九一）、神祇伯白川家より「桃青霊神」の神号が授けられ、筑後高良山の神社に祀られた。文化三年（一八〇六）朝廷は「飛音明神」の称号を下賜し、天保十四年（一八四三）には二条家は「花の本大明神」の神号を与えた。歌人では柿本人麻呂が神として祀られている。芭蕉が神と崇められたことへの反発が近代になって出てきたが、世俗の人は聖人を俗人・凡人に陥れようとしがちである。文学評論史では神格化と俗人化の繰り返しが見られる。

芭蕉の別号「桃青」が、すでに神を象徴していたことは興味深いことである。『荊楚歳時記』によれば「桃」は「桃神」であり、「青」は「青春」として春の神を表していた。詩歌の神となった人麻呂と芭蕉の作品は、短歌史と俳句史において神品とも言い得る作品であり、二人とも造化の神々への信仰を表現する作品を創っていた。

日本人が思う神とは、キリスト教やイスラム教にいう絶対的な神ではなく、極めて優秀な人々・動植物・ものを神としてきたから、俳人が神格化されたからといって、むきになって桃青霊神を批判する必要はない。芭蕉が神格化されてきたのは神格化される理由があったからであり、芭蕉を神格化することを嫌う俳人には、もともと人を神と思うことへの拒絶感があるからであろう。俗人は優秀な人間が神と崇められることを嫌うようだ。

芭蕉の俳句や文章が、世界的に優秀な科学者や数学者に大きな影響を与えていたことは驚くべきことである。芭蕉以外に、文学者が優秀な理数系の学者の精神に大きな影響を与えた例は、他にほとんど見られない。

ノーベル物理学賞受賞者の湯川秀樹は『本の中の世界』で、芭蕉を高校生の時に読み、『幻住庵記』の「終に無能無才にして此一筋につながる」の一筋という言葉が進路を決めるときの大きな励ましとなり、物理学の研究一筋を決定したと述べる。また『笈の小文』の「見る処、花にあらずといふ事なし、思ふ所、月にあらずといふ事なし」という一節は、研究一筋の大学生だった自分のために書かれたとまで思い、芭蕉をひそかに自己と同一視していたという。芭蕉は全知全霊を一つに集中し、自然に対する感応が心の中に電流を誘発し、十七文字に凝縮して放電させることに全てをかけていた、と湯川は洞察する。

芭蕉の一句一句の中における新しい発見が、自然の中に新しい実体、新しい法則を発見する科学者の努力に近いと考えた。三十四歳の湯川にとって、芭蕉が「動かすべからざる座を占めて」いた。その後、荘子や西行の方が身近となったが、六十三歳の時には「私の心の中には今も芭蕉が住んでいる」とまで述べる。科学者が芭蕉の言葉を自らの人生と一体化して読んでいたことは、否定できない事実である。文学者の方がむしろ客観写生やリアリズムを重視しているため、造化の神に従った芭蕉の文学精神を摑もうとしていないのではないか。

湯川の数学の先生であった岡潔《おかきよし》（文化勲章受章者）は『神々の花園』で、好きな文学者は芭蕉といい、芭蕉を純粋な日本人と認識していた。芭蕉の特徴は「自分がそのものになることによってそのものを見る」ことであり、岡自身も同じ見方を身につけたことが「数学の研究に非常に役立った。これが東洋流である」とまで述べている。自我を捨てて、虚心に無心に、対象に迫るということであろう。文学の研究者・実作者は自らの文学観に固執しがちであるから、芭蕉の欠点を見つけたがる性癖があり、虚心に理解するという態度はとり難いようである。

『紫の火花』では、芭蕉の奥に入ってこそ「創造」というものがわかってくると岡はいい、ものの価値判断には情緒がないとだめだという。芭蕉の価値判断は「四季それぞれよい」という荘子の万物斉同

（万物平等）に通う精神であったが、明治以後西洋文化の影響を受けた価値判断は、例えば「夏は愉快だが冬は陰惨である」のように、一方を悪く評価することによって他方を良いとする排他的な比較だという。比較してどちらにも長所を見るか、優劣を決めないとだめだと思うか、感性の違いを指摘していた。文学において他人の優劣を決める時というのは、むしろ読者・評者の考えを押し付けているにすぎないことが多い。

岡は『芭蕉連句集』や『三冊子』の書が存在することは、文化の奇蹟とまで言う。批評の神様と呼ばれ、評論の業績だけで文化勲章を最初に受章した小林秀雄には本格的な俳句論・俳人論はないが、有名な講演「私の人生観」には芭蕉に触れた文章があり、芭蕉が小林の人生観・文学観に深い影響を与えていたことが理解できる。

芭蕉四十四歳の『笈の小文』の「西行の和歌における、宗祇の連歌における、雪舟の絵における、利休が茶における、その貫道する物は一なり」という文について、四十八歳の小林は「彼の言う風雅とは、空観だと考えてもよろしいでしょう。西行が、虚空の如くなる心において、様々の風情を色どる、と言った処を、芭蕉は、虚に居て実をおこなう、と言ったと考えても差支えあるまい」「貫道する処は一なりと言った意味は、何々思想とかイデオロギイとかいう通貨形態をとらぬ以前の、言わば、思想の源泉ともいうべきものが、達人達の手によって捕えられた、という意味であろう」「今日に至っても、貫道しているものはやはり貫道しているでありましょう」という。

斎藤茂吉が唱えた短歌の写生理論「実相観入」について、写生とはスケッチという意味ではなく、生命を写す、神を伝えるという意味であり、写生という言葉の伝統を辿ると観法に突き当たり、「心を物に入れる、心で物を撃つ、それは現実の体験に関する工夫」だと述べ、芭蕉と茂吉に貫道するものが小林の人生観に深く影響した。さすがに小林は、芭蕉が俳諧の神となった理由を洞察していた。

哲学者・梅原猛（文化勲章受章者）は、「芭蕉と宗教」（『芭蕉の本1』）の中で芭蕉の宗教観について、禅との関係が深いことは否定できないが、禅を離れての神仏への崇拝が深く、「あらゆる神、あらゆる仏」を無条件に崇拝していたと論じる。むしろ禅の影響は少なかったという立場であり、率直に同意できる。芭蕉の研究者は芭蕉と禅の関係をいうが、芭蕉とタオイズム（道家・道教思想）の関係を理解する研究家は少ない。ここでは具体的に、芭蕉自身の句と文においての精神性を見たい。優れた文学者の精神・思想は、優れた作品に表れざるを得ない。

猶みたし花に明行神の顔　　芭蕉
何の木の花とはしらず匂哉
神垣やおもひもかけずねはんぞ《ぎ》う
半日は神を友にや年忘レ
留守のまに荒れたる神の落葉哉

芭蕉は神々について深い関心をもって句を詠んでいて、大乗仏教の禅の精神とは異なる。

一句目は、四十五歳の時の葛城山での句である。一言主の神は醜いので夜にのみ行動したという伝説が信じられず、また神の顔は現実には見ることができないと知りつつ、自分の目で顔を見たいと諧謔的に詠む。神の伝説に深い関心をもっていた。

二句目は、四十五歳で伊勢の外宮に参詣した折の句である。西行作と間違って伝えられてきた歌〈何事のおはしますをば知らねどもかたじけなさの涙こぼるる〉を踏まえ、神を花に喩えている。芭蕉も、伊勢の外宮にはいかなる神がいるのかは明瞭には知らないが、神的なものを感じていた。神という言葉は使用されないが、神の存在を最も強く感じている句である。芭蕉は純粋に神々を信じる心を持っていた。芭蕉が伊勢神宮に詣でるのは五回目であったが、一つ年をとるごとに、老いも加わって、畏れ多い神の光も尊さも、前よりいっそうまさる心地がした。土下座して砂に額をつけて拝したと紀行文に書く芭蕉は、神の存在を疑っていなかった。

三句目は四十五歳以前の句で、伊勢の外宮の北側にある館町で、釈迦入滅の涅槃像を見たという驚きの句である。『金葉和歌集』の歌〈神垣のあたりと思ふにゆふだすき思ひもかけぬ鐘の声かな〉を踏まえ、神道と仏教の関係、日本人の神仏習合そのものを詠んでいる。

四句目は四十七歳の時、京都の上御霊神社で歌仙を興行した折の句である。神域で歌仙を巻く半日は、神を友としての忘年会だという句であるが、神を友とする精神は多くの現代人にはすでに失われているだろう。神を友と思う精神を芭蕉がもっていたということは、芭蕉を理解する上で大切なことである。芭蕉にとっての神は、芭蕉が友と思うことができる存在であった。現代人が考える神や西洋人の神の概念を、芭蕉にあてはめることはできない。芭蕉が友と詠むのだから、芭蕉にとって神は友と呼ぶことができる存在であった、と率直に従うほかはない。

五句目は四十八歳の句で、出雲に出かけた神の留守の間に、神社の境内も荒れて落葉が積もっていると詠む。他にも、旅先の神社に詣でて伝説や神社の由来を疑うことなく詠んだ句があり、芭蕉の旅の文章には神への思いが深く述べられる。「旅」という漢字の意味は、もともと山の神、川の神を祀るために旅をしたことであったと『論語』に書かれている。

『おくのほそ道』は四十六歳の時の奥州の旅を纏めたものだが、旅の動機について「そぞろ神の物につきて心を狂はせ、道祖神のまねきに会ひて、取るもの手につかず」といい、明瞭な言葉にできる動機はなかった。「そぞろ神」という魔的な何かが芭蕉の魂を狂わせ、道祖神が招いたとしかいいようのない風狂の旅であった。芭蕉は旅の本当の目的を語らなかったのではなく、旅の動機が「そぞろ神」や「道祖神」という神々であったという言葉をそのまま信じる他はない。道祖神の由来は、古代中国において黄帝の子の遊子が諸国を遊行して、死後に道祖神となったことに基づいている。

鹽竈明神に詣でて、片田舎に立派な神社が存在していることを「神霊あらたにましますこそ、吾国の風俗なれと、いと貴けれ」と、神々の霊験を尊く思っていた。芭蕉が神に祀られたのは、芭蕉が神霊を信じて句文に表現していたからである。芭蕉を俗人・凡人・悪党にしたい人々は、そぞろ神・道祖神・神霊の働きが信じられない人であり、虚心に芭蕉を理解しようとしない読者・評家であろう。

松島の光景の素晴らしさについては「ちはやぶる神の昔、大山つみの神のなせるわざ」といい、「造化の天工」の見事さは言葉には表現できないと思い、造化の神が美しい自然を創ったと芭蕉は考えた。造化という言葉は荘子の言葉であり、芭蕉は思想家の中では荘子を最も尊敬していた。

四十一歳の時の「士峰讃《しほうのさん》」では、「蓬萊・方丈は仙の地」「藐姑射《はこや》の山の神人有《あり》て、其詩を能《よく》せんや、其絵をよくせんか」とあり、「藐姑射の山の神人」は荘子からの引用で、道教の神人を深く意識していたことがわかる。日本人にとっての神の概念のひとつには、道教の神人の考えが入っている。人間の天皇を神とし、人麻呂や芭蕉を神とすることは、道教の神人の影響である。荘子や老子が死後に道教の神として祀られたことと同じ精神の働きである。神が一つしかないキリスト教・ユダヤ教・イスラム教では、人が神になることは認められないことである。

四十六歳の時の「敦賀にて」の文では、気比神宮に参詣し、社頭は神さびたるありさまで、松の木の間に月の影がもれて、信仰心が骨の中までしみとおるようだと書く。

四十七歳の時の『幻住庵記』は芭蕉の俳文中で最高の文といわれる。大津・国分山にある八幡宮のご神体は阿弥陀の尊像といい、唯一神道では神仏混淆を嫌うが、神仏一致の本地垂迹《ほんじすいじゃく》を説く両部神道では神と仏が互いに鋭い光をやわらげ、俗塵の中で利益を施すことは尊いと芭蕉はいい、老子が説く和光同塵について語る。智恵や徳の光を和らげて、俗世間の塵の中にまじって目立たなくする老子の人生観を、芭蕉は日本の神仏の光にたとえる。神仏混淆の説の中に見る、老子の和光同塵の思想には西行も触れている。神社のかたわらの幻住庵に芭蕉は住んでいた。

同じ四十七歳の時の文「烏之賦」では、僧侶を批判した言葉がある。心は欲の塊で、形だけ墨染の衣を着ている僧を「売僧《まいす》」と呼ぶ。仏教の僧侶には尊敬する人もいたが、一方で欲の塊の僧侶を芭蕉は批判した。俗なる僧侶に対する批判精神は、芭蕉と一茶に共通していた。芭蕉が僧侶にならなかった理由であろう。

芭蕉の句と神の関係について、小説家・橋本治は『小林秀雄の恵み』で論じている。〈古池や蛙飛込む水の音〉の句の主体は「水の音」であり、「水の音」があるということには何の意味もなくて、「水の音」は「神」だと橋本はいう。小林秀雄が講演記録の「歴史の魂」で芭蕉について語った「己れを空しくして自然を余程観察」することの意味は、「己れを空しくさせて神を出現させる」ことだと橋本はいう。芭蕉の句の「水の音」「あつめて早し最上川」「夏草」はすべて「神」だという。芭蕉は「神でないもの」を見つめて、平気で「神」を創出させたのだと断言していて興味深い。

貫道する物は命なり

命こそ芋種よ又今日の月　芭蕉
命なりわづかの笠の下涼み
初花に命七十五年ほど
命二つの中に生《いき》たる桜哉
桟《かけはし》やいのちをからむつたかづら
中山や越路も月はまた命

年たけて又越ゆべしと思ひきや命なりけりさやの中山　西行

芭蕉は命そのものをいつも心にかけていた。引用句は三十一歳以前といわれる時期から四十六歳までに詠まれた「命」の句であり、年齢順に並べている。

一句目では、生きながらえて今年もまた里芋を供え名月を見られたから、命こそが芋の種であると詠む。諺の「命あっての物種、畑あっての芋種」を踏まえる。命あっての俳諧である。「又」月を見られたという思いは、西行の歌の「又」佐夜の中山を越えたという思いに通じる。

芭蕉句の「命」は、すべて西行歌の「命」を踏まえている。芭蕉が西行を尊敬したということは、西行の「命」の歌の深い伝統的な精神を継承したということである。漢字の「命」は、神から頂いたものという意味を含んでいて、日本神道の神話の神の名前に「命」(みこと)という漢字が当てられたのは、道教の神の名前に「命」という漢字が使われていたからである。漢字の「命」が渡来してくる前に、日本語に「みこと」という言葉がついた神の名前がすでにあったのではなく、名前に「命」や「尊」という漢字がついた道教の神々が渡来してきてはじめて、日本語の「みこと」という発音を決めたのではないか。

命の生死の不思議を突き詰めて深く思えば神の存在に出会うのは、現代人でも同じである。生命の危機において人は神仏に祈らざるを得ないのは、古今東西に共通した人間の精神である。祈るという心の働きは、祈りを捧げる神が心の中に存在していることに他ならない。祈りとは、自分を超えたものへの祈りである。

二句目は故郷伊賀に帰る途中の佐夜の中山で詠まれ、笠の下でわずかな涼をとって命を繋いでいる。江戸と故郷を往復して俳諧に命を懸けていた芭蕉は、三十三歳という若い頃でも、六十九歳の西行に似た思いをもっていた。

芭蕉は二十一歳の時に、松江重頼撰の『佐夜中山集』に松尾宗房として〈姥桜さくや老後の思ひ出〉〈月ぞしるべこなたへ入らせ旅の宿〉の二句が入選していた。二十一歳の芭蕉にとって、撰集の名前の『佐夜中山』と西行の名前が、それ以来忘れられなくなっていたのではないかと想像できる。

三句目は三十五歳以前の句とされる。初物を食べると七十五日は延命するという諺「初物七十五日」をもじって、初花を見ると七十五年命が延びるという諧謔の句である。

四句目は四十二歳の句である。伊賀と京の間の水口という場所で、二十年を経て古くからの友人に会い、同じ時間を生きた桜が咲いていると詠む。桜もまた人間と同じ命をもつという思いである。

五句目は四十五歳の「木曾の桟」での句であり、蔦葛が命がけの様子で絡みついていると詠む。山中の険しい場所では細い通路に人の命が懸かっているが、蔦葛もその命は桟にたよっている。芭蕉は、人間と植物に同じ生命を感じていた。荘子の「万物は一なり」という万物の命の平等精神が芭蕉に影響した。命とは自然・造化の定めだと荘子は説き、天命・運命の意味を含んでいた。

六句目は西行の歌を踏まえ、西行の歌は歌人・能因の命の歌〈命あれば今年の秋も月は見つ別れし人にあふよなきかな〉〈命ながらえて今年の秋も月を見ることができたが、死別した彼に逢えるこの世の夜はもうない〉を踏まえる。西行も芭蕉も自らの命を思うだけでなく、旅において亡き人々の魂を鎮めていたと思われる。芭蕉の旅の目的の一つは鎮魂の旅であった。

うぐひすを魂にねむるか嬌《たお》柳　　芭蕉

四十歳以前の句であり、芭蕉が魂を直接テーマにした句はこれのみである。釈迦は魂の存在を無記といい肯定していなかったから、芭蕉は釈迦仏教よりも荘子の魂の思想に近い。たおやかにしだれた柳から鶯の啼く声がするが、夢の中で魂が鶯となって眠っているのであろうかという句であり、荘子の「荘周、夢に胡蝶となる」を踏まえている。夢と現実の虚実が一つになっている状態である。芭蕉は荘子の無為自然と魂の思想の影響を受けていた。

「天の楽しさとは、天のままに行動することであり、そうすれば魂は疲れを知らず心が定まる」

「魂魄が離散するとき、肉体もそれに従って、大いなる本源に回帰する」

「聖人とは、精神は純粋で、魂は疲れを知らない。己を虚しくして拘泥するところがなく、無為自然に合致する」

という荘子の言葉によって、芭蕉が詠んだ魂の背景の世界を理解できる。日本語の「たましい」の言葉の意味は漢字の「魂」と同じであり、その意味は今から二千数百年前に荘子がすでに具体的に語っていた。日本の最初の文学『万葉集』が成立したとされるのは紀元八世紀であり、中国では唐の時代で、すでに近代化されていた時代であった。「魂」「神」という漢字が渡来してきた時に、千年以上前に語られていた、例えば『荘子』の「神」「魂」の意味が入ってきたのではないか。

渾沌《ぬへっぽう》 翠《みどり》 に 乗 て 気 に 遊 ぶ　　芭蕉
しづかさや岩にしみいる蟬の声

「渾沌」の句は其角の句に付けたものである。

「ぬへっぽう」はのっぺらぼうと同じで目・耳・口・鼻のないお化けであるが、「渾沌」は荘子の「渾沌七竅に死す」に依拠している。渾沌という無秩序の状態のままがよいのであって、人為的にのっぺらぼうの神に穴をあけると死んでしまうという寓話である。「翠に乗て気に遊ぶ」という言葉も荘子の

「天地の一気に遊ばんとす」という言葉を踏まえる。すべての万物が根源的な原質（気）に乗って自由に遊ぶという無為自然の精神を表している。

「しづかさや」の句は、目に見えない気が具象化された作品のようである。しずかさの中に気が満ち、気が凝って岩や蟬となり、蟬の声もまた気のようなエネルギーとなって岩の中にしみいっていく。

芭蕉の俳句観と「気」の関係については、『三冊子』の「先師も俳諧は気をのせてすべしと有」という言葉に表されている。気をのせるというのは俳諧に気を入れるという意味であるが、荘子によれば、「気」とは宇宙に遍満し、万物を成り立たせる原質であり、「虚」は我という主体を離れて宇宙の気と一体になりきった純粋な状態であるという。「気」と「虚」は深い関係にあり、どちらも芭蕉に深い影響を与えた。虚というのも芭蕉は禅や他の大乗仏教から学んだのではなく、荘子の思想に共感していたのであろう。荘子は「気が変化して形を生じ、形が変化して生命を生じ、そしてまた変化して死に到った」といい、気と形と命と死に関する思想がある。気が集まれば生命を生み、気が散れば死となると説く。また四季（四時）も気の働きともいう。気は物理学のエネルギーの考え方に近い。

気は虚を満たして実を貫くという考えであり、虚と気は一体であったが、禅の無や大乗仏教の空は、気が満たされているという状態ではない。

日本人に最も深い影響をおよぼした荘子の精神は「気」の精神であろう。気は生命の源であり、日本人は現在でも毎日「元気」かどうか聞くのが挨拶となっている。元気、精気、神気、天気、四気、物気《もののけ》、気色、気性、気質、気風、気分、気配等々多くの「気」の言葉があり、その精神的な背景は仏教の「空」というよりも、タオイズムの「虚」であろう。日本人にとっての霊や魂というのも、むしろエネルギー的な気を考えているのではないか。

中々に心おかしき臘月《しわす》哉
四つごきのそろはぬ花見心哉
此《この》こころ推せよ花に五器一具
義朝の心に似たり秋の風
秋ちかき心の寄や四畳半
魚鳥の心はしらず年わすれ

芭蕉は「心」をテーマとした句を多く詠んでいる。近代の写生俳句の多くは正岡子規の影響が強く、心を写す主観的写生ではなく目に見えた物だけを詠む客観的写生であるが、芭蕉の句の本質の一つは心を写す主観的写生であった。

一句目の心は師走の風情である。

二句目での四つ五器は修行僧がもつ大小入れ子式の食器で、それが揃わないつつましさが花見の心だと思っていた。

三句目は四十九歳の句で、弟子の支考が奥羽行脚をする時に修行者のもつ五器一具を贈り、風雅の花の旅をする心を忘れないようにと告げる。心とは風雅の心である。

四句目は四十一歳の句で、わびしい秋の風に非業の死を遂げた源義朝の心を偲ぶ。風と心と故人への鎮魂と無常の思いが一体となっている。

五句目は五十一歳の句で、この句の四ヶ月後に亡くなった。秋が近づいているという情緒を理解できる人の、心と心の寄り合いがある四畳半である。世情と人情を大切にした芭蕉は、心と心の通い合いを大切にしていた。

六句目は四十八歳の句で、魚や鳥の楽しみの心が人にはわからないように、風雅の友との忘年句会もまた他人にはわからない楽しみであると詠む。『荘子』の文章を踏まえた句である。人は魚でないから魚の楽しみがわからないけれども、魚の楽しみがわかるという人の気持ちがわからないということもわからない、という複雑な寓話である。荘子の寓話を率直にとれば、芭蕉は魚や鳥の心を理解できたということになる。他人の関心を勝手に評価・批評してはいけないということである。魚の気持ち、鳥の気持ちを深く理解することが風雅俳諧の精神であり、虚子の花鳥諷詠に通う。

稲妻にさとらぬ人の貴さよ
月影や四門四宗も只《ただ》一つ
世にさかる花にも念仏申しけり
花皆枯て哀をこぼす草の種
頓《やが》て死ぬけしきは見えず蟬の声
家はみな杖にしら髪の墓参

仏教の悟りに関して芭蕉がどう思っていたかがわかる句である。
一句目は四十七歳の句で、稲妻の光で悟ったつもりにならない人は尊いと詠む。「なま禅大疵のもとひとかや」と前書にあり、生半可な禅で悟った気になってはいけないという教えである。稲妻によって簡単に悟るような禅に対する疑問をもっていた。芭蕉には純粋に禅の思想を詠んだ句が見当たらないのは、禅の思想とは言葉で説明することができない不立文字であったからだろう。大乗仏教は中国において老荘思想・道教の影響を受けたが、芭蕉は直接的に荘子の思想の影響を受けていた。芭蕉句の中に禅の影響がみられるところは、禅が影響を受けた荘子の影響であった。

二句目は四十五歳の句で、善光寺には四方に四つの門があり、四宗を兼ねていて、その善光寺を月の光が照らしている句である。宗派宗門は違っても根源は一つであることを、真如の月の光にたとえている。芭蕉は何か特定の宗教を信じていたのではなく、神仏の奥に一つの根源的なものを見て、それは荘子の虚実の精神や造化の思想に通じていた。あらゆる思想・芸術に「貫道する物は一なり」の精神であった。

三句目は満開の花に念仏を唱えている句だが、芭蕉自身が念仏を唱えたというよりも、花を仏のように思う人への共感である。

四句目は四十三歳以前の句で、荒れた庭の花はみな枯れて、草の種に哀れを感じている。枯れた花に人の世の無常を重ねる。人の命の短さに無常を感じるのは特に仏教に限った教えではなく、誰でも普通の心を持っていれば、命の短さの無常を感じることであろう。

五句目は四十七歳の句で、すぐに死んでしまう蟬はそんな様子は見せずに激しく鳴いている、という無常迅速を思う句である。

六句目は五十一歳の句で、盆に帰郷して墓参に列した時に、家に縁ある人は皆、杖をつき白髪であるという老いの感慨を詠む。芭蕉は病気がちであったせいか、早くから老いと死を意識している。老いと無常迅速を強く意識していたことは釈迦の純粋な悟りの前提に通うが、釈迦的で倫理的な実践には向かうことなく、あくまで俳諧・詩歌の魔に捉われていた。

芭蕉の作品において、禅の思想の具体的な影響を指摘することは困難である。『禅の本質と人間の真理』において、福永光司・村上嘉実・藤吉慈海が禅と老荘思想を比較していて参考になる。荘子には無心という本質的な思想があり、何にも囚われない自由な自己を持つことを説く。人間の社会生活において、固定観念や対立的思考からの不自由を打破する道の精神である。臨済も「無心ならば煩悩は何ぞ拘せんや」といい、禅の本質に無心がある。禅の無心とは、煩悩を無くして解脱するためであった。「外に向かって求むるなかれ」といい、執着を無くすことであった。求める心を無くして、心の中で仏と一体となることが悟りであった。仏教の「空」を説く時に荘子の「無心」という言葉を使ったが、その内容は異なる。荘子の無為自然は、無心の心において宇宙・自然の本質を見ることであったが、禅の無は万物を空とした。禅は存在から離脱するが、荘子は存在の中に没入する。禅は物から離れ空とするが、荘子は物の中に入っていくことが大きな違いとされる。

荘子の無心は一切をあるがままに見ることであって、芭蕉の自然観に一致する。禅の悟りを持てば、俳諧のように自然に没入して詠むことは執着であって、否定されるのではないか。芭蕉は句文の中で多く荘子について触れたが、禅の本質・煩悩からの解脱については触れていない。旅をして句を詠むことは煩悩であった。

禅には、本質的に言葉は無意味性だというパラドックスがある、と井筒俊彦は『意識と本質』にいう。

「不立文字」である。禅では言葉で真面目に悟りについて語ることを無意味としていて、公案や禅問答には、時として真面目な考えを馬鹿にするようなところがある。意味を考えることを無意味としている。禅の悟りが言葉に出来ないかぎり、詩歌文学という言葉を最も大切にする精神とはなり得ないのではないか。

禅は本質的に無神論であり、釈迦の無記の精神を継承している。釈迦以外の仏像に祈願する他の大乗仏教に比べて釈迦仏教に近い。一方、芭蕉の句や文には神々を思う精神が見られる。

尾形仂は『座の文学』で芭蕉と禅の関係について洞察する。芭蕉は仏頂和尚と交渉があったが、参禅の事実があったとはいえないとする。仏頂は宗教的実践よりも学問文学に偏していたという。

仏教史において、新しい宗教の禅には荘子とよく似た考えが多く、また禅を中国に弘めるために老荘思想を借りてきたという意見が多い。芭蕉は禅の影響を受けていないとはいえないが、影響を受けたとされる禅の精神は、むしろすでに荘子の中に含まれていたものであった。無為自然や万物斉同の精神は禅に近いものであった。禅に固有の宗教的実践としての悟りの境地だけは、芭蕉の詩歌精神には遠いところであった。禅はやはり悟りの宗教であり、悟れば俗や実の生活には戻ることのできない境地であろう。もしも芭蕉が参禅によって真の悟りを得ていたならば、「風雅の魔」に責めさいなまれることはなかった、と尾形が結論するところに同感である。芭蕉の俳諧人生と俳諧作品は、禅的悟りや救いとは遠いように思える。芭蕉への禅の影響を説く研究者は、芭蕉への荘子の影響を意図的に語らないようだ。

国文学者・富山奏は、仏頂が深川に滞在していた間に芭蕉が参禅できる状況ではなかったという。まして や出家の思いを抱くことはありえず、江戸に来た時には僧への迷いはなかったという。また国文学者・小西甚一も『日本文藝史』において、禅の修行は俳諧師の片手間にできるほど生易しくはないと断言する。禅からの影響がないとは言えないが、禅からの影響よりも荘子からの影響の方が全身全霊的であったと言い得るのではないか。

佐藤圓の『芭蕉と禅』によれば、臨済派の宗祖の語録である『臨済録』には、荘子の発想と共通するものが随所にみられるという。荘子は「坐忘」「心斎」という瞑想の行を説き、坐禅に近い。もともと中国での仏教は、道教の思想をもとに理解した「格義仏教」という考えであった。大乗仏教の「空」の思想は、中国において老荘思想の「無為」「虚」として理解されたという。『中国仏教史』において鎌田茂雄は、中国禅は仏教ではなく漢民族が生んだ勝れた独創的な中国思想であり、インド仏教の空観と老荘思想の無とを見事に結合させた独自な思想だという。

うたがふな潮の花も浦の春

たうとさに皆《お》をしあひぬ御遷宮

一句目は四十六歳の句で「二見の図を拝み侍りて」の前書があり、二見ヶ浦の新春を波の花がことほぐことを疑うな、と詠む。二見ヶ浦の神を尊く思う気持ちを持ち、神の存在を疑うな、と強い命令口調の句を残していた。神の存在を疑う人は、芭蕉の句が虚心に理解できない。

二句目も四十六歳の句で、御遷宮の尊さに皆押し合って参拝すると詠む。外宮の遷宮式を参拝して、尊さを率直に信じていた。

◇

俳句評論史では、芭蕉を神として崇めることへの反発が強く見られる。芭蕉を貶すことで読者の目を引いてきた。正岡子規が芭蕉を非難して蕪村を持ち上げたのが戦術的であったように、嵐山光三郎の『悪党芭蕉』も戦術的であろう。俳聖や俳諧の神として崇められてきた芭蕉の長所をさらに繰り返しても、評論としては評価されることがないからであろう。多くの文芸評論は書き手の能力を超えられず、対象としての芭蕉を虚心に論じるというよりも、書き手の理解力の限界を表現してきた。芭蕉を批判する人は、批判できそうな面だけを見てきた。芭蕉の求道性や精神性が理解されないのは、批評家が精神性に無関心だったからにすぎない。

『悪党芭蕉』のテーマは芥川龍之介の「続芭蕉雑記」に基づく。芥川が芭蕉を「日本の生んだ三百年前の大山師だつた」といった批判に基づいて芭蕉論を展開した嵐山の文章は、受けをねらった小説である。芭蕉にまつわるスキャンダルを基調とするのは、嵐山のスキャンダル好きの性格からきている。芭蕉の句文・書簡には、芭蕉が大山師であった証拠は見られない。〈古池や蛙飛こむ水の音〉は将軍・徳川綱吉の「生類憐みの令」を側面から支えていこうという戦略であった、という嵐山の空想も根拠がない。そうであれば、綱吉の政策に合致する句文が他にも見つかりそうなものだが何もない。蛙が古池に飛んだ句と将軍の政策とは無関係である。芭蕉の作品には、政治家に意図的に迎合したような作品は全く見つからない。

芭蕉を求道の人、枯淡の人と見たのは深読みにすぎないという嵐山の空想こそ歪んだ読みであり、芭蕉が荘子や中国の詩歌を学んで俳諧に活かした面を全く理解していないのは、嵐山自身が荘子や漢詩の精神を理解しようとする気持ちを全く持たないからである。「悟ってしまえば俳諧師は終りとなる」「芭蕉は悟りたくない」というのは芭蕉の心ではなく、嵐山自身のことである。「人は悟るために吟じるのではない」というのが嵐山のテーマであるが、大きな誤解ではないか。芭蕉の本心は不易（善）にはなく流行（悪）にあるという嵐山説も誤解であり、芭蕉にとっては同じ作品そのものが不易であり流行であり、善を捨てて悪を取るという二者択一の選択問題ではなかった。

詩歌は道徳的な善悪を超えた虚実の世界である。芭蕉は釈迦的な、あるいは禅的な悟りを求めていたわけではなく、荘子的な無為自然の境地で句を詠んでいた。

造化や無為自然の虚の世界を悟った心をもって俗の世界を表現し、不易の精神をもって流行の俳諧を詠んだのが芭蕉であったからこそ、俳聖や俳諧の霊神となり、平成の一般の人にも好かれる俳人となったのである。「高く心を悟りて俗に帰る」というのは仏教的ではなく、荘子の虚と実の精神である。虚という宇宙的な生命の中に、実・俗という現実の生命が存在することを直観したのである。僧侶・仏教者のようにただ悟ることは詩歌俳諧の道ではなくて、現実の俗の世界に降りてきて目に見える世界を詠まなければならない、という考えを芭蕉は持っていた。宗教と詩歌の違いを「高く心を悟りて俗に帰る」といった。

嵐山の作品理解には誤解がみられる。〈此道や行人《ゆくひと》なしに秋の暮〉について、「まるで習いたての素人の句ではないか」「俳諧の発句は、衰えた自己の独白であってはいけない」と嵐山は芭蕉句を貶したが、芭蕉の道は嵐山が理解できない道であった。この句は五十一歳で没する年の句である。秋の暮れに、行く人のない道に独り佇むという意味であり、その上に何か奥深さを感じる。人間の根源的な孤独を感じるだけでなく、自らの俳諧の道には誰も行く人はいないと詠んでいた。

芭蕉の詠む「道」は彼が尊敬した荘子の「道」を意識していて、『おくのほそ道』の「道」にも通っている。四十四歳の時の「権七にしめす」という文の中では「まことや、道は其人を取べからず、物はそのかたちにあらず」（まことに、道を行うということは、人の貴賤上下に関係がなく、物はその外面の形ではなく、その心である）と述べる。

荘子の「万物は一なり」という万物斉同の平等精神の思想である。「貫道する物は一なり」という芭蕉の道が、批評史で誤解されてきたことは残念である。

神国から部落問題まで詠んだ一茶

小林一茶は、宝暦十三年（一七六三）信濃国（現・長野県信濃町）に生まれ、文政十年（一八二七）六十五歳で没した。松尾芭蕉が亡くなった六十九年後に生まれ、徳川体制が終わる四十年前に亡くなっている。一茶が生涯で詠んだ約二万句の中には、様々な精神・思想が混在している。

月花や四十九年のむだ歩き　一茶
三度くふ旅もつたいな時雨雲
芭蕉翁の臑《すね》をかぢ《じ》つて夕涼
桃青霊神託宣に曰く初時雨
はつ時雨俳諧流布の世也けり
しぐるるや芭蕉翁の塚まはり
ばせを翁の像と二人やはつ時雨
ばせを忌と申も只一人哉

義仲寺や拙者も是にはつ時雨

現代では芭蕉と一茶を比較して、好み・主観に基づいて一茶の方が好きだという人がいるが、一茶自身は当時の一般の評価と同じく芭蕉を翁・霊神と思い、多くの時雨の句を詠んでいた。貧しい生活の中で、暮らしの役にも立たない俳諧を続けるには心の拠り所が必要であり、死ぬまで芭蕉を尊敬していたことが句から理解できる。芭蕉の句がなかったならば一茶の句もなかった。一茶が尊敬した芭蕉を一茶と比較して嫌いだという俳人がいるが、人の好みとは複雑である。一茶好きであれば、一茶が尊敬した芭蕉も尊敬しそうなものであるが、一茶は好きだが芭蕉は嫌いだという俳人がいて複雑である。好き嫌いは評家の心を曇らせる。

四十九歳の頃には、月と花の風雅にうつつを抜かした四十九年は無駄だったと反省をしている。芭蕉のように有名にはなれず、いつまでも貧乏のままであったからであろう。しかし五十一歳の句では、貧しくとも故郷に帰って門人を教えられる境遇は芭蕉のお蔭だと感謝していた。夢の中で霊神の芭蕉が神託を告げれば初時雨が降ってきた。引用句のすべては芭蕉を神・翁と尊敬する句であり、現代人が芭蕉の句や一茶の句に対する態度とは異なっている。

花の陰寝まじ未来が恐しき
穀つぶし桜の下に暮らしけり
耕さぬ罪もいくばく年の暮れ
はいかいは地獄のそこが閑古鳥

一句目は六十五歳の句で、美しい花陰で寝るとそのまま死んで地獄に行くかもしれないから寝ないと詠むが、結果的にはこの年に亡くなった。花と桜とは俳諧道のことである。前書には「耕ずして喰ひ、織ずして着る体たらく、今まで罰のあたらぬもふしぎ也」とあり、耕作をせずに生きてきたが、罰がないのもおかしいと思っていた。この前書は『荘子』の「耕さずに食い、機も織らず着物を着て、いい加減な議論をして、天下を惑わせて、罪は重い」と孔子を非難した文章を踏まえている。儒者と同じく、俳諧師も穀つぶしと考えていたようだ。一茶は、農耕をしないで無用の俳諧を詠む仕事を罪と考えていたようだ。

芭蕉が荘子を尊敬していた影響を受け、一茶もまた書簡や日記に『荘子』『老子』の書物を読んでいたことを書く。一茶の二万句には仏教、特に浄土真宗の影響だけでなく、老荘思想をはじめとした様々な精神・思想の影響が見られる。

神《かみ》国《ぐに》は天から薬降りにけり
神国は五器を洗ふも祭り哉
末世でも神の国ぞよ虎が雨
天皇のたてしけぶりや五月雨
天皇の袖に一房稲穂哉

神国や天皇を直接テーマに詠むことは芭蕉や蕪村には見られず、現代俳句でも少ない。近世の句にしては違和感があるが、一茶は本居宣長と同じ時代に生きたから、宣長の国学の影響を受けていたことが考えられる。欧米からの外圧を受けていた時代であり、一茶は世情に敏感であったことが句から理解できる。「仏道、儒道、皆濁れるも、神道ひとり澄《すめ》り」(「文政句帖」)、「日本魂の直き心」「神のやしろいとなみて」(「俳文拾遺」) といった一茶の言葉は、国学・神道の影響である。仏教や儒教は濁り、神道だけが澄んでいるという思想を述べていたことは、今までの一茶論ではほとんど語られてこなかった。戦後は神国といった言葉が嫌われたために、一茶が神国という言葉を純粋に使っていたことは、一茶論では無視されてきたようだ。

一茶論においては、一茶の句は浄土真宗の影響があるという意見がほとんどであったことは見直す必要がある。一茶には荘子や浄土真宗だけでなく神道の影響がある。

一句目は、五月五日に降る雨水で薬を製すると効果があるという意味だが、『万葉集』には薬草を五月五日に採る歌があり、不老不死の薬や仙薬をもたらした道教の影響が見られる。天皇という言葉は道教の最高神だった北極星の別名であり、神道という漢字も易や道教神道からきているから、国学・神道の深層には、神、天皇、仙薬といった道教・仙人道の影響があったことは否定できない。にもかかわらず、国学者は愛国心からか、中国から朝鮮を経由して渡来してきた道教・仏教・儒教を意図的に無視し、純粋な国学が存在していることを主張した。

天皇を詠んだ二句は、『万葉集』『後撰和歌集』『新古今和歌集』の歌を踏まえている。

世直しの大十五夜の月見かな

世直しの夕顔さきぬ花さきぬ

世の中をゆり直すらん日の始
此やうな末世を桜だらけ哉

一句目は、大きな十五夜を拝めるほどの秋晴れが続き、豊作が期待できる世直しの時だという意味で、各地で米不足が発生し、一揆や打ちこわしが頻発した世情を強く意識している。一揆をおこした農民は「世直し神」を信じていたという。一茶もまた世直しの期待を強く持っていたようだ。芭蕉や蕪村には見られない思想である。世の中は末世でも桜は満開だと詠み、花月を詠む俳諧を揶揄している。

白露に浄土参りのけいこかな
みだ仏のみやげに年を拾ふかな
涼しさや弥陀成仏のこのかたは
ともかくもあなた任せの年の暮
露の世は露の世ながらさりながら
露の世の露を鳴也夏の蟬

『浄土仏教の思想　十三』の中で、哲学者・浄土真宗僧侶の大峯顕（俳人・大峯あきら）は、「俳人一茶の創造の根源には、一茶が幼児から育った浄土真宗の雰囲気がひそんでいるように思われる」「一茶はその父ほどには信心を得ていたとは思われない。一茶の本領はどこまでも詩人にあったと言うべきであろう」と洞察する。また、詩の発想が芭蕉のような自力の立場でなく他力の立場ではないかといい、稀な多作であったことも他力的発想だと述べている。阿弥陀仏というあなたにまかせて露の世を生き抜いた一茶は、芭蕉と異なり複雑な精神構造を持っていた。

御仏や寝てござつても花と銭
御仏や生るるまねに銭が降
ねはん像銭見ておはす顔も有

詩人の山尾三省は『カミを詠んだ一茶の俳句　希望としてのアニミズム』の中で、最晩年の一茶は仏や信心をからかう精神を持ち、それは現代人の宗教への批判精神につながるものだと述べる。日本人にとっての仏教は、江戸時代において徳川幕府が檀家制度を導入して、無理やりどこかの寺の管理下に入れてしまったために、純粋な釈迦の教えとしての悟りや信心というよりも、葬儀・法事・墓を主とした俗的な戸籍管理制度となっていた。江戸末期の仏教世界の様子を一茶は率直に描いた。一茶は俳諧だけで生活することが困難で貧困であったために、僧侶が葬儀・法事で金銭を稼いでいたことへの不満を、諧謔的な俳諧で表現したのではないか。

ゆ《い》うぜんとして山を見る蛙哉

山尾は同じ書の中で、この句には四種のカミが詠まれているという。「山」そのものがカミであり、「蛙」がもう一つのゆうぜんと座るカミであり、蛙と同じく山を見ている一茶もカミであり、「ゆうぜんとして」という言葉自体がカミだという。山尾のいうカミとは、アニミズムにいう魂のことである。この句は一茶俳諧のひとつの頂点をさすという。この句のアニミズムの世界は「原初の思想」であるにとどまらず、現代思想であり、これからの思想でもあるとまで断定している。この句はむしろ「悠然として南山を見る」という陶淵明の詩の本歌取りであり、帰郷して隠遁生活をした詩人に一茶の俳諧生活を重ねたものであろうが、山尾が感じた主観的なアニミズム精神も否定はできない。

古郷や仏の顔のかたつぶり

この句は「古郷やカミの顔のかたつぶり」と言い換えても同じだと山尾はいう。また、かたつむりに「仏の顔」を見ることは「山川草木悉皆成仏」の思想だという。この思想は釈迦仏教の無常の思想とは無関係であり、森羅万象に生命・霊性が存在するという荘子の思想の影響を受けた大乗仏教に基づいている。

鳴虫や五分の魂ほしいとて
花おのおの日本だましひさましや
一ぱしの面魂《つらだましい》やかたつむり

魂を直接詠んだ句は少ないが、虫の持つ魂、人の持つ日本魂、面魂を持つかたつむりには、森羅万象に霊性・生命性を感じるアニミズムの精神が表現されている。

露時雨草も心の有げ也

我が国は猿も祈禱をしたりけり
うつくしき仏になるや蝶夫婦
人ならば仏性《ほとけしよう》なるなまこ哉

草も人と同じく心を持ち、猿もまた人と同じく祈禱をし、蝶の夫婦もまた美しい仏になり、海鼠も人であったら仏性をもつという句においても、森羅万象の命を読みとっている。

ぽつくりと死が上手な仏哉
死時も至極上手な仏かな
死華をぱつと咲せる仏かな

これらは死を意識した句であるが、仏とは釈迦仏教にいう悟った仏ではなく、悟りには無縁の、これから死に向かう凡夫の願望である。ぽっくりと死ぬことが上手な死だというのは、高齢化社会の現在に通じる面白い句である。多くの高齢者は、ある日突然ぽっくりと亡くなることをいつの時代も望んでいるようだ。

陽炎や猫にもたかる歩行神《あるきがみ》
こんな身も拾ふ神ありて花の春
あばら家も徳年神《としとくじん》の御宿哉
正夢や春早々の貧乏神

夕顔やはらはら雨も福の神
雪隠《せっちん》にさへ神ありてん梅の花

一茶には多くの神々の句があり、それは超越した神ではなく、民衆の心に入り込んでいる神々が見られる。貧困であったから、貧乏神や福の神には親しみを持って詠む。最後の句は、少し前に流行した歌の「トイレの神様」を連想させる。

ばらつくや大明神のもらひ雨
神々やことしも頼む子二人
神とおもふかたより三輪の日の出哉
年神や又御世話に成りまする
神国や草も元日きつと咲
住吉の神の御前の蛙哉
さほ姫の御目の上のこぶし哉
鶺鴒は神の使《つかい》かかきつばた
卯の花や神と乞食の中に咲

これらの神々は、祈り・祈禱の対象としての神々である。人為を超えて、神としての超越した力を期待する。一茶は阿弥陀仏を信仰したといわれるが、むしろ阿弥陀仏も神々の一種だったのではないか。

神道も他力の一つである。

かすむ野にいざや命のせんたくに
花の山命のせんたく所哉
命也焼く野の虫を拾ふ鳥

命を詠んだ句であり、自然に触れることを「命のせんたく」と呼ぶのは現在にも通じて面白い。「命也」という言葉には、西行の歌を踏まえた芭蕉の命の句を連想する。

あの世は千年目かよ鶴婦夫《つるめおと》
掃溜も鶴だらけ也和歌の浦
亀どののいくつのとしぞ不二の山
仙人の膝と思ふか来る蛙

鶴と亀をテーマとした句には、不老不死の道教思想の影響が見られる。鶴は千年生きるという話、天皇の長寿を祈って和歌の浦に飛ぶ鶴を詠んだ『万葉集』の赤人の歌を踏まえて揶揄した句、不二に不死をかけて亀の長寿を詠んだ句には、道教思想の仙人道の影響が見られる。

天文を考へ顔の蛙哉
庚《こう》申《しん》の足の下より蕨哉

我星はどこに旅寝や天の川
我星は上総の空をうろつくか
祈られてわら人形や行時雨

これらの句には、星神の宗教であった道教の思想が見られる。「天文」とは星の位置によって占いをした道教・陰陽道のことである。人間の悪事を天の神に報告するという庚申信仰も道教の信仰であり、星が人の運命を決め、霊が星になるというのも道教思想である。人形《ひとがた》に呪いや祈りを込めるのも、道教が民俗信仰に変化した精神である。

穢多町も夜はうつくしき砧哉　一茶
エタ寺の桜まじまじ咲にけり
正月やエタの玄関も梅の花
穢多寺へ嫁ぐ憐れや年の暮　漱石
穢多村のともし火もなき夜寒かな　子規
穢多の子の窓からのぞく夏書哉

一茶には被差別部落の穢多をテーマとした句があり、貧困の中にいた一茶は被差別意識に敏感であった。夏目漱石や正岡子規にも穢多を詠んだ句があるが、拙著『ライバル俳句史』で、今までの子規論・漱石論ではあまり論じられていないことを述べた。子規は選者として穢多村をテーマとした句を選んで

「穢多村好きなり」といわれ、子規の母の弟である拓川（加藤恒忠）の影響があった。拓川は貴族院議員や銀行頭取の後、部落解放運動に尽力し、遺言で穢多寺の相向寺に埋葬されている。

一茶には子規のリアリズムに通うところがある。一茶はただ思う所の事実を句に詠んだようだが、部落の人々への共感がある。心の深層では、荘子の「万物斉同」のような無差別の平等世界を世直しとして希求していた。一茶の句は島崎藤村の小説『破戒』の世界の魁であった。

一茶の二万句には、語り尽くせない精神の広さ・深さがある。

上島鬼貫vs与謝蕪村

まことの外に俳諧なし

上島鬼貫《おにつら》は、万治四年（一六六一）摂津国伊丹郷（現・兵庫県伊丹市）に生まれ、元文三年（一七三八）七十七歳で没した。

与謝蕪村は「鬼貫句選跋」という文章で、「其角、嵐雪、素堂、去来、鬼つら」の五人の「風韻をしらざるものには、ともに俳諧をかたるべからず」と強調し、「ひとり鬼貫は大家にして世に伝《つたわ》る句まれ也」と鬼貫を高く評価していた。鬼貫は松尾芭蕉と同時代の俳諧師で「東の芭蕉、西の鬼貫」と呼ばれたが、二人に交流はなかったという。紀貫之の「貫」をとり、鬼の貫之という意味で鬼貫にしたとされる。「鬼」の本来の意味は死後の霊魂であったから、貫之の魂の系譜と思っていたのであろう。

俳諧には諧謔・滑稽の精神が求められたが、鬼貫の俳句観は「まこと」を求めることであり、俳諧での「まこと」が人生での「まこと」を求めることに繋がっていた。

◇

鬼貫の文学史におけるユニークさは、「まこと」の精神哲学を長文の俳諧論集『独ごと』にまとめたことである。作家の丸谷才一は『悠々鬱々』の中で、仕事が一区切りつくとウイスキーとチーズをちびりちびりなめて、パイプをくゆらしながら鬼貫の『独ごと』を読むと述べている。鬼貫は「もっとも純粋な日本語」をあやつり、「微妙で優雅」な句を作ったという。『独ごと』の後半は『枕草子』を模した随筆であるが、丸谷は「他に類を見ない、異様なほど透明な美しさ」と絶賛する。例えば「柳は花よりもなを風情に花あり」「桃の花は桜よりよく肥《ほ》て、にこやかなり」といった文章である。

「まことの外に俳諧なし」と二十五歳の時に悟った後は、言葉を飾り技巧に凝る句を作らなかった。「まこと」とは偽りを詠まないということであり、三十二歳の時の言葉によれば、「自分の普段の心を大宇宙の中に遊ばせて神の摂理たる四季の変化に交わり、そのすばらしさを知ったならば、実在しないあの夢の浮橋をも楽々と渡るような快い気持ちになる」（櫻井武次郎『上嶋鬼貫』）という意味であった。

芭蕉の俳句観・自然観と、荘子の無為自然の考えに似ている。

「まこと」とは、『独ごと』によれば「心」の問題であり、「詞」の技巧・工夫ではなく、偽りなく常に修行しなければならないものであった。鬼貫は芭蕉には会っていないが、同時代に並行して芭蕉に似た俳諧観をすでに持っていた。当時の俳諧師には荘子の本がよく読まれていたというから、二人には荘子の影響が考えられる。

鬼貫の句には「禅と俳諧の悟りの一致」があると国文学者の岡田利兵衛がいい、永田耕衣も禅の影響を述べた。そのことについて、「禅に禅の思想があるように、俳諧は俳諧自らの思想で立たねばならない。そうでなければ俳諧の存在理由はないのである」と坪内稔典は『芭蕉とその時代』にいうが、稔典はいつも俳句・俳諧への思想の影響を読み取ることをしない人である。

俳諧や短歌は詩歌文学の形式の一つにすぎず、小説と同じで文学の形式そのものが独自に持つ思想というものは有り得ない。俳句・俳諧だけに独立して、全ての俳句に共通する精神・思想というものは有り得ない。俳人の精神が入ってはじめて、形式は魂を持つことができる。精神・詩魂を持たない俳人が詠む俳句には、精神・魂がないだけである。俳諧・俳句には物の写生だけでなく多くの思い・思想・精神を反映することが可能であり、禅もその一つにすぎない。鬼貫はいつもいつも禅の精神を句に詠んだのではなく、岡田利兵衛や永田耕衣が鬼貫の句の一部に禅の影響を感じたのであり、芭蕉も同じである。読者・評者の禅や仏教の知識を芭蕉や鬼貫の句に見つけたのである。荘子を理解した読者には、芭蕉・鬼貫の句文にその影響が理解できるということである。

俳句・俳諧には絶対的な定義はない。諧謔の句、諧謔でない句、挨拶の句、挨拶でない句、存問の句、存問でない句、客観写生の句、主観写生の句、有季の句、無季の句、定型の句、非定型の句等々、俳句とは何かについてを定義することはできない。俳句には、共通して公式化できるような詩学・美学はない。一人一人の一句一句が、それぞれ句の内容によって解釈・解説・鑑賞されなければならない固有の世界を持っている。

何をどう詠んだかが問題である。内容と表現を分ける必要はない。十七音の文学を虚心に理解すればよい。俳諧・俳句の言葉の奥に作者の精神が直観できれば、ただそれを文章に述べるだけであって、その文章を批評・評論と呼んでいるだけである。心・精神のない句は、ただ表面的な物を言葉に置き換えただけであって、作者の心・精神が読者に感じられなければ、読者は文章を書けない。

影たのむ三ケの月より満《みつ》るまで　　鬼貫

四十六歳の時に、詩歌の神様である紀州の玉津島神社に願をかけ、玉津島の神のお蔭（影）をこうむって独吟千句を成就したい、ということを句に詠んでいた。詩歌の神に祈願することを発句に詠むことは、神道の精神が句に詠まれているということであり、句の形式が独自に持つ思想ではない。神道といっても人を制御するような神でなく、ただ純粋に詩歌の神と思うだけの神である。

骸骨のうへを粧《けわい》て花見かな

「煩悩あれば衆生あり」との前書があり、「煩悩即菩提」の禅語を意識する。人間は衆生という生き物であり、みな煩悩を持って暮らしている。うわべは着飾って花見をしていても、その実態は骸骨が花見をしているのと同じだという考えである。一休の『一休骸骨』にいう「そもそもいづれの時か、夢のうちにあらざる、いづれの人か骸骨にあらざる」という思想の影響が見られる。人間の生命は無常であり、花見といっても無常の人間の束の間の楽しみだが、花見を否定しているのではなく、花見を通じてまことを追求していた。

おもしろさ急には見えぬ薄かな

物をじっと見ていると面白さがわかってくる、という俳諧の「まこと」が詠まれている。永田耕衣はこの句に「開放的ながらの神秘感」「野性的な幽玄の気」を読み取った。

「我等は一茎の薔薇にぢつと目をやつて、其処に我等と薔薇との間に如何なる神霊の交通があるか、自然——神——は如何なる不思議を我等に見せてくれしか。我等は精神を一所に集中して、ぢつと其薔薇とにらめつくらをしてゐることによつて文学上の新発見をすることが出来る」と、高濱虚子は「俳句の作りやう」でじっと対象を見ることの大切さを説く。虚子は、写生対象の奥に存する造化の不思議な働きの発見こそが新しい俳句、という俳句観を持っていた。鬼貫も、例えば薄をじっと見ることによって薄の不思議・面白さを発見することを、まことの句と考えていた。

花鳥《はなとり》に何うばはれて此《この》うつつ
木も草も世界皆花月の花

「花鳥」の句は、虚子の「花鳥諷詠」の精神を詠んだかのようである。俳諧は花鳥を詠むものであり、その態度は「うつつ」（夢心地）であるという。詩歌に心を奪われるということは「花鳥」に心を奪われることであり、俳人は創作においてはクールな理性が消えて、心はうつつの感性の中にある。俳人・詩人と俗人との違いである。この世の世界はすべて花月という詩歌の華である。

水よりも氷の月はうるみけり

水に映るよりも氷に映る方がうるんでいると詠む。心敬は『ひとりごと』の中で、「水程感情《かんせい》ふかく、清涼なる物なし」「秋の水と聞けば、心も冷て清々たり。又氷ばかり艶なるはなし」といったが、鬼貫は同じ題名の俳諧論を書いているから、心敬の影響を受けていた。「うるみけり」というのは「艶」である。安東次男は鬼貫の句を「水を詠んで印象的な句」という。

鵜とともにこころは水をくぐり行《ゆく》

鵜飼の鵜と作者の心が一体化している。「まこと」とは、句に詠む対象の生命と一体化することである。「まこと」の心とは、他人の心や動物の心を思いやる愛情である。「まこと」の心をもって句を詠むということは、利己的でなく相手を思いやる心・存問・挨拶の心を持つことである。

水鳥のおもたく見えて浮にけり

何ゆへ(ゑ)に長みじかある氷柱ぞや

理屈っぽい句ではあるが、科学的な発想の句である。なぜ重たいものが沈まずに浮いているのか、同じ環境条件にかかわらず、なぜ氷柱には長いのと短いのがあるのか、といった自然の不思議な現象への疑問を俳諧に詠んだ。これも自然の「まこと」を求める態度から出た発想である。

人間に知恵ほどわるい物はなし
咲《さく》からに見るからに花のちるからに

人為的なさかしらを拒否する立場である。人間が知識をつけ情報を集めるのは欲望の実現のためであり、自らの利益を最大化するためのものだということを暗示している。ただ花が咲くから花を見て楽しみ、ただ花が散るから無常を感じて見ているだけである。詩歌によけいな知識はいらないという無為自然の精神である。

ほんのりとほのや元日なりにけり
うぐひすの鳴けば何やらなつかしう
春の日や庭に雀の砂あびて

技巧・飾る言葉は何もなく、無為自然に、元日・うぐいす・雀の存在の懐かしさを詠む。虚子の花鳥諷詠の精神に通う句である。

から井戸へ飛そこなひし蛙かな
かけまはる夢は焼野の風の音

鬼貫は、蕪村や一茶と同じく芭蕉を尊敬していたことを表している。一句目は芭蕉の〈古池や蛙飛こむ水の音〉を踏まえ諧謔的である。二句目は芭蕉の十三回忌の時に詠んだ句であり、芭蕉の〈旅に病で夢は枯野をかけ廻る〉を踏まえる。江戸在住の芭蕉の句を、大坂に住んで直接会ったことのない鬼貫が詳しく知っていたことは、江戸時代の出版事情と情報伝達の発展を表している。

『独ごと』に見る俳諧精神を、『鬼貫の『独ごと』』（復本一郎）の現代語訳によって見ていきたい。

鬼貫には心敬の文章に基づくところが多い。鬼貫は「俳諧の道」を真剣に考え、俳諧もまた「和歌の一体」であると思い、芭蕉と同じ考えであった。俳人も歌人も、人間の心・情としては同じものを持っているのであるから、句の十七音か歌の三十一音か、形式が異なっても、形式に籠める「まこと」の思いは同じである。

発句について、「生ける物」は何であれ、その一つ一つにものを言わせようとするならば、こうまで自分の事を表現してくれるものかと、深く喜ぶ心を持って詠むべきだと説く。人間だけでなく、生物・無機物に対しても相手の立場に愛情を持っていた。

発句の目的は「まこと」であり、「まこと」とは表面的な表現上の言葉の技巧ではなくて、雪月花・草木・生物のすべてにものを言わせるように心と言葉を使うことだというのは、同時代の芭蕉ですらここまで明瞭には言わなかったアニミズム的な文学観である。森羅万象に生命性があり、万物がものを言うように俳諧師が表現するというのは、芭蕉から虚子に貫道するアニミズム的な精神である。

谷水や石も歌よむ山ざくら

谷の水が渓流となって石の間を流れ、水の声と石の声を聞いている。石が水と一体となり、よろこびの歌を歌っているかのようである。石と水が命の輝きをもって歌う。『古今和歌集』の序「生きとし生けるもの、いづれか歌をよまざりける」を踏まえている。和歌・俳諧の世界では、無機物の石や水も命を持って歌を歌うものであり、アニミズムの世界である。

作句の時には、姿や言葉だけを巧みにすれば「まこと」が少なくなる。ただ心を深く入れて姿や詞にかかわらないことが好ましく、「おのづから心にうかぶ所を用ゐる」ことが大切だという。句は師匠の形によく似せて習うのがよいが、師匠の句の形を習得した後はそこから離れて、一人ひとりが生まれついて持っている風体を用いることが望ましいと説く。修行の道には限りがなく、臨終の夕べまでが修行と知るべきだと説く。毎日が辞世の句といった芭蕉にも通じるところである。

また、句がただ単に「おもしろい」ということを「句の病」と呼んでいる。近代・現代俳句における言葉の配合の言葉遊びは「句の病」であろう。

戦勝・病気回復など、神仏への祈願の意をこめて行う俳諧は「祈禱の俳諧」と呼ばれるが、祈禱の俳諧を詠むときは、句に偽りをなくさないと神の御心にはかなわないと説く。御影《みえい》のかかる座につけばその日の神主であると気持ちを改め、御影のかからない座では心の中で神の来臨を願い、神がいますがごとくつつしむ人には偽りのない句ができるという。俳諧の座では、天神などの御影の肖像画をかけて句を詠んでいた。

詩歌の神を思う心は、和歌・連歌・俳諧の座に共通であった。日本の天満宮の神は、紀元前の『史記』に見る道教の文学・学問の神「文昌」の働きによく似ている。

◇

自分の句を面白く作るよりも、人の句を理解することの方がはるかに難しいといい、俳諧を理解することの大切さを説く。今日でも適用できる意見であり、いつの時代も、作品を虚心に理解しようとする評論家が少ない理由である。自分の俳句と俳句観のみを主張し、他人の俳句や評論を虚心に理解せずに非難・揶揄する俳人が多いのは、江戸時代も平成時代も同じようだ。

俳諧において「まこと」の道を修行することは実生活でも有益だと説く点では、俳諧とは無用の夏炉冬扇であるという芭蕉とは異なっている。

鬼貫にとっての良い句とは、言葉に巧みがなく、姿に色・品《しな》を飾らず、ただださらさらと詠み流して、しかもその心は深いという句であった。

又ひとつ花につれゆく命かな

うつろふや陽《ひなた》の花に陰《かげ》の花

神《こう》神《ごう》と春《かす》日《が》茂りてつづら山

花の命に人の命を見ている。陰と陽の花の命のうつろいを等しく見ている。春日山のつづら山と森に神々しいものを感じていた。

今日あまり知られていない鬼貫の文と句は、今日にも通用し、再評価の必要と価値がある。

我《われ》も死して碑に辺《ほとり》せむ枯尾花

与謝蕪村は、享保元年（一七一六）摂津国毛馬村（現・大阪市都島区毛馬町）に生まれ、天明三年（一七八三）六十八歳で没した。芭蕉の死の二十二年後、将軍・徳川吉宗の時代に生まれている。出生については自らは一切公にせず、一度も故郷に帰らなかったために、故郷に暗い思い出を持っていたとされる。二十二歳の時に江戸に下り、俳人・早野巴人《はじん》の門に入った。三十歳頃は釈蕪村と名乗り、浄土宗の僧侶を十五年間続けた。三十六歳で京都に上り、四十五歳で還俗して与謝を名乗り、五十五歳で俳諧宗匠となっている。蕪村の号は陶淵明の詩「帰去来の辞」の一節「田園将《まさ》に蕪《あ》れんとす／胡《なん》ぞ帰らざる」の蕪れる（荒れる）に基づくとされる。

当時は絵画の需要があり、生活上は絵師であった。五十三歳の時には、『平安人物志』の中で円山応挙・池大雅・伊藤若冲と共に絵師として挙げられていた。中国の古典をテーマにした絵画が多く、中国文人の思想を和様化した。俳画は蕪村が大成したジャンルであった。

◇

我《われ》も死して碑に辺《ほとり》せむ枯尾花　蕪村

現在では、芭蕉よりも蕪村が好きという俳人がいるが、蕪村と鬼貫は芭蕉を尊敬していた。蕪村が尊敬する芭蕉は嫌いだが蕪村は好きだ、という正岡子規の好みを蕪村がもし聞いたら理解できなかっただろうし、まさか二百年後に芭蕉と優劣を比較されるとは思わなかったであろう。蕪村は芭蕉復興・正風復興の中心人物であった。絵師として芭蕉像を多く描き、人気商品だったという。

芭蕉は漂泊者であったが蕪村は定住の生涯であり、芭蕉には故郷があったが蕪村は故郷喪失者であった。引用した句は蕪村の遺言のような句であり、願望の通り芭蕉の石碑がある京都・金福寺の墓に埋葬されたほど、芭蕉を深く尊敬していた。

芭蕉去りてそののちいまだ年くれず
目前《めのまえ》をむかしに見する時雨《しぐれ》哉
しぐるるや我も古人の夜に似たる

一句目は「歳末弁」という文章にある句である。名利の街に走り貪欲の海に溺れる江戸の世の中にあって、「蕉翁去りて蕉翁なし」と蕪村は芭蕉を深く尊敬し、没後百年において、芭蕉のような高雅な心境で句を詠む人はいないと思っていた。芭蕉の忌日である時雨忌には、時雨の中で芭蕉を偲ぶ。芭蕉への尊敬なくして、蕪村も一茶もなかったのである。

門《もん》を出《いづ》れば我も行人《ゆくひと》秋のくれ

芭蕉の〈此道や行人なしに秋の暮〉を踏まえる。門を出て、芭蕉のような俳諧道を行く人になりたいと思っていた。「道」とは現実的な歩く道ではなく、理想とする俳諧道である。『おくのほそ道』の細い「道」であり、芭蕉が尊敬した荘子の説く「道《タオ》」に通っている。

鬼《おに》貫《つら》や新《しん》酒《しゅ》の中の貧に処《しょ》す
月天《てん》心《しん》貧しき町を通りけり

蕪村は鬼貫を評価して句に詠んだ。鬼貫は酒造家に生まれたが、俳諧に没頭したため貧乏であったと詠む蕪村は、自らの貧困を思っていた。鬼貫と蕪村は点者の専門家・業俳ではなくて、趣味としての遊俳であった。蕪村は、俳諧は自費出版だからお金がかかると書簡でぼやいている。「月天心」月は天の中心で輝いているが、その下には自らが貧しく暮らす町があると貧しさを詠む。「月天心」という言葉は漢詩の「月至天心」を踏まえるが、月光の輝きは蕪村の高い精神の輝きである。

学問は尻《しり》からぬけるほたる哉　蕪村
人間に知恵ほどわるい物はなし　鬼貫

学問を学んでも身につかないことを詠む蕪村の句は、鬼貫の句を連想させる。知識・情報の無用性は老荘の思想を踏まえている。しかし、全く学問をしなかったわけではなく、老子・荘子・芭蕉・鬼貫・

蕪村・一茶たちが、実に多くの書物を読んでいたからこそ言い得る言葉である。

狐火《きつねび》や髑髏《どくろ》に雨のたまる夜に　蕪村
骸骨のうへを粧《けわい》て花見かな　鬼貫
野ざらしを心に風のしむ身哉　芭蕉

蕪村句の髑髏は、鬼貫や芭蕉が詠んだ骸骨を思っていたのであろう。人は最後には髑髏となるという無常の思いである。髑髏もまた『荘子』の話に基づいている。

うつつなきつまみごころの胡蝶《こちょう》哉　蕪村

この句は蕪村が尊敬した芭蕉の句〈君や蝶我や荘子が夢心〉を連想する。芭蕉が荘子の夢の中に入っているように、蕪村は「うつつなき」夢の中、あるいは夢のような心の状態の中にいる。「つまみごころの胡蝶」だから、蝶が花をつついているようなイメージである。荘子が蝶となったように、蕪村の魂も蝶となっている。

ほうらいの山まつりせむ老《おい》の春
秋たつや何におどろく陰陽師《おんみょうじ》
恋さまざま願《ねがい》の糸も白きより

蓬萊山は道教・神仙教にいう不老不死を得られる山であり、日本の詩歌・文化・神道に深い影響を与えてきた。蕪村には神仙図が多く、道教・仙境思想を反映した画題が多い。祀ったのは蓬萊の飾りか画軸かどちらかであるが、俳諧において初春に不老不死を神に祈ることは、現在の正月にお宮参りして長寿を祈ることと同じ精神である。正月の行事も渡来文化の一つである。

安倍晴明で有名な陰陽師は陰陽寮の官僚であり、道教・陰陽道に基づいて時刻・天文を取り扱い、星占いをしたが、江戸時代には民衆の中に入って占いで生計を立てていた。七夕もまた蓬萊とルーツが同じ道教の祀りで星神を祀ったが、五色の糸を飾るのは陰陽五行説に基づく。白い糸から飾りはじめて、恋の成就を星神に祈っている。

君あしたに去《さり》ぬゆふべのこころ千々に
何ぞはるかなる
我庵《わがいお》のあみだ仏《ぶつ》ともし火もものせず
花もまい《(ゐ)》らせずすごすごと彳《たたず》める今宵《こよい》は
ことにたう《(ふ)》とき

「北寿老仙をいたむ」という詩の最後の五行であり、もっとも伝えたかった文章である。近代的でロマン性を持つ詩として、多くの人々に高く評価されてきた。新しい感覚の詩のようであるが、国文学者・尾形仂の『蕪村の世界』によれば、「あした」「ゆふべ」の対偶表現や「何ぞはるかなる」のような措辞は流麗な漢詩訓読調であり、唐代以降の新楽府《がふ》の消化吸収だと洞察している。『万葉集』の恋歌や四季の歌が、唐以前の楽府を吸収していたことを連想する。

結城（茨城県）の酒造家で、号「北寿」を名乗った結城俳壇の古老・早見晋我《しんが》を追悼した詩である。鎮魂の詩であるから、近代詩人の感性もさることながら、浄土宗僧侶としての思いを見るべきである。阿弥陀仏の奥に亡き人の霊をみた詩である。蕪村の草庵の阿弥陀仏に、ローソクの火をつけず、花を供えず、たたずんで念仏を唱えていると、極楽浄土にいる尊い姿が心に浮かぶと詠む。この最後の阿弥陀仏とお世話になった人との心の重なりが、この詩の主題であった。

千々になってはるかに逝った霊魂は浄土に逝くと、十五年間僧侶だった蕪村は思っていた。北寿の菩提寺は浄土宗でなく日蓮宗であることを蕪村は知っていて、詩では浄土宗の阿弥陀仏と結びつけた。蕪村の阿弥陀仏への思いは、自らの臨終の句〈しら梅に明《あ》る夜ばかりとなりにけり〉にまで貫道する。

たんぽぽ花咲《さけ》り三々五々五々は黄に
三々は白し記得《きとく》す去年此路《このみち》よりす
憐《あわれ》みとる蒲公《たんぽぽ》茎短《みじこう》して乳《ちち》を滑《あませり》

司馬遼太郎は、蕪村の故郷への思いは蒲公英に凝縮されているという。菜の花といい蒲公英といい、黄色の花は故郷を思う色であった。色が鮮明な絵画的な句は、蕪村が画家だったからであろう。

二人《ふたり》してむすべば濁る清水哉
目にうれし恋君《こいぎみ》の扇真白《ましろ》なる
老が恋わすれんとすればしぐれかな

蕪村の発句には恋の句がある。芭蕉の連句には恋の句が見られるが、発句にはない。「二人して」というのは、愛し合う二人が水を掬ったら濁ってしまったという意味である。『万葉集』の〈二人して結びし紐《ひも》を一人して吾は解き見じ直《ただ》にあふまでは〉の男女の世界を意識している。『万葉集』の「むすぶ」というのは紐を解いた男女の性交に掛けているが、蕪村の句では純情さが感じられる。「老が恋」は実際に想う女人がいたと解釈した方が興味深い。

涼しさや鐘《かね》をはなるるかねの声

鐘の音波をとらえた句であり、科学者的な発想である。芭蕉の「岩にしみいる蟬の声」の発想を連想する。蟬の声という音波が岩の中に入っていくことを芭蕉が感じたように、蕪村は鐘の音波をまざまざと聴いているかのようである。

菜の花や月は東に日は西に

蕪村五十九歳の時の句である。宝井其角の〈稲妻やきのふは東けふは西〉、丹後地方の盆踊歌の一節「月は東に昴《すばる》は西に」、『万葉集』の柿本人麻呂の歌〈東の野にかぎろひの立つ見えてかへりみすれば月かたぶきぬ〉等々を踏まえているが、おおらかな菜の花の咲く風景を思い浮かべる。

化物も淋しかるらん小夜しぐれ　子規
短夜の幽霊多き墓場かな

夢に美人来れり曰く梅の精と
鬼事や女の鬼に花が散る
公達に狐ばけたり宵の春
秋の暮仏に化る狸かな
化さうな傘かす寺の時雨かな
河童の恋する宿や夏の月

蕪村

子規は蕪村を芭蕉よりも戦術的に高く評価したが、子規と蕪村には共通点があった。滑稽体・主観体・客観体等、俳句には「俳句二十四体」があると子規は説き、その一つに妖怪体があるといったが、子規には想像に基づく句が多い。子規は写生を説いたが、実作では主観的な想像力を自由に発揮していたことは、あまり論じられてこなかった。子規が写生を説いたからといって、客観的な写生句だけを詠んだのではない。化け物・幽霊・まぼろし・梅の精・鬼・妖女等々の句の方に、むしろ子規句の本質がある。子規と虚子は、人には物の写生を勧めながら自らの秀句は心の写生であったことは、今まであまり論じられていない。

「神や妖怪を画くにも勿論写生に依るもの」と子規がいうところは、子規の写生の定義が主観的な写生を含んでいる証左であるが、これも少なからず無視されてきた。子規の写生は客観写生のただごと写生ではなかった。本質的な子規を語るためには幽霊の句を論じるべきであることは、多くは忘れられている。子規や虚子を論じる多くの人は、二人の文章に基づいて論を展開するため、客観写生論をなぞるだけになっている。子規と虚子の主観写生の俳句を基に論を展開すれば、虚子が客観写生を強く押し進めたという事実に変わりはないにしろ、二人は客観写生の俳人ではなくなる。その極端な俳句が神と化け物の句であったことは見過ごされてきた。

中国の文人芸術が蕪村の時代に流行したが、蕪村は余技としてではなく本職の絵師であった。子規の写生論は俳壇内の俳句評論史で誤解されてきた。神や妖怪を描くのも写生だと子規が述べていた事実を、客観的に理解する必要がある。

子規の蕪村論「俳人蕪村」には、「蕪村は狐狸怪を為すことを信じたるか」「新花摘は怪談を載すること多く」とあり怪異の句を引用している。蕪村には「妖怪絵巻」という絵巻があり、水木しげるの妖怪本のようである。子規は蕪村を称賛し、蕪村の怪異好みに共感していた。子規のお化けの句には蕪村の影響がある。蕪村のお化けの句には江戸の怪談好みの影響があり、中国文学の妖怪・幽霊好みの影響がある。蕪村の別号には「紫狐庵」があるが、紫狐は中国の道教に登場するタオの神であった。陰陽道を詠んだ句があるから、蕪村は妖怪に詳しかったようだ。

人は何に化《ばく》るかもしらじ秋のくれ

人ほど怖い化け物はないという西鶴の言葉を踏まえるが、多くの人に共通の思いであろう。人の心は絶対にわからないようになっていて、化けるというのは人の心の思いの恐ろしさである。幽霊や亡霊のように形となって現れる方がまだ怖くないのであろう。

はだか身に神うつりませ夏神楽《なつかぐら》

川の瀬に榊を立て神官たちが夏神楽を奏する傍らで、水に入って身を清める人々の裸身に神が乗り移るように、と詠む。蕪村の神への考えが理解できる。神というものは人に乗り移るものであるという発想である。神は神の霊であり、霊となって人の体に入ってくるものであった。

神秘《じんぴ》そも人にはとかじ氷室守《ひむろもり》

謡曲『氷室』を踏まえている。氷室の番人の翁が、氷の融けない理由を聞かれて答えなかったが、そういう秘密は口外できないのだと詠む。「神秘」という、まさに神の秘法という考えが面白い。

魂よ帰り来たれ
魂よ帰り来たれ

蕪村には、芭蕉の墓の前で翁の霊魂を深く激しく思っての「魂帰来賦」と題する漢詩があり、激しい魂呼びの詩である。「魂よ帰り来たれ魂よ帰り来たれ」という詩は、蕪村と芭蕉の詩魂の同質性である。

しら梅《うめ》に明《あ》る夜《よ》ばかりとなりにけり

蕪村臨終における最後の句であり、浪漫性がある。夜が白みはじめる頃に白梅の香がほのかに漂ってきて、夜の闇はまずその白い花のあたりから明けはじめるとは、言葉の上の解釈である。旧年のうちなのに蕪村は白梅の句を詠み、「初春」という題を置くように病床で指示したという。この時の蕪村の心を推し量る山下一海の文章が感動的である。

梅の花とともに早くも到来した春を喜び、病の回復へのかすかな望みを継ぐものであり、さらに彼岸の法悦の境を予感するものだった。おそらく蕪村にとってこの白梅は、極楽浄土にいます阿弥陀仏のお姿であったのだろう。（略）毎朝決まってその白梅のあたりから夜があけるとは、蕪村にとっての風雅の浄土がもうそこに来ていることを示している。蕪村の白はわれわれを霊妙な法悦の境へといざなうのである。

これらは学者の文章というよりも詩的な文であり、ここまで詩的で霊的な鑑賞文も最近ではあまり出会わないが、蕪村のポエジーの本質をついている。頭の固い俳人批評家であれば、白梅と浄土を結びつけるのは論理的飛躍と批判するだろうが、俳句詩歌に感動するのは論理的理解ではなく、直観的な把握である。

芭蕉は臨済宗で蕪村は浄土宗であったと、安東次男は『与謝蕪村』にいう。白梅が極楽浄土の阿弥陀仏を象徴し、霊妙な法悦の境にいざなうと山下が述べたのは、蕪村が浄土門であることを意識したからである。

ゆく春やおもたき琵琶の抱《だき》心《ごころ》
愁ひつつ岡にのぼれば花いばら

一句目で、重たいのは琵琶だけでなく、抱いた心そのものの物憂さ・憂愁であろう。二句目でも愁いに満ちたロマン的な感情が詠まれる。近代人の愁いの心を打つ蕪村の代表句である。この句は李白の詩の中の「人をして愁へしむ」という言葉を踏まえている。

二句はともに浪漫性のある句で、具体的な意味をもっているわけではない。芭蕉や一茶には見られない、蕪村にユニークな感性そのものをテーマに詠んだ句である。

南方熊楠 VS 釈迢空

昭和天皇が会った在野の学者

ありがたき御世に樗の花盛り　　熊楠

一枝もこころして吹け沖つ風わが天皇のめでましし森ぞ　〃

雨にけふる神島を見て紀伊の国の生みし南方熊楠を思ふ　　昭和天皇

南方熊楠《みなかたくまぐす》は、慶応三年（一八六七）紀州・和歌山城近くの繁華街にある金物屋の次男に生まれ、熊野神社の「熊」の字と、藤白神社の楠神の「楠」の字をとって熊楠と命名された。昭和十六年（一九四一）に七十四歳で没した。

熊楠は多くの人々によって、偉人・奇人・巨人・神仙・歩く百科事典と伝えられてきた。幼い頃から異常ともいえる記憶能力を持ち、写真を撮るように頭の中に書物の内容が記憶できたという。熊楠は博物学者・生物学者（特に菌類学）・民俗学者だが、最終学歴は和歌山中学校（現在の県立桐蔭中学校・高等学校）であり、一生、無位無官の在野の学者であった。東京大学予備門で正岡子規や夏目漱石と同級であり、クラスは子規派と熊楠派に分かれていたという。漱石は成績がよかったが、熊楠と子規は落第・退学している。

熊楠は学校の成績はよくなかったが、自ら関心を持った領域に関しては独学し、広く深い洞察力を持っていた。十九歳で渡米し、二十五歳でイギリスへ渡航して大英博物館に勤めた。ロンドンの天文学会の懸賞論文に一位で入選したほか、地衣・菌類に関する記事を、科学雑誌『ネイチャー』などに寄稿していた。

三十三歳で帰国、昭和四年、六十二歳の時、生物学に関心があった昭和天皇を田辺湾の神島《かしま》に迎え、軍艦・長門の鑑上で進講をしている。冒頭の引用句歌はその時に詠んだものである。昭和天皇はのちに熊楠と出会ったことを歌に詠んだ。昭和天皇自らが無位無官の在野の研究者に会いたいと望んだこと、さらに個人名を歌に詠み込んだのは稀有なことであった。

「粘菌は生死の界を説明するに最も都合のよいもので、生物の生と死とは同じである」と、私の親族で博物研究者の坂口総一郎は熊楠から聞いた話を、大阪朝日新聞に「高野登山随行記」と題する文章に書いている。大正九年、坂口が熊楠に随行して高野山の管長に会う途中、高野山の植物・粘菌採集をした時に聞いた話である。坂口は昭和天皇の紀伊行幸の際に、和歌山県側の実行委員として宮内庁と交渉をし、また戦艦長門に泊まり込み天皇と食事をし、熊楠と共にご進講をしていた。熊楠は仲介役が介在することを嫌い、自分で交渉するといって聞かなかったという。坂口総一郎の生存中にもっと熊楠の話を聞いておけばよかったと、今は残念である。

熊楠が四十三歳の時に、神社合祀令に対して反対運動を起こしたことは有名な事件である。自然保護運動における先達であった。神社合祀令に反対したのは、多くの神社の鎮守の森が失われ、人に神を尊ぶ気持ちがなくなり、人民の対立が激化し、人情を薄くし風俗を乱し愛郷心をそこない、景勝史蹟と古伝をなくすからであった。熊楠はこの運動において「エコロジー」という言葉を使い、地球的規模の世界的な問題であることをすでに認識していた。

田辺湾の小島である神島の保護運動に力を注ぎ、島は天然記念物に指定されて、後に昭和天皇が行幸する地となった。熊楠はこの島の珍しい植物を取り上げて保護を訴えていた。

民俗学の研究では、『人類雑誌』『郷土研究』『太陽』『日本及日本人』などの雑誌に数多くの論文を発表した。熊楠は柳田國男に、民俗学に関する多くの研究結果の書簡を送っている。

ここで熊楠と折口信夫を比較するのは、どちらも民俗学の研究を超えて、宗教の本質を追究したからである。折口信夫は熊楠を國學院大學での講演に招いたが、熊楠は酔って講演をせず、百面相の顔だけをして演壇を降りたという。熊楠は宮武昇三宛の書簡で折口信夫について「小時木から落ちたか何かで、きんだまを二つ共全く潰《つぶ》し、天成《てんせい》の閹者《えんしゃ》なり」と書いている。二人には多くの逸話が伝えられている。

◇

民俗学の研究について、熊楠は説話をその根源まで遡ることにおいて徹底していて、例えば桃についての考察には驚くべきものがある。

桃とタオイズムには深い関係があった。陶淵明は四～五世紀の人で、隠遁して『桃花源記』を書き、桃源郷の話は日本文学においても理想郷の代名詞になった。谷間と洞窟を経て辿り着いた桃源郷の、母胎のような安らぎの空間の背景には風水の思想があり、李白・与謝蕪村・松尾芭蕉・漱石・佐藤春夫に影響している。

しかし、なぜ桃であったのかは誰もわからなかった。また、『古事記』において、イザナミの放った鬼に追われたイザナギが投げた桃を、鬼は食べずに退散したという話のルーツは、『荊楚《けいそ》歳時記』に書かれる。「桃は五行の精にして、よく百怪を制す」とあり、桃神と呼ばれていた。門の前に桃の木を植えたり、桃の木で作った刀や矢で鬼や邪気を祓ったりするとある。破魔矢のルーツと思われるが、桃が邪を祓うことは日本の桃太郎や鬼退治に影響している。日本では三世紀の天理の黒塚古墳から、三十三面の神獣鏡と多くの桃の種が出土した。三世紀半ばの纏向《まきむく》遺跡からは二千個の桃の種が出てきており、不老不死の祈りに使用されていた。古代中国の道教が古墳時代の思想であった。

では、なぜ中国で桃が仙人の果物や桃神になったのか。

熊楠は全集第五巻の「鬼が桃を忌み嫌う理由」の中で、桃の原産地・ペルシャでは桃が毒を持っていたという発見を記している。悪人の刑罰に、毒を持つ桃を食べさせ腹痛の刑を与えたことが、中国で邪を祓い、日本で鬼退治に応用されたと発見していた。桃のラテン名ペルシカが、英語のピーチと国名ペルシャの語源であった。

熊楠は、なぜ粘菌を研究したのであろうか。

熊楠は粘菌に関心を持ち、一生を通じて集めていた。昭和天皇に進講したとき、粘菌をマッチ箱に入れてサンプルを手渡したというのは有名な逸話である。粘菌の研究では、ミナカテルラ・ロンギフィラを自宅の庭の柿の木で発見し、新種と認められている。

粘菌は、植物の状態と動物の状態の期間をもつ不思議な生物である。キノコのような菌類と異なり、胞子からアメーバが出て、アメーバが集まって原生動物のような状態となり、成長するとまた胞子の状態の菌類となる。胃液のようなものを出し、バクテリアを流動体にして吸い取っている。生命維持の観点からいえば、粘菌は動物である。粘菌を研究する目的は「生死の現象、霊魂等のことに関し」研究する事だと、熊楠は柳田への書簡で述べる。表面的には死んだように見える粘菌がまた生き返る不思議を解明すれば、人間の生と死の秘密が解明できると思ったようだ。

菌としての植物の状態と、アメーバとしての動物の状態をもつ粘菌を研究することによって、熊楠は生命とは何か、死とは何か、霊魂とは何かを追究した。並行して神や仏教を研究したのは、生命の根源を知りたいという知的欲求であった。しかしながら、熊楠は書物を残さなかったために、これらの目的が生前に達せられたとはいえないのが残念である。

熊楠の研究者であった鶴見和子が仏教学者・中村元に見せて、中村が「南方曼荼羅」と名付けた絵図がある。熊楠の思想を語る人が必ずふれる絵図である。これは、後の高野山管長の土宜《とき》法龍《ほうりゅう》に熊楠が出した書簡の中に描かれていた。熊楠は明治二十六年（一八九三）、ロンドンで法龍に出会った。熊楠は法龍に多くの書簡を送り、宗教、特に仏教・真言密教についての考察を書いていた。

熊楠の思想において最も特徴的なのは、「事」という考えである。私達は「物」と「心」の関係を考えることが多く、詩歌俳句においても、「物」の客観写生と「心」の主観写生・抒情・想像の対立を考えがちである。高濱虚子と河東碧梧桐の俳句観の対立、虚子と水原秋櫻子の俳句観の対立においても、「物」と「心」の二面性において俳句精神史が語られてきた。しかしながら、言葉の表現においては「物」と「心」以外に、物と心が交わるところに「事」が生じていることに注目する必要がある。

熊楠は「不思議」という言葉によって森羅万象を理解しようとした。存在しているものについては、「心不思議」「物不思議」の他に「事不思議」という考えを提唱する。さらに、存在の奥に「理不思議」と「大日如来の大不思議」という世界を考えた。さらに科学は「物不思議」だけを扱い、「心不思議」を扱う学問はまだないという。脳や感覚器官を通じて研究することは「物不思議」であって「心不思議」ではない。脳や感覚器官を「物」としているのは面白い発想である。脳という「物」の科学では「心不思議」は解明できないという立場である。

数学や論理学は「事不思議」を扱うという。天は理（すじみち）というように、この宇宙には数無尽の事理が透徹していると書簡に書く。理とはこの世の存在の根源にある理屈である。熊楠の考えた理不思議は、量子力学のような目に見えない世界を認識する能力である。「物不思議」の奥にある理屈が「理不思議」である。

白川静の漢字解釈によれば「事」とは国家的な祭りをいい、大事・王事といった。「理」とは、玉を磨いて表面の筋を表すことで、みがく、ただすという意味になり、「物」「事」のすじ道・道理を知るという意味の理解になった。白川は漢字という複雑な象形文字を解析研究して、事の理には神への祀りがあることを直観した。ニュートンやアインシュタインは物理学の研究を通じて物と事の理を探求し、神の存在を直観していた。

よく似た道を、熊楠は博物学・民俗学の研究を通じて宗教的な根源に辿り着いている。熊楠は「物」「心」「事」「理」は人智にて知り得るものであり、人智の外に「大日如来の大不思議」があると考えた。熊楠は高野山真言宗の檀家に生まれ、真言密教を研究して、森羅万象の根源に神的な大日如来を考えていた。

一つの簡単な例をあげている。「熊楠（心）、酒（物）を見て（力）、酒に美酒（名）あることを、人に聞きし（力）ことを思い出だし（力）、これを飲む（事・力）。ついに酒名（名）を得」という例では、「力」と「名」という概念が登場する。見る、聞く、飲むといった動詞を「力」と定義し、美酒を「名」と呼ぶ。熊楠のいう「名」とは真言宗にいう「名」のことであり、名は物の名前ではなくて、事がなくなっても名として残るものである。名の例として美酒という名をあげるが、美酒は心でも物でもなく、力によって知り得るものである。宗旨・言語・習慣・遺伝・伝説等は「名」であり、心・物・事・力の複雑な関係によって生じた実在だという。「心」の存在を、目に見えた「事」を通じて知るように、「名」もまた「事」を通じて知ることになる。

本居宣長や小林秀雄が、「天照大御神」の神の名が大切といったことにも繋がってくる。太陽は物ではなく、天を照らす大きい神という名であった。不思議を解明したいという好奇心を持って森羅万象を見てその道理を考えれば、必然的に、名の大切さとその名の奥にある神性・霊性・仏性に到着せざるを得ない。

名を通じて、人は心・物・事の存在を知る。物を描く写生・事を描く写実は、単に物と事だけではなく、目に見えない心の存在を知ることに結びつく。そして心の奥に、さらに目に見えない神や仏の存在を知ることになる。熊楠のいう「大日如来の大不思議」の存在である。大日如来が心と物を同時に生み、心と物が事を生み、事が名を生むことを表現したのが「南方曼荼羅」であり、真言宗の曼荼羅はそれを象徴したものであることに繋がっている。「縁」という言葉は、熊楠のいう心・物・事・名・力・理の複雑で不思議なネットワークであり、その複雑性を成り立たせているのが大日如来であった。神や仏はただ信じるだけの対象ではなく、冷静な知性・理性・感性と直観によって知り得る対象であった。

◇

熊楠は言葉の複雑な関係を分析することによって、脳と記憶と言葉の複雑なネットワークの働きを考えていたようだ。

熊楠の説く大日如来という仏は釈迦の説く仏教とは全く異なっていて、むしろニュートンやアインシュタインが科学の探究を通じて直観した神の考えに近いと思える。宇宙・森羅万象の全ての存在の奥にある真理そのものが神であり仏であった。

仏像や寺は「事」であり、空海や熊楠は大日如来を信じていた。熊楠を研究しても、熊楠のいう名や大日如来への道理と心を知ることがなければ、熊楠の伝説・逸話や伝記を勉強・研究しても何の意味もないであろう。

熊楠の考えを詩歌に応用すれば、短い定型詩の中で詠まれる名詞は「名」であると同時に「事」であり、詩歌には単純に「物」や「心」の写生だけではない、物と心と事の複雑な関係が存在している。単純な言葉の解釈からは詩歌は理解できず、人により詩歌の評価が異なるのは、言葉を記憶してきた精神のネットワークの複雑さが異なっているからであろう。

人間を深く愛する神ありて

迢空・折口信夫《おりくちしのぶ》は、明治二十年（一八八七）大阪府木津村（現・大阪市浪速区）に生まれ、昭和二十八年（一九五三）六十六歳で没した。能登一ノ宮の墓に眠る。日本の民俗学者・国文学者・国語学者であり、釈迢空《しやくちようくう》と号した詩人・歌人である。『死者の書』『口ぶえ』等の霊的で不思議な小説を残している。

彼の研究は折口学と呼ばれる。柳田國男を師として、民俗学の基礎を築いた。正岡子規の「根岸短歌会」（後の「アララギ」）に釈迢空の名で参加した後、北原白秋と同門の古泉千樫らと共に反アララギ派を結成して歌誌「日光」を創刊した。

受賞歴としては、昭和二十三年六十二歳の時に詩集『古代感愛集《かんない》』により日本藝術院賞を、死後の昭和三十二年に第一期『折口信夫全集』が日本藝術院恩賜賞を受賞している。

角川源義は國學院大學で折口信夫に学び尊敬していて、創立した出版社で短歌の賞に迢空賞を設けたため、迢空の名前は多くの歌人・俳人に知られている。迢空の歌や歌論と折口信夫の考えには一貫性があるため、ここではよく知られた迢空で名前を統一する。

沼空の精神・思想を理解することは容易ではない。

基督《キリスト》の　真はだかにして血の肌《ハダヘ》　見つつわらへり。　雪の中より

人間を深く愛する神ありて　もしもの言はば、われの如けむ　　　　沼空

沼空最後の歌集『倭《やまと》をぐな』の中の二首である。晩年における神の考えが表れた歌であるが、沼空は敗戦後、日本の神道に危機感を持ち、西洋人にとってのキリスト教のようにしたいという願望を持っていた。ここでは沼空の短歌論・文学論ではなくて、沼空が洞察した古代日本人の宗教観を見たい。

◇

民俗学において、柳田学・南方学・折口学と個人の名前をつけた学で呼ばれるのは、民俗学には科学と異なり普遍的で客観的な体系がなく、個々の優れた学者が固有の見解を述べてきたからである。大乗仏教における空海・親鸞・道元の宗派の存在に似ている。大乗仏教は、初期仏教・原始仏教に見られる釈迦の教えとは異なり、同じ「仏教」という言葉でくくると、我々は論理的で体系的な共通性を見失い混乱してしまう。仏教という名前を付けずに、空海教・親鸞教・道元教というように、全く異なる宗教と考えた方がむしろ理解しやすい。

民俗学においても、柳田学・南方学・折口学と呼ぶ方が、むしろ個々の学説が理解されやすい。文学もそうであるが、宗教や民俗学は理解する人の受け取り方によって異なる姿を表してきた。絶対的で客

観的で普遍的な体系や論理は、文学・宗教・哲学の世界には存在し得ない。神や魂という考え方自体がすでに人によって否定されることもあり、無神論者・無魂論者・唯物論者の人々は、神や仏や魂をうさんくさい考えとして否定する。熊楠や迢空の考えを非難・批判・否定する人たちは、彼らと異なる主観を持っているにすぎない。神仏霊魂を信じない人は、日本の土地から全ての寺と神社と墓がなくなってもいいと思うのであろう。

詩歌俳句と同様に、まず優れた人々の考え方を虚心に理解すべく努めることによって心が深くなり、異なる考え方の無意味な対立を防ぐことができる。

折口学は迢空固有の宗教観・文学観であると理解した方がいい。白川静が漢字を亀甲文字から分析して古代の宗教を解明したように、迢空は古典文学と民俗学から宗教を研究した。

白川が、「口」という漢字は祝詞を入れるための器であったことを発見したように、迢空は文学の発生を「呪詞《じゅし》」だと直観した。人から神に向けての言葉が「寿詞《よごと》」であり、神から人への言葉が「祝詞《のりと》」であった。その祝詞は海坂のかなたにある「常世《とこよ》」からもたらされたものであり、「まれびと」（＝神＝異人）が唱えた言葉であり、それが詩歌のルーツとなった。

「常世」と「まれびと」の考えが迢空の思想の根本にあった。まれびととは来訪する神である。人が扮した神であるから「ひと」と呼ばれていた。まれびととは蓑笠を着て「門ぼめ」を行った。縁起のよい言葉を述べて祝意を表す人である。春の初めに村にやってきて予祝・予言を告げる、神人・芸人・乞食者等といった門付け芸人であった。「ほかひびと」や「巡遊伶人《じゅんゆうれいじん》」とも呼ばれた。

寿詞を唱えることを「ほぐ」といい、「ほむ」と同じ語源で、予め祝福する言葉である。「ほかひびと」は諸国を巡って祝言をのべる芸能の人であった。芸能の発生・舞踏・演劇のルーツも「ほかひびと」にあった。正月の獅子舞がそのなごりである。

「人形」は神の「形代《かたしろ》」であり、人形に神の身振りを演じさせ、まれびとの祝言に使用された。祭礼の山車《だし》人形・ほこ・やま・だし・だんじり等は、神が「天降《あも》る」場所であった。

山車の日本での原形は、九世紀の仁明天皇の大嘗会に曳きたてられた「標山（しるしのやま・ひょうのやま・しめやま）」である。山車の山は蓬莱山がルーツであり、その標山の上には蓬莱山を作り仙人の形をおいたように、道教・神仙教の道具であった。迢空は日本文化における道教の影響を認識しており、その上で迢空固有の神道を考えた。「まれびと」と「常世」の考えを、道教起源の神道の上に打ち立てた。山車や神輿もまた中国から渡来してきていた。

古代人の神は「まれびと」だけではないと非難する人は、非難せずに自らの神の考えを提示すればいいのであって、日本人の神々の中に実際に見られる来訪神を考えた迢空の発想は尊重すべきである。東洋の神々の考え方は統一化・体系化できない。神を考える人によって神の姿が異なる。来訪する神もあれば来訪しない神もある。迢空は来訪する神の姿を発見したのである。

迢空は二十八歳の時に書いた「髯籠《ひげこ》の話」の中で、祭りの時に空高く掲げた柱の先に飾り付けたものは、太陽神が降臨する「よりしろ」だと考えていた。贈答の容れ物に使われる髯籠は、儀式に使用される州浜《すはま》・島台と同じく神の「よりしろ」とした。正月の餅花・繭玉も七夕竹・十日戎の笹等も、髯籠と同じく神や精霊の「よりしろ」であった。のちに迢空の思想のほとんどが「髯籠の話」にあると述懐している。

ここでも迢空は、タオイズム・神仙教を発展させた神道の考えを提出する。州浜・島台が道教・神仙教の影響をうけて不老長寿を願う飾り物であったように、また高い柱には神が降臨するという思想は、「社」という漢字が土の上に立てた樹木が神社のルーツであったように、神道の根本的な考えは神仙教に矛盾しない。「よりしろ」は迢空のユニークな発想であり、その後の日本人の神観に大きな影響を及ぼしている。

大正九年、三十四歳の時に発表した「妣が国へ・常世へ――異郷意識の起伏」では、熊野に旅行して大王ヶ崎に立った時に「わが魂のふるさと」を感じ、「祖々」が恋した「懐郷心（のすたるぢい）」の「間歇遺伝（あたゐずむ）」が現れたものと述べる。

我々の祖先が日本に移り住んだ昔、かつて自分達の住んだ国に対して抱く強い憧憬の心が「妣《はは》が国へ・常世」であった。建速須佐之男命《たけはやすさのおのみこと》が母・伊邪那美命《いざなみのみこと》を、稲氷命《いなひのみこと》が母・玉依毘売命《たまよりひめのみこと》を恋慕して妣が国をめざした物語に基づいている。「わたつみの国」という「妣が国」は過去の郷愁に基づくが、常世は気候がよく豊かな住みやすい国と理解されるようになっている。『日本書紀』では常世は神仙の国と書かれて中国の道教での神仙郷を表すが、迢空はその神仙郷的な世界を常世にみている。

万葉びとの心に最初に具体的になったのは「仏道よりも陰陽五行説」だという。迢空は、道教の不老不死の考えが仏教や儒教より前に日本に渡来して神道と習合している、と洞察した。「まれびと」を常世神と呼び、「とこよ」に「常夜」の意味と「恐しい神の国」の意味を加えた。

また、沖縄に旅して知った「にらいかない」に常世を見た。「にらいかない」は「琉球神道の楽土」であり「海のあなたにあるもの」であった。沖縄の村々の祭りには海上から神がやってきた。盂蘭盆にやってくる祖霊は「あんがまあ」と呼ばれ、「まれびと」として「にらいかない」からやってくると考えた。常世は海のかなたと考えられていたが、海から内陸に移住した人々は常世を高天原と考えるようになり、山の神の性格を持つようになっていったという。

「巡遊伶人」は「貴種流離譚《きしゅりゅうりたん》」の考えに発展していく。神あるいは神の末裔という人が漂泊の旅に苦しんで死に至る悲しい物語を、迢空は「貴種流離譚」と呼び、日本文学に貫道していると考えた。柳田國男は「流され王」と名付けている。光源氏や源義経も、貴種流離譚として文芸化されたと捉えた。角川源義や角川春樹の俳句は、迢空の深い影響を受けている。一方で、迢空の神の考え方を理解しようとしない人がいる。表面的な目に見えた物しか見ない人である。日本文化における神の多様性への理解の違いである。

　迢空は「鬼」についても、まれびとと関係づけている。常世神（まれびと）が変化して山神となり、畏怖されたものが鬼だと考えた。三河の花祭りの鬼を例としている。一方、鬼は服従を誓う土地の精霊の代表でもあった。神が鬼を屈服させていたことが、神と鬼の両面を鬼が受け持つことになっていったと説く。

　迢空の研究の基本は「かみ」「たま」「おに」「もの」についての研究であった。霊魂は「たま」であり、「たましひ」は霊魂の作用・働きである。「たま」は「霊体」であり、露出はせずに「ものに内在している」という。霊を包んでいるものもまた「たま」と呼び、宝石・貝殻の石を「たま」と呼ぶ。霊魂が包まれたものから出て人体に入ることは、怪奇的な現象ではなかった。日本の神々に色々な名があるのは、一つの体に色々な魂が入るからであり、体は魂の容れ物とされた。

稲穂は神であり、そこには魂がついていると迢空は理解した。魂の内容は富・寿命・健康等である。「米の魂」が身体に入ると体が強くなり、寿命が延び、富が増すと考えられた。「魂たる米」を差し上げることを「みつぎ」と呼んだという。

鎮魂については、神のもとからやってきた魂（外来魂）を身体に着けることを「たまふり」とし、身体の中に存在する魂（内在魂）を神に貢ぐことが同時に行われる行事であった。また、内在魂を鎮めることを「たましづめ」とした。芸能とは、「まれびと」がやってきて鎮魂をすることであった。「神遊」という神の遊びは、色々な動作によって魂をゆすぶり、外来魂を付着させる効果をもつ鎮魂舞踏である。

来臨する「まれびと」の神は訪れた土地を呪言によって祝福すると同時に、土地に隷属する精霊を服従させた。精霊は悪霊的な神に抵抗するものであった。神に対して、茶化す存在を「もどき・もどく」と呼んだ。滑稽な性格をもち、後の田楽・猿楽の発生に関係づけている。

迢空の考える魂と道教での魂とを比較したい。道教では、命は身体に魂が入っている状態であり、死は身体から魂が抜けることであり、魂は天に昇って神となる。魂魄というように道教には魂と魄があり、死後に魂は天に昇り、魄は地にとどまり、魄は時にはデモン的な悪霊に変化する。迢空の考えでは、魂は内在魂と外来魂に分かれるが、道教では内在魂は生命の状態であり、外来魂は死の状態である。

祭りについて、「まつる」の意味は献上することであり、神に食物や着物等の供物をさしあげることに「まつり」の中心があるとした。神の種類によって「たてまつる・おきまつる・むける」の三種があるという。「むける」は「たむける」ことである。

まつりには三段階があることを説く。第一に神が来臨して神意を託宣する厳粛な「祭祀」が行われ、第二にその意義を繰り返し確認する「直会」が続き、第三に神と人々の共飲共食である「うたげ」で将来の幸福が確認される、という三段階の後に神が退去する。

◇

亡くなる前の年、六十五歳の時に書いた『民族史観における他界観念』では、多様な霊魂の状態について述べる。祟りをなしてまだ完成していない霊魂、木霊や石魂、英雄や義民といった国家が祀る戦没者の霊、新盆霊、亡霊、鬼、もののけといった荒ぶる霊、他界神とともにやってくる伴神等々、様々な霊魂の姿を書いている。

日本文化における神仏霊魂の考えは、一元的でなくて多元的・多層的である。神仏霊魂に対立する考え方は唯物論である。脳の働きだけでこの世が説明できるのであれば、神仏霊魂の思想は出てこない。体・脳とは全く別の、目に見えない精神的なものの存在を直観した時に、神仏霊魂の思想が発生した。物や脳が全てであれば、神仏霊魂の概念は不要である。しかし、神仏霊魂の存在はカントがいうように理性・科学では証明できず、主観と信仰によってのみ存在を感じるものである。唯物論や唯心論の一元論に対立するものとして、神仏霊魂の考えが存在する。物や身体の中に入る魂、物から独立した魂、物に変化する霊、祖先があの世からこの世に帰ってくるが目に見えない祖霊等々、一元化も体系化も出来ず、渾沌とした状態のままで存在している。熊楠は熊楠の、迢空は迢空の、神仏霊魂の姿を心の中に見たのである。

多くの神々と霊魂の姿を見続けた迢空・折口信夫は、独自の神と霊の世界を自らの短歌で詠い、迢空賞を受賞した前登志夫・山中智恵子、蛇笏賞を受賞した能村登四郎はじめ、多くの詩人・歌人・俳人の詩歌俳句に影響を与えてきた。

小林秀雄 vs 山本健吉

批評の神様が信じたもの

小林秀雄は、明治三十五年（一九〇二）東京神田に生まれ、昭和五十八年（一九八三）に八十歳で没した。

昭和四年（一九二九）、二十七歳の時に「様々なる意匠」が『改造』懸賞評論の二席に入選し、翌年から「文芸時評」を『文藝春秋』に発表し、批評家としての地位を確立した。昭和二十六年、四十九歳で『小林秀雄全集』により日本藝術院賞、二十八年『ゴッホの手紙』で読売文学賞、三十三年『近代絵画』で野間文芸賞を受賞した。五十七歳で日本藝術院会員、六十一歳で文化功労者、昭和四十二年、六十五歳で文化勲章を受章した。評論を本職として早い年齢で文化勲章を受章したのは、文学者では小林が初めてである。

小林には、批評とは何かについての文章が、全集の中で多く見つかる。

ある対象を批判するとは、それを正しく評価する事であり、正しく評価するとは、その在るがままの性質を、積極的に肯定する事であり、そのためには、対象の他のものとは違う特質を明瞭化しなければならず、また、そのためには、分析あるいは限定という手段は必至のものだ。カントの批判は、そういう働きをしている。

と洞察する。対して、文壇・俳壇では、批評とは自説に基づいて対象作品を批判・非難することと誤解されている。批評精神は批判精神ではないと小林はいう。批評はもちろん単なる評伝や紹介文や書評や時評でもない。対象の作品を虚心に正しく評価するという批評は難しいことである。

◇

小林は、批評家の仕事としては時評のごときは余技と心得るべきであり、古典の研究を選ぶのが当然だとしていた。同時代の文芸時評・批評に見切りをつけて古典の研究に入り、本居宣長を対象に「在るがままの性質を、積極的に肯定する」道を突き進んだ。

文学者は、人生最後に残した作品こそがその人の集大成であるが、比較的若い頃の作品がよく語られるのは、小林が最も語りたかったことを無視することになる。小林が最も語りたかったことは『本居宣長』に述べられているから、『本居宣長』について語らない小林論は有り得ない。昭和四十年から五十一年まで、約十二年間を費やして雑誌「新潮」に連載した『本居宣長』に、小林の精神・思想のすべてが盛り込まれている。六十二歳から七十五歳という、精神的に円熟するその大切な期間を宣長一人に費やしていることは、小林がいかに宣長の精神を語りたかったかということの表れである。

十二年以上を費やして、一人の先達だけの精神を書くということの情熱を想像するのは難しい。小林は、戦時中すでに宣長に触れているから、十二年かけて連載する前には長い年月をかけて、宣長についての書物を研究していたと思われる。一人について、十年以上をかけて対象作品の精神を研究するということは大変な情熱である。小林は、学者の論文と批評家の評論とは異なるという。

小林が一生かけて到達したところは、宣長が一生かけて到達したところである。宣長は三十二年間かけて『古事記』を研究して『古事記伝』を著し、小林は十二年以上かけて宣長を研究した。『本居宣長』は当時四千円の高値であったが十万部も売れた、と山本七平は『小林秀雄の流儀』にいう。小林も「本の広告」という文章で、難解な評論集を鰻屋の女将さんが買ったことに驚き、買った本は読む義務はなく作者に印税さえ払えばいいと、評論だけを一生の生活の糧とした評論家らしいジョークを述べている。個人全集で一番売れているのは小説家ではなく、評論家の小林だといわれる。小林の全集は小説家の全集と異なり、何度読んでも興味深く、時が経つにつれて深い境地に誘われる。

優秀な評論家が一生をかけて研究したことを簡単に纏めることはできないが、小林が語ったことは、結論からいえばたった一つのことではなかったかと思われる。それは、神を信じることの文学的な意味であった。

神を信じることができなくなっている現代で、神の存在を信じることの意味を、文学評論を通じてひたすら説き続けた。宣長も小林も文学の研究家を超えて、神々を信仰する道としての文学を追究した。言霊の働きである歌の道がそのまま神の道であると宣長が説いたことを、小林がそのまま伝えたのである。宣長が国学と呼ばれる神の道を説いたように、小林は現代人にとっての神の道を、文芸評論を通じてひたすら説いた。芭蕉を俳諧の神様、小林を批評の神様と呼びたくない人は、日本文学における言霊の働きと神々の働きを理解しようとはしない人ではないか。読者の主観は人によって異なる。小林の神への思いを理解するのも理解できないのも、読者の主観の違いである。

宣長の残した仕事は、批判や非難を承知の上のものだと小林が考えていたということは、文学を通じて言霊と神の信仰を説くことで、多くの非難を時評家から受けることを覚悟していたということであった。小林も、同時代と後世の人々から批判・非難されることを承知していた。小林の死後に、それを待っていたかのように多くの文学者・批評家が小林を非難した。いつであれ誰であれ、科学が発展する時代に神を語ることは、多くの非難と誤解を受けることになる。金銭目的の多くのカルト集団的な宗教団体・組織が存在するため、神や魂という言葉をうさんくさいものと考える人がいるが、小林の説く神の道は宗教団体や組織・政治団体には無関係の、あくまで文学、とりわけ詩歌を通じて信じられ感じることの出来る神々の道であった。

『万葉集』『古事記』を研究するということは、古代の人々の文学精神を信じることであり、古代の神々を信じることであり、古代の神を知ることは現代の神を知ることであった。宣長を尊敬して死後に弟子入りした平田篤胤《あつたね》は、宣長の霊が幽冥界に存在していることを少しも疑わず、死後も霊になって宣長の墓辺に奉仕することを信じていたが、このことを私達は疑うことはできないと小林はいい、歴史上の人物を見るということはこういうことだと断じる。科学的で理性的な目だけで見るなら、歴史や文学は無用のものとなる。小林を非難する文学者は少なくないが、小林はすでに非難されることは覚悟の上であった。小林はあくまで霊性・神性の問題を、文学作品を通じて語ろうとしていた。

和歌の歴史に一貫して流れるものは日本語の持つ「言霊」というものであり、言霊は「言霊のさきはふ国」「言霊のたすくる国」という日本語への歌人の鋭敏な愛着、深い信頼の情から出たものである、と小林は宣長の研究で読み取った。和歌の前に、文学の始まりとして祝詞と宣命があった、という折口信夫の説にも同意している。言霊が信じられていなければ文学の発生は有り得ないといい、祝詞は村々の生活秩序のかなめであり政治の中心であった、と折口は洞察した。神から下されるのが祝詞であり、神に申し上げるのが宣命である。言葉には言葉に固有の霊があって、その霊が言葉に不思議な働きをさせることが言霊の働きであった。言葉とは、「たましひ」を持って生きている「生き物」だ、と古代の人々が思うのは自然であった。

神代の時代と神々の存在は信じることが出来ないというのが、戦後の多くの歴史学者・文学者・哲学者の総意・結論であることに、小林は納得できなかった。

「これをそつくりそのまま信じるか、全く信じないか、どちらかである」と小林は強調する。「神代」とか「神」という言葉が、古代の人々の生活の中で生き生きと使われていたのでなければ、広く人々の心に訴えようとした歌人が取り上げるはずがなかったという。「天や海や山にしてみても、自分達を神と呼ばれてみれば、人間の仲間入りをせざるを得ず」という考え方は興味深い発想である。山は山の神と呼ばれることによって、人の仲間入りをしたというのである。

宣長が『古事記』で注目した神は産巣日神《むすひのかみ》であり、この神は全ての物を生成する「霊異《クシビ》なる神霊《ミタマ》」という。モノもコトも、成るのはみなこの神の「産霊《ムスビ》の御徳《ミメグミ》」であるが、万物の説明原理や全能の神ではないという。古代の生活で、誰もが目のあたりにしていた霊の働きを疑うわけにはいかなかった。人のみならず、鳥も獣も、草も木も、海も山も、神と命名されるところ、そのことごとくが神の姿を現じていた。それらの神の特質とは「何にまれ、尋常《ヨノツネ》ならずすぐれたる徳のありて、可畏《カシコ》き物を迦微《カミ》とは云なり」と宣長は定義した。その神々の姿と出会いの印象と感触を意識化して確かめることが、八百万の神々に命名するということに他ならなかった。

伊邪那美神《いざなみのかみ》と名付ければ「誘《いざな》ふ」という徳、天照大御神《あまてらすおおみかみ》と名付ければ「天照す」徳がはっきりとあらわれた。神々の名前こそが、古代の人々にとって一番大事な生きた思想であった。名付けることの精神的な働きは歌を詠む行為と同じであり、「自然ノ神道」は「自然ノ歌詠」に直結していた。そこに「まごころ」と「物のあはれを知る心」があったという。太陽の光は「尋常《ヨノツネ》ならずすぐれたる徳のありて、可畏《カシコ》き物」であり、天照大御神という言葉そのものが歌の構造を持っていた。日神の伝説は、神話学者によって太陽崇拝と分類されて済むものではなかった。神代の伝説はみな事実であったという宣長の説が難点を蔵していた、と小林は洞察する。多くの評論家・学者が、句歌の内容を言葉そのままに理解せずに、概念で分類してしまうことを小林は批判する。

天照大御神すなわち太陽という宣長の説を、太陽は火の玉の太陽であって神ではないと上田秋成が非難したが、宣長は全く認めず物別れとなり、二人は交渉を断った。現代人は文学が好きな人でさえ、多くは宣長を批判して秋成の意見に近い。『古事記』という謎めいたわけのわからぬ物語を、宣長が無批判・無反省にそのまま事実と承認し信仰したことについて、宗教的情操が冷静な目を曇らせたのだと多くの研究者は非難したが、小林は宣長の心眼には何の曇りもなく鮮明であったと反論している。

理性としての学問と信仰に関する難題であった。宣長の古伝崇拝は狂信であるが、そこを度外視すれば彼の学問は優秀であると今日も批評されていることは「お座なり」だと小林は断言する。小林は宣長が信じた通り古伝を信じた。神々を信じなければ宣長の『古事記伝』は存在し得ないのであり、また小林の『本居宣長』を含む全集作品も存在し得なかった。江藤淳は小林との対談で、秋成の言うことにも一分の理はあるのではと考えていたが、『本居宣長』を読んで納得し、積年の疑問が氷解したと述べている。

小林が一生かかって文学と宗教の関係について言いたかったことは、『古事記』の神々を信じるかどうかであった。「信ずるか、信じないか、二つに一つ、という、烈しい物の言い方」と宣長について言う。偉大な文学者や哲学者の結論だけを取り上げれば、そのテーマは簡単な一言になってしまうが、問題はそのテーマを説明する文章にある。神々の存在を信仰と直観の問題で終わらせてしまえば、世の中に文学や哲学はあり得ない。

神様の名前から、その時代の人々の宗教的経験の性質がわかると小林はいう。

人間の誕生とは、すなわち言語の誕生だという。宣長は、歴史とは言葉の歴史に他ならない事を見定めた最初の学者だと小林はいう。小林は、愛する人を背番号では呼べないといい、愛する人や親しい人の名前を呼ぶだけでその人が髣髴としてくるのは何故か、その理由は分析できないという。人間が名前を付ける行為は、ただ便利だというだけではなく、名前にその人の魂がこもるということであろう。異性に名前を聞くことが求愛の最初の段階であることにも関係していよう。

神の道の正しさと歌の美しさとの間には本質的な違いや区別は全くなく、同じ真実が道となって現れ、歌となって現れると小林は断言する。「歌の魅力が、私達を捕えるから、私達は歌に直に結ばれる」ことが「歌との縁」といい、宣長のいう「神《アヤ》しき」経験という。俳句や短歌に魅せられるということの意味を説いている。文学の「歌」から神の「道」へは自ずから通路が開かれていて、それは言葉の伝統を遡ることであった。

事に触れて心が動くとは、その人には全く受身で無力で、その人の意志を超えた力のままになる事である。歌や文学の本質は、そういう超越したものからやって来ると小林は実感していた。

「まごころ」から「こころ」というその源泉に行き、「たましひ」「たま」に出会い、「霊ちはふ神」と歌われたように「神」に行き着くのであり、「まごころ」とは「産巣日ノ神の御霊」によって生まれたままに備え持っていたもの、と説く小林の文章は理性的であるが、同時に詩的・霊的でもある。言葉は「たましひ」を持って生きている「生き物」であるとの小林の考えは、必然的に、現代の俳句や短歌もまた生きている生き物だという認識であった。

◇

「自然全体のうちに、自分等は居るのだし、自分等全体の中に自然が在る、これほど確かな事はないと感じて生きて行く」ことを『古事記』や古典が教えてくれている、と宣長と小林は説き続けた。その自然の恵み、魅惑は、自然の恐怖と共にあると小林はいう。自然全体の中に私達と詩歌俳句があり、私達と詩歌俳句の中に自然全体がある、ということであろう。

「信じることと知ること」の文章において、小林は自らの思想をはっきりと述べる。

精神というものは我々の意識を超えているので、霊魂不滅の信仰もとうの昔に滅んだ迷信ではないと説く。人間が死ねば魂もなくなると考えるたった一つの根拠は、肉体が滅びるという事実にしかないが、それは充分な根拠にはならないといい、肉体には依存しない魂の実在を理性的に信じるという。精神は無意識と呼んでいいような、謎めいた精神的原理の上に立つと説く。死んだおばあさんを懐かしく思いだす時は、おばあさんの魂がどこからかやってくるのであった。湯川秀樹との対談において小林が「肉体の秩序はただちに精神の秩序に連続していない」といえば、湯川は「魂は亡びないかもしれない。それは何とも言えない」と答えている。

今日出海《こんひでみ》との対談においても、「人類という完成された種は、その生物学的な構造の上で、言ってみれば、肝臓という器官をどう仕様もなく持っているように、宗教という器官を持っている」「人間性の組織の中にしっかり組み込まれている」という。日本人にとっての宗教とはドグマ・教理ではなく、「祭儀という行動」であり、「宗教は文化の中心部にあった」という。

小林は江藤淳との対談で、自分の説くところは徹底した二元論であって、唯物論のような実在論も観念論も行き過ぎであり、自分の哲学は常識の立場にたつ中間の道だと語る。小林が一生をかけて評論を通じて戦ったのは唯物論・無神論であり、それは政治には無関係の精神であった。

いのちとかたち

山本健吉は、明治四十年（一九〇七）、文芸評論家・石橋忍月の三男として長崎に生まれ、昭和六十三年（一九八八）八十一歳で没した。慶應義塾大学で折口信夫に師事し影響を受けている。二十二歳から二十五歳までマルキシズムの影響を受け、左翼運動に熱中した。山本が創作を諦めて純粋な批評家になる決心をしたのは小林秀雄の仕事による開眼であり、「小林氏を読まなかったら、批評家への道など選びはしなかったろう」という。小林の仕事がなかったら文芸批評はやりがいのある仕事とは思わなかったともいうが、文学史上、小林の仕事によって初めて評論が正当な文学の仕事と認められた。二人は、純粋に評論活動だけで文化勲章を受章した、現代文学史で稀有な評論家である。

山本は小林を尊敬し、小林は山本を評価していた。山本に最初の俳句論『純粋俳句』をまとめさせたのは小林であり、小林は優秀な編集者の嗅覚を持ち、批評家・文学者を育てていた。『芭蕉』での新潮社文学賞、『古典と現代文学』での読売文学賞の受賞は、小林が評価したものである。小林に讃め言葉をもらった時は「ぶるっと身震いがする」と山本はいう。六十六歳の時、『最新俳句歳時記』で読売文学賞を受賞したのも小林の評価によるものであった。小林は、詩歌俳句文学とその評論を他の誰よりも高く評価した評論家であり、かつて小説と評論が中心の雑誌「新潮」に俳句欄を設けさせたほど俳句の普及に寄与していた。小林には纏まった俳句論はないが、全集には芭蕉や正岡子規を高く評価した文章がある。

山本は『柿本人麻呂』で読売文学賞、五十九歳で日本藝術院賞、『詩の自覚の歴史』で日本文学大賞、七十四歳で文化功労者、『いのちとかたち』で野間文芸賞、七十六歳で文化勲章を受章している。詩歌俳句の創作で文化勲章を受章することは困難であり、俳句では高濱虚子ただ一人であるが、評論だけで文化勲章を受章したのは小林についで山本が二人目であった。

◇

山本には多くの著作があるが、ここでは最後の著作に触れたい。

『いのちとかたち――日本美の源を探る――』に山本の全てが表れている。雑誌「新潮」に二十六回連載したもので、小林秀雄の『本居宣長』の連載に示唆を受けて、日本人の「たましひ」論を書くきっかけになったとあとがきにいう。小林を深く尊敬していたから、山本の思想は基本的には小林と違いはないが、あえて違いをいえば、小林は「神」の信仰に焦点を当てたが、山本は「命」「魂」の精神に焦点を当てていることである。

小林の決定的な影響を受けた山本も、『遊びといのち』の中では、『本居宣長』での小林まではついていけないと正直に語っている。宣長のように神々を信じるのか信じないのかが小林にとって最も大切な問題であったが、山本は同じ問題をやや理性的に考えていた。

小林の評論は金太郎飴と揶揄されたことがあり、音楽・美術・骨董・詩歌を論じても、最後には神と魂の問題に到達した。山本もまた『いのちとかたち』で、日本文化の多面的な形を語りながら、いつも形の中に隠れている命と魂の問題に触れる。二人は共に、文芸評論家というよりも定型詩を心から愛した日本文化の思想家であり、真のテーマは日本文化のエッセンスである神と魂と命であった。金太郎飴と非難家は揶揄でいったが、むしろ賞讃の言葉と取ってよい。山本は、時代を貫いて流れる文化・文学の精神の核の普遍性・同質性を直観していたのである。芭蕉が洞察した「貫道する物は一なり」の「一」が金太郎の顔であった。同じ本質を、優れた文学者は個々に固有の言葉で語ってきたのである。

ＩＴ・科学の時代においても、老子、荘子、釈迦、イエス・キリストの思想が二千年を超えて、世界中の多くの人々の精神的なよりどころとなっているように、神・魂・生命の本質の問題は文化・文学を一貫して流れている。

山本が一生を通じて文学や文化を研究し、七十四歳の時に辿り着いた結論が『いのちとかたち』にまとめられた。山本は、日本人の芸術観を考えて自然観に突き当たった。日本人には「自然」という言葉はなかったが、明治以後に「nature」の訳語として「自然」という漢字を当てた。「自然」に相当する言葉としては、それまでの日本には造化・天地・乾坤・宇宙・万物・森羅万象・三千世界といった言葉があり、その中で山本は「造化」「造物」という言葉に注目したが、これらは老荘思想の概念であり、自然界を創りだした造化物であり、古代中国から渡来した言葉であった。日本の造化の始まりを説く『古事記』序の「参神造化」「陰陽」という言葉は道家・道教の言葉であったが、芭蕉の造化の用法をみても、老荘思想をややずらして日本化していたと山本はいう。

芭蕉は造化の意味について、造物主によって作られた森羅万象という意味よりも、森羅万象が無限に生滅変転していくその推移の意味に傾いている、と山本は理解した。もちろん老荘思想の造化は生滅変転の意味を持っていたが、日本文化では諸行無常の意味合いが入っていると理解した。

芭蕉の芸術観（風雅観）の根底には自然観（造化観）があり、不変の中にではなく変化の相において、芸術家は自然を捉えたという。変化の中において「見とめ、聞きとめる」ことが、自然の「いのち」を捉えることであった。

『いのちとかたち』の二十三章に俳句論・芭蕉論がないのは、それまでにあまりにも多く語りすぎたから省いたと書くが、終章のまとめでは芭蕉の言葉を重要な思想として語っている。芭蕉の言葉とされる「物のみへ《ママ》たる光、いまだ心にきへ《ママ》ざる中にいひとむべし」の「光」とは「いのちのきらめき」だと山本は洞察する。山本にとっての「貫道する物は一なり」とは「いのちのきらめき」の光であった。山川草木、鳥獣虫魚、地水火風、日月星辰、そのすべてを芭蕉は「いのち」あるもの、それゆえに無限に生滅変転していくものとして見たといい、それは芭蕉独自の考えではなく、日本の芸術家の大方はそう考えてきたと説く。

連歌、俳諧、発句という日本独特の文学ジャンルが生まれ、四時の変転を重んじてきたのも、森羅万象に「いのち」をみてきた自然観・芸術観であったという。小林は一気に神の道に進むが、山本は魂としての命を説いた。

日本人の芸術観の底には日本人の自然観が横たわり、さらにその底辺には自然界のすべてを霊の栖と考え、生きた存在と考えるアニミズムの思想があるという。今日の文明社会で、日本人はこの原始信仰を執拗に共存させている国民であり、迷信の無知蒙昧ではないとするところは小林と一致する。

那智の滝の中に神や霊という「いのち」があるのではなく、滝そのものが神であり「いのち」だと直観する。滝の実体そのものに、眼に見えない力強い「いのち」のきらめきを見た。

肖像画については、人物画像に「たましひ」を入れるものはその眼であり、眼の中に点ぜられた睛であり、画家が描こうとしたのは対象に似せることではなく、内奥の「たましひ」を画面に啓示することであったとした。人の絵姿を「影」または「御影」というのは、そこに身体から遊離した「たましひ」の所在を認めたからであり、日本の肖像画に影を描くことがないのは、影とは「たましひ」を意味したからだと発見していた。連歌俳諧では野山の精霊を「罔両」と書いて「かげぼうし」と読み、「かげ」は精霊であった。日本語で「おかげさま」というのは、相手の魂の「おかげ」によって恩恵を受けたことへの礼である。

山本が特に焦点を当てたのは「やまとだましひ」「たましひ」という言葉であった。「たましひ」は歌の中に存在し、歌を歌い聴かせることでその中の「たましひ」を相手に着ける働きがあったと考えた。師事していた釈迢空・折口信夫の影響が大きい。

「たましひ」は威霊《マナ》であり、特に世の治者の体内に入る強力な「たましひ」を「やまとだましひ」といい、生きる力の根源であり、激しい性質を持つとされた。世の上に立つ人に必須とされる性質であり、やまとの国を治めるべき人の資格であり威力であった。原始信仰的な威力だからこそ「やまと」という言葉がつけられたと山本は考えた。『日本書紀』に書かれる「天皇霊」と同じ威霊と考えていた。大和の国魂の附着した人が、大和の国を支配する威霊を得た。

俳句の季語も、実は歌枕の延長上にある虚辞だと山本は述べる。「まくら」は霊魂のやどる場所であり、厳粛な神語を託宣する者が、身に神霊が乗り移るのを待ち受ける神座に頭を載せて置く設備で、横たわりながら仮睡する形という。『枕草子』の「枕」とは、文章の中心となって、その生命・生気のもととなるべき言葉であった。文章にとって生命となる大切な言葉であり、歌では歌枕となり、歌の題・季の詞・恋の詞・景物といった全体を含み、一括して「まくら」といわれた。

アニミズムについて山本は、昭和四十八年の『行きて帰る』の文章「『縁』の思想」で、草木虫魚も無機物も生きたものとして親和関係を保っていたアニミズムの世界を説明し、その背景には「草木国土《そうもくこくど》悉皆成仏《しつかいじようぶつ》」の考えがあったと説く。

昭和四十九年の『遊糸繚乱』には「アニミスト?」という文章がある。山本は新聞の書評委員会で、文化人類学者・岩田慶治の『草木虫魚の人類学』を「私はアニミストなんでね」と推薦した。山本はアニミズムを柳田國男と折口信夫から学び、日本人の神または神々とは何かを問うことが二人の学問の中核だったという。昭和四十八年頃、岩田のアニミズムの研究に山本は深く共感していた。岩田は、教祖も経典も教団も寺院も天国も地獄もないアニミズム思想を礼讃し、アニミズムの神は自然そのままであり、アニミズムは原始宗教ではなく高度な思想だと考えていた。

山本は『遊びといのち』の中で、歌は意味でも思想でもなく、その中にこもる「いのち」「魂」「生気」「スピリット」「神のようなもの」が大切だと語り、「私は自分をアニミストといっている」と述べる。『子規と虚子』においては、虚子の存問は「山や川や海や森や、無機物な自然」に対しても生きているかのように言葉をかけることであり、「新しいアニミズムの世界」という。

私の読み得た限りでは、アニミズムという言葉が文学者によって使われた最も古い文章は、小林秀雄が「文藝春秋」昭和三十四年十月号に書いた「漫画」と題する文で、ディズニー映画『砂漠は生きている』についての批評文である。

野鼠は、決してミッキー・マウスのような芸当をするものではない、原始人のアニミズムの世界観に、たぶらかされている文明人の方がよっぽど滑稽である、そういう批評を読んだ事を思い出す。これは、浅薄な見解というよりも、批評的嘲笑の、極くありふれた現代風な型を示す。アニミズムは、もう過去になった世界観ではない。現在、世界中の人々の誰の中にも厳存している心理的事実である。唯物論的教養などで抹殺出来るようなものではない、というのが真相だと私は思っている。

と、小林は五十八歳の時に洞察していた。『本居宣長』に至る小林の一生を貫いた貴重な思想であり、山本に深い影響を与えた思想である。アニミズムとは、動物や植物だけでなく、太陽や月や星、天や地、雲や水といった無機物に人間と同じ生命があると感じる心であり、縄文文化や弥生文化に共通し、また大乗仏教や神道にも共通して存在する感性である。

短歌界では、昭和四十八年に雑誌「短歌」の編集長・秋山実（巳之流）が、一面識もない歌人・岩田正に「土偶歌える」を書かせて土俗的短歌を論じさせた。秋山は折口信夫や山本健吉の影響を受けていた。前登志夫の霊の世界、山中智恵子や岡野弘彦の神々の世界、馬場あき子の鬼と魂の世界を取り上げ、反近代的でも野蛮でもなく超近代の立場として、民俗学・土俗の伝統に基づく歌を論じた岩田の『土俗の思想』が、短歌界におけるアニミズムの思想的裏付けであった。秋山が評論家を見抜く編集者の直感を持ち、優れた評論家を育てたことは忘れられがちである。

◇

日本詩歌の大きな底流は『万葉集』から続くアニミズムの生命観であり、造化と四時と無為自然の生命観に従うタオの生命思想に共通していた。アニミズムの思想は、日本や中国の政治体制や権力に無関係で、体制におもねる思想ではなく、東洋では荘子のいう「万物斉同」の精神であり、日常生活には「無用の用」の精神であった。

森羅万象の自然・宇宙に命と魂を感じられなくなった時に詩歌文学の歴史は終わる、と小林と山本は一生を通じて説いていた。山・川・海・雷・動植物・星・太陽等に、神々・生命・魂を感じることが文化・文学のエッセンスであったが、それを否定した近代科学・唯物論・無神論・無魂論に、小林と山本は一生を通じて戦った。

白川静 vs 梅原猛

文字は神様を相手に創られた

白川静《しずか》は、明治四十三年（一九一〇）福井県に生まれ、平成十八年（二〇〇六）九十六歳で没した。古代漢字学の研究者で、漢字の成立を体系化した業績は白川学と呼ばれている。

受賞歴から見ると白川学への評価は遅く、七十四歳での毎日出版文化賞特別賞受賞が初めてである。その後、菊池寛賞・朝日賞・井上靖文化賞を受賞し、八十八歳で文化功労者となり、九十四歳で文化勲章を受章した。神を中心とした漢字の成立論を評価する選考委員に出会う機会が少なかったのであろう。白川個人の主観的な考えだと思われていたのではないか。

字書三部作『字統』『字訓』『字通』は、字書を超えて大変興味深い。三千年前の古代の漢字を通じて、漢字が秘めている宗教の深層・神道・アニミズムを分かりやすく体系的に、冷静に勉強することができる著書である。現代の日本文化にも当てはめることができる精神が漢字に象徴されている。漢字をどのように組み合わせて新しい言葉を作っても、漢字一つが持つ意味は変わらない。

以下、字書を含む『白川静著作集』に基づいて、私が理解できた白川学の一端を纏めたい。

◇

文字は神を相手に創られたものだというのが、白川学の根本の精神・思想である。文字は神と交通する手段であり、エジプトのヒエログリフも中国の甲骨文・金文も、実用のために創られたのではなく、初めから完成された美しい体系を持っていた。

日本に漢字が入ったのは、応神天皇の時代に百済人が『千字文』『論語』を献上した時である。埼玉県の稲荷山古墳から出た雄略天皇時代の鉄剣銘には、百済人がワカタケル王に仕えるという日本流の文章が漢字で書かれていた。当時、記録は朝鮮半島からの渡来人が行っていた。『日本書紀』の編纂に携わった太安万侶《おおのやすまろ》の墓から出土した墓誌にある「死之」（ここに死せり）という漢文は、中国漢文ではなく百済漢文であり、『日本書紀』の編纂の半数は朝鮮人によるものだという。日本人が漢字を訓読するようになったのは、百済人が始めたからである。言語の文法は朝鮮語と日本語に共通し、中国語とは異なっていた。

今から千三百年前の日本の記紀万葉よりも、さらに二千年昔の殷・周時代の漢字を分析するプロセスと発想は、学問を超えて東洋神道のバイブルのようである。白川の漢字の成立に関する解説は客観的だが感動的でもあり、一つの文学であり詩である。漢字が宗教的な体系になっていたことは驚くべき発見である。白川学の評価が遅れたのも、漢字の宗教的な体系が理解されなかったからであろう。日本人は今も漢字を使用するが、日本人の宗教性は白川が解明した漢字の持つ宗教性と矛盾していない。白川の字書そのものが日本人の宗教学にもなっている。梅原猛《たけし》は、日本文化の原理として縄文文化のアニミズムを説くが、漢字の象形文字には縄文神道と根本的には矛盾しない神道がある。古代中国の漢字が東洋文化の基本思想を表している。漢字の起源は甲骨文に見られ、亀の甲に書かれた占いの文字であった。この甲骨文こそがアニミズムの世界であった。

古代中国の精神は自然崇拝から祖先崇拝、そして天の思想へと変遷している。日本の古代にも自然の霊・祖先の霊・天の神が見られる。

私見であるが、もともと中国にも日本にも「哲学」「宗教」という漢字やそもそもの概念はなかったけれども、「philosophy」や「religion」という英語に対して日本人が漢字の造語を当てることによって、日本人は「哲学」や「宗教」という観念をはっきりと認識できるようになったのではないか。今ではいかにも、日本には古くから哲学や宗教という言葉と概念が存在していたかのように錯覚してしまっている。英語に漢字の造語を当てたように、古代に「神・魂・霊」という漢字が入ってきた時に、「かみ・たま」といった発音を当てたのではないか。日本の古代文化そのものが漢字によって概念化されて説明可能となり、体系化されたのではないか。「神」という漢字が入ってきて「かみ」と名付けたことにより、漢字の神の意味が客観的に認識されるようになった可能性がある。

「神」という漢字が日本に入る前に持っていたかもしれない、日本語の「かみ」の意味を文字によって知ることは、全く不可能に近い。「たま」の日本語の意味を、現代人は「魂」の漢字の意味を思うことによって類推せざるを得ない。日本に漢字が渡来してくる以前に、例えば弥生時代あるいは縄文時代に「たま」という言葉があったとしても、その時代に遡って「たま」の意味を理解することは不可能である。縄文時代の「たま」という言葉は、弥生時代にはすでに弥生時代の「たま」の意味に変化していたであろうし、漢字の「魂」が入ってきて、それまでの「たま」の意味に変化が生じたであろう。日本語の語源に遡ることは、言語学者でも不可能ではないか。

対して漢字は殷・周の時代から記録が残されているから、古代の漢字の体系に遡ることができるようであり、現代の日本人でも日本語として意味を理解することができる。

白川学でもっとも分かり易い漢字の体系は、「口」を基本とするものである。

多くの漢字を構成する基本形に「口」がある。古代には「口」の意味には食べる口（マウス）という使用例はなく、すべて神への祈りに捧げる祝詞を入れる器の形を表したのが口だと白川は分析する。句・歌・詩・祝・言・語・名・吉・史・品などの漢字が含む「口」の語源は、神への祈りと祝詞に関係していた。「句」は死者を埋葬する意味であり、「歌」は木の枝で祝詞の器を打ち、祈り、願い事が実現するように神にせまることで、歌うように祈っていた。

「詩」とは心の中にある志を言葉に発することであり、神の前で声をあげて歌う儀式で歌われた。声に出すことによって言霊が働き、吉祥を得るか、呪歌としての呪いの働きともなっていた。

「祈」は軍の遠征や狩猟の成功を祈り願う字であり、後に全てのことについての祈りとなった。「祝」の「兄」は口という祝詞の器を頭に載せている人の形で、神を祀る人だという。神事担当が長男だったから「兄」の字になった。神に祈る意味とし、祝う意味となる。

「言」は神に祈り誓う意味であった。刑罰としての入れ墨をする時の針の下に祝詞の器がある形で、神に誓いをたてて祈る言葉であった。「唱」の中の「昌」は星の明るさであり、盛んの意味となり、「唱」は盛んにうたうこととなり、「娼」は歌い舞う遊び女であった。「舞」は雨乞いの神事における踊りの姿であった。音楽の「楽」は糸飾りのある鈴がついた柄のことで、これを振って神を楽しませた。また、病気を治すためにこれを振って病魔を祓った。

「命」は「令」と「口」の合成で、「令」は儀礼用の帽子をかぶり跪いて神のお告げを受ける形で、神に祈り、神のお告げとして与えられるものが命であった。命は天の神から与えられる。

「名」は「夕」と「口」の合成であり、「夕」は「肉」の省略形で、子供が生まれると祖先を祀る廟に祭肉を供えて祝詞をあげ、子供の成長を告げる名前を付けていた。死んだ時には死後のために名を改め、柩には銘が付けられた。死霊への畏怖からであり、戒名のルーツである。日本でも中国でも、戒名や葬式は釈迦仏教とは無関係であり、ルーツは古代中国の儀式と漢字の中にある。

「音」は夜の世界の「闇」に聞く怖れに関している。鳥の羽音や野獣の声に異変を感じ、生命の危機を感じたようだ。荒ぶる神の訪問であり、不可知のものであった。忌むべきものでもあったから、その声を聞くことを「聖」といった。聡明の「聡」は神の声が聞こえることであった。自然の神々と崇拝する人との純粋な関係であるアニミズムの後に、神職・シャーマンが人と神の間に介在したシャーマニズムの世界が発生した。

「神」の「申」は稲妻・雷光の形、雷は天にある神の威光のあらわれであり、神はもともと雷のように自然のものや働きを崇拝する自然神であったが、のちに祖先神ともなった。「神社」という漢字は『墨子』にあり、古くは「社」といい「土」とも呼ばれた。「土」は台の上に土を丸めて置いた形であり、地主・土地の神・国つ神・土主を表した。この土に酒をかけて国神・土地神を祀った。土の上に樹木を植えたのが社《やしろ》のルーツであり、のちに屋根をつけて神社とした。この神社を中心に人が集まったのが結社である。樹木を立てて神を祀るのが「社」であったから、神は柱と呼ばれている。今でも日本の各地に「地主」の神が祀られているが、もとは古代中国の道教の神であった。「主」という言葉は神と同義であった。

俳壇・歌壇・文壇・仏壇の「壇」は、もとは祭祀を行う神聖な場であり、土を盛り上げて築いた所であった。壇場とは祭りの庭、斎庭のことで、犠牲を置く処であった。

「魂」の字の中の「云」は雲状のもので、「鬼」は死んだ人の霊である。人の霊は死後、雲気となり天界に入る。のちに「心」の意味を持った。「靈」は巫女による雨請いの歌舞の儀礼の形で、「口」が三個あるのは雨乞いの祈りの言葉であった。のちに神霊そのものを表すようになった。

日本の詩歌に深く影響したのは「風」の思想であった。俳句に季語・季題があるのも、俳句が五・七・五の定型であるのも、すべて根源は「風」の思想である。

「風」の漢字は「鳳」と同じ形、すなわち鳥の形であった。天上には龍（虫）が住んでいて、風は龍神が起こすものと考えられていたため、鳥の代わりに虫の字が入ったという。古代には、風は鳥の形をした風神と考えられ、風神が各地に出かけて支配した土地が「風土」となり、人民への教えが「風教」であり、生活・習俗が「風俗」となり、教えに従った個人の性格が「風格」となった。現代の日本人にも使用される風にまつわる多様な言葉の意味が、三千年前の漢字の分析によって明確となる。「風土」という言葉になぜ「風」という漢字が入っているのかは現代人にはもう分からなくなっているが、「風」の神が関係していたことが分かれば納得ができる。

中国の神話に「四方風神」がある。東西南北の四方にそれぞれを司る方神という神がいて、この方神の使者が風神であり、神意を伝えた。日本の天皇が現在も行っている四方拝のルーツである。龍田大社が風の神を祀るのも同じルーツである。

四季の名前は甲骨文にはなく、金文の時代になって作られたと白川はいう。四季神の発想の起源に関しては白川著作集には見られないため、甲骨文・金石文研究者の赤塚忠《きよし》の『中国古代文化史』に基づいて簡単に纏めてみる。四季の前に四方風が祀られていた。四季は四方の風神がもたらしたもので、のちに四季の神が生まれた。農耕民族にとって豊穣か否かは死活問題であり、皇帝の政治を左右した。祭りで祈願されるのは豊穣であり、四季の神は重要な神々であった。

多くが農耕民族である日本で俳句が四季を詠むのは、四季・四方の神々を祀ったところに起源がある。「季」という漢字の「禾《か》」は稲に宿る霊の象徴であり、稲魂に扮して豊作を祈る田の舞をする童子の姿だと白川は解く。

春夏秋冬の四行と中心（太一・天皇）の五行に、自然界のすべてを配当するようになった。古代中国の自然観は陰陽の二元思想と五行思想が合体して、陰陽五行思想となった。

出雲の山の中腹の斜面一帯から埋蔵された銅鐸が多く発見されているが、白川は中国の湖南省・湖北省の山の中腹にも多くの青銅器が埋められていたことに注目し、宗教的呪器としての器物の霊力によって異族を圧伏する働きがあったと解釈している。

そして、書の起源は呪符であり、呪力を持っていて、埋められた青銅器の働きに相当すると白川は考えた。漢字の「書」は、まじない・お札に記した神聖な文字であった。書は祭事に使用され、書を司る人は書史と呼ばれた。書とは隠された祈りであり、重大な祈りはその文章をつづらの中に収めた。その書を開くことを「啓」といい、神意を聞くことであった。天啓、啓示は、神に求めて神から与えられることであり、「命」の漢字とよく似た働きである。

これらの呪力に関する白川の考察でもっとも面白いのは、漢字の「道」の由来である。異族がいる土地には、その異族の霊が邪霊となって存在し災いをもたらすので、異族の「首」を手に持ち邪霊を祓い清めながら歩いたから、道という字が生まれたという。道祖神の道も同じ語源である。日本でも敵将の首を橋に置いていた。「忠臣蔵」で、赤穂義士が吉良上野介の首を掲げて江戸の町を歩いたことを連想する。韓国映画でも敵将の首を掲げるシーンがよく見られる。

詩歌を一首・二首と呼ぶのは、中国文学の言葉で詩歌文章の作品を一首・二首と数えていたからである。日本最古の漢詩集『懐風藻』の数え方も一首・二首であった。

「石」の中に「口」があるのは、石が神であったためであり、磐座は神の鎮まる所であった。『説文』に「石を以て主となす」とあり、主とは神の意味であったから、石を神とした思想が古代中国にあった。日本の古神道で磐座を神の座とする精神と同様である。「宕《とう》」という字には「石」があり、天子が天地を祀る石室であった。「祀」という字は自然神を祀ることで、蛇神が原義であったという。蛇の脱皮と生物の蘇生が結びつけられた。

◇

以上は白川学のほんの一部であるが、漢字は神の存在を意識して人が作ったものというよりも、神が人に作らせたもののように思えてくる。そして、白川静自身も、神と人の間で漢字の体系を伝えるシャーマンのように思えてくる。漢字の中には古代の宗教・神の道が書かれ、古代日本の宗教・神の道に深い影響を与えていたと思われる。

日本文化の原理　縄《じょう》魂《こん》弥《や》才《さい》

梅原猛《たけし》は、大正十四年（一九二五）宮城県に生まれた。日本文化・宗教を主とした思想家であり、歌舞伎・狂言の脚本・小説を創作している。『仏像――心とかたち』を共著で刊行し毎日出版文化賞を受賞、『隠された十字架――法隆寺論』では、法隆寺は聖徳太子一族の霊を封じ込め鎮めるための寺院であると説いて毎日出版文化賞を受賞、『水底の歌　柿本人麿論』で大佛次郎賞を受賞、六十七歳で文化功労者となり、七十四歳の時に文化勲章を受章した。

多領域にわたる多くの著書があるが、ここでは「梅原学」と呼ばれる領域の全てを追うのではなく、梅原自身の思想・哲学を語ったものに限りたい。外国の哲学ばかりを追いかけて自らの思想を持たない日本の学者はだめだ、と繰り返し批判する梅原自身の哲学・思想を理解したい。

◇

八十八歳の時の著作『人類哲学序説』では、梅原自身が考えた「人類哲学」を語る。

今までの哲学はギリシャで生まれ、近代西洋にいたる地域的特性に偏していたため、普遍的な人類の立場に立った哲学を語りたいとする。人間はどう生きるべきかと問い、その思索を体系化し、普遍性をもつ哲学を梅原は目指している。七十歳前後の思索を纏めた『人類哲学の創造』でも人類哲学に触れているので、この二冊に依拠して纏めてみたい。以下は、私が理解し得た梅原の思想である。

梅原は、五十年をかけて見出した「日本文化の原理」が「草木国土悉皆成仏《そうもくこくどしつかいじようぶつ》」だと結論付けている。この思想は天台本覚《てんだいほんがく》思想の言葉であり、最澄が創始した天台宗の思想である。すべての人間・生物には仏になり得る性質があり、誰もが救われるという思想である。空海が創始した真言宗にも、一木一草の中に大日如来が宿り、草木も仏性をもち成仏できるという思想がある。天台宗と真言宗が合体したのが天台密教の「草木国土悉皆成仏」の思想であり、これが鎌倉仏教の浄土教・禅・法華宗に共通となり、日本仏教の根本思想となった。

インド哲学では、植物と無機物は命をもたない「無情」とされる。「草木国土悉皆成仏」は元々中国の天台宗の思想であるが、福永光司説によると、道教の影響を受けていたために中国仏教では主流にならなかった、と紹介している。それが日本仏教では中心思想となり、日本の神道の思想と共通点があると梅原は説く。

短歌・俳諧・俳句・能といった日本文学も「草木国土悉皆成仏」の思想で説明ができ、この日本独特の思想はすでに縄文文化の中に見られると説く。仏教学者・鈴木大拙《だいせつ》の『禅と日本文化』については、禅で日本文化の全体を説明するが、とても説明できていないと批判する。例えば、能の『山姥』に登場する山の妖怪や山の精を、禅で説明することはできないという。鈴木大拙の著作によって、日本文化への禅の影響を信じる人が多いが、その考えは一面的である。禅よりもむしろ、神と霊の思想の影響が大きい。

日本語の「神」「魂」の発音はアイヌ語の「カムイ」「タマ」であり、日本語の重要な言葉がアイヌ語から発生しているため、アイヌは縄文文化の遺民であると梅原は考える。アイヌの熊を祭る儀式は再生の祀りであり、縄文人の貝塚は貝の再生を祈る祀りだという。土器も貝塚から出土していることから、命を持っていると考える。縄文人の貝塚には、「草木国土悉皆成仏」の思想が見られ、箸・針・人形の供養の習俗に残っているという。

死については、日本人にはあの世へ行く信仰があるがアイヌにも同様の考えがあり、あの世信仰が共通する。先祖が子孫の胎児となって戻ってくるという思想も、日本人とアイヌの文化に共通であると発見している。アイヌの叙事詩（ユーカラ）には水の神・森の神があり、「草木国土悉皆成仏」の思想が見られる。仏教以前の日本の土着宗教は祖先崇拝と死者供養であり、盆は聖徳太子の時代に始まり、浄土教が土着宗教にとって代わったとする。日本人にとってのあの世には天国も地獄もなく、キリスト教や仏教とは異なると説く。

あらゆるものに霊が宿り、神がいたるところにいて、いたるところに自然が生きているという思想は、イギリスの人類学者エドワード・B・タイラーが「アニミズム」と名付けた。狩猟採集時代の世界共通の文化であり、タイラーの原始社会の宗教としてのアニミズム説と日本の神道に変わりはない、と梅原は説く。しかし、アニミズムは幼稚な宗教原理で現代では意味を持たない、としたタイラーの宗教史観の結論を批判している。アニミズムは原始的で、文化が進化するとキリスト教のように一神教になるとするタイラーの考えを梅原は批判するが、アニミズムそのものは否定していない。

梅原はアニミズムの持つ循環思想について、死後を無とする近代的世界観よりははるかに科学的だと考える。霊があの世とこの世を循環するという縄文思想は、遺伝子の不死・DNAと矛盾せず、アニミズムの復権が必要であると説く。この縄文思想が日本では神道となり、恐ろしい神は祀ることによって自分の味方になるのが神道の根本と考えている。

デカルト哲学のおかげで人類は自然を征服することができたが、今その征服は人類を滅ぼす危険性をもつと批判する。生きとし生けるものすべてと共存する哲学が、人類の哲学の根本になければならないとし、その人類哲学が「草木国土悉皆成仏」の思想だと説く。例えば世阿弥は、能『白楽天』の中に登場する住吉明神に、日本では人間ばかりか鶯や蛙も歌を詠むといわせている。

言葉を持って詩をつくるのは人間だけで、「存在」は言葉によってしか現れないとするマルティン・ハイデガーの哲学思想と、「草木国土悉皆成仏」の思想は相反すると梅原は考える。日本の森には原始の森が残り、「草木国土悉皆成仏」の思想は豊かな森からやってきているとする。

日本では古来より、太陽神の天照大御神《あまてらすおおみかみ》と稲作農業の神の豊受大御神《とようけのおおみかみ》が伊勢神宮に祀られ、日本の仏教で最も位が高いのは密教の曼荼羅の中心にいる大日如来であり、太陽の仏と、水の仏と、稲作農業の仏である観音が厚く信仰されている。「草木国土悉皆成仏」の思想は縄文時代以来の思想であり、太陽と水の神仏の崇拝は弥生時代以降の信仰であるという。

詩人・宮沢賢治と江戸時代の画家・伊藤若冲は「草木国土悉皆成仏」の思想を持つと賞賛し、若冲の「花鳥草虫各霊有り」という言葉を引用する。梅原は大乗仏教的仏性と神道的霊性に同質性を考えている。タイラー以前に、「花鳥草虫」に「各霊有り」と、タイラーのアニミズムと同じことをすでに論じていた画家がいたことは、興味深いことである。

法然の浄土宗と親鸞の浄土真宗は日本に定着した仏教思想であるが、あの世観は異なっていた。浄土真宗では、口唱念仏によって極楽浄土に行くことができ、さらに、この世に苦しむ人を救うために極楽からこの世に還ってくることを、二種回向《えこう》（往相《おうそう》と還相《げんそう》の回向）といい、教義の根本となっていると梅原はいう。この生まれ変わりの思想が縄文以来の伝統思想に共通していると見る。

梅原は、釈迦仏教・小乗仏教よりも大乗仏教を肯定する。厳しい禁欲生活を強いる釈迦仏教・小乗仏教では町人たちを救えないとして、悩める人を救う大乗仏教を評価し、欲望を肯定する。愛欲否定の釈迦仏教は日本人に受け入れられず、崇拝するのは釈迦その人ではなく、自然神としての大日という、太陽を神格化したものであった。そのため日本の僧侶は妻子をもち、肉を食べ酒を飲み、俗人と変わらない。日本の大乗の思想は、釈迦仏教とは全く異なる思想となった。同じ「仏教」という言葉を使用するのがおかしいほど異なった思想である、と説く。

真言密教が愛欲を肯定した思想には、ヒンズー教の影響があった。ヒンズー教と神道は多神教で共通していて、大乗仏教は土着の思想である中国の道教、韓国のシャーマニズム、日本の神道という自然崇拝のアニミズムと結びついたため、日本の仏教はアニミズムになっている。曹洞宗の開祖・道元の禅は、山川草木と一体になって仏になり、身心脱落によって身体が溶けて宇宙と一体になることだ、と梅原はいう。

かつての文明の方向は多神教から一神教であったが、今後の文明の方向は一神教から多神教へ向かうと強調する。諸民族が共存するには多神教の方が良く、核戦争が起こる危機を和らげることに貢献するという。そのためには大乗仏教の方が釈迦仏教よりすぐれていると説く。「草木国土悉皆成仏」の思想に基づき、梅原は西洋哲学を批判する。西洋が生んだ科学技術文明を基礎づけるのは西洋哲学であるとし、彼は原発に反対している。

八十五歳の時の著作『日本の伝統とは何か』では神仏習合について、能の中にその思想が展開されているという。能では「草木国土悉皆成仏」という思想が語られる。謡曲『鵺』では、幼獣・鵺が怨霊として鎮魂対象となり、謡曲『芭蕉』は植物の芭蕉の精が若い女性に化けて僧を訪ね、草木はあるがままで覚《さと》りの状態であるという、僧が語る本覚思想に感動する話である。松尾芭蕉はここから俳号をとったという。植物が成仏する思想は、環境破壊を克服するための伝統思想と考えている。

日本人は二つの種族、弥生人と縄文人から成り立ち、弥生人の渡来は紀元前三世紀から一世紀で、その後七世紀の間にアジア大陸、特に朝鮮半島から多くの人が渡来した。日本の国家は稲作農業をもって渡来した弥生人によって作られたが、民族としては、天つ神の子孫としての弥生人と、国つ神の子孫としての土着の狩猟採集民から成立しているという。梅原と対談した自然人類学者・埴原和郎の『日本人の起源』の骨の研究によれば、縄文時代から弥生時代・古墳時代にかけて多数の渡来者があり、日本人口が急激に増加した。その結果、関西では八割が渡来系、関東では七割が渡来系で、遺伝子の分析からも日本人全体の八割が渡来系であるという。縄文人の割合は二割から三割と推定されている。

梅原が六十一歳の時の吉本隆明との共著『対話　日本の原像』では、「縄魂弥才《じょうこんやさい》」の精神を強調する。天皇家の祖先が日本列島にやってくる以前から、日本人があり日本文化があったと考えている。『古事記』や祝詞の律令神道は「祓い禊の神道」であり古くはなく、道教の影響を受けて作られたと洞察する。今も、神道の神主は穢れを祓って清い心・体とし、海や川での禊の名残として塩をまいて清める風習がある。

土着宗教の基本的な哲学は「霊の循環」であり、「生死の輪廻」を無限に繰り返し、人間は死ぬと山に行きまた還ってくる。日本で宗教が必要とされるのは葬式のときだけだという。キリスト教や仏教の世界観は厳しい階級社会から生まれたもので、日本人の世界観とは異なると考えている。

梅原哲学の根本をなす「草木国土悉皆成仏」の思想について補足しておきたい。

福永光司の『中国の哲学・宗教・芸術』の中で、『涅槃経』の「一切衆生、悉有仏性」と、中国仏教の天台学での「草木国土、悉皆成仏」という思想のルーツは、荘子の思想に基づくと説かれている。「衆生」とは「生きとし生けるもの」という意味であり、一切の生物、意識をもった存在という意味である。インド仏教・哲学では「衆生」に植物や無機物は含まず動物だけであったのが、中国の天台教学において、情なきもの・無情の存在にも仏性があるとして、土塀や瓦石の無情の物も仏性を持つと説かれた。「天台」とはもともと道教の言葉で天上の神仙世界を意味したから、天台宗にタオイズムが影響していた。無情の物も仏性を持つという考えは、荘子の、道は在らざるところなしという思想に基づくと福永は説く。「道はどこにありや」という問いに、道はけら虫にあり、道はひえ草にあり、道は瓦壁にあり、道は屎尿（大便小便）の中にあり、と荘子は答えている。

「道」という生命の根源は草木や土石にある、という荘子の思想が中国仏教に影響して、日本に渡来したとする。福永によれば、荘子にはアニミズムの思想があり大乗仏教に影響していた。一方、梅原によれば、縄文の思想にもアニミズムがあり、大乗仏教に入ったアニミズムと共通する。つまり、縄文文化、弥生文化、道家・道教思想、大乗仏教、日本の神道に共通する精神文化の本質はアニミズム、すなわち「草木国土悉皆成仏」だということになる。

◇

日本文化が重層的・多層的であるのは、日本人が多くの民族で構成されてきたからであろう。日本が陸地続きであった頃より大陸から日本に民族が移動し、列島となってからも、大陸や南アジアから海を渡って多くの民族が渡来してきている。

石器時代の文化・宗教、縄文時代の文化・宗教、弥生時代の多数の移民と、農業・鉱業等の産業の渡来に基づく文化と宗教、その後の高度に近代化した隋・唐の道教・儒教・仏教に基づく文化と宗教の渡来が、重層的・多層的に日本文化の潜在的な精神を構成してきたから、何か一つの文化だけをもって日本の文化・宗教・思想を代表させることはできない。その文化史の中で、初期の縄文文化だけは文字が何も残っていないため文献的に遡ることはできず、文献に依拠して縄文文化と現在までの日本文化を関係付けることは難しい。その困難さを超えて縄文文化を明らかにするには、梅原猛のように想像的な直観を必要とする。

『人類哲学』での対論において、梅原猛の子で芸術学者の梅原賢一郎が、父の説に直接疑問を呈していたのは興味深い。「草木国土悉皆成仏」は日本的な仏教なので釈迦の仏教にはなく、インドにも中国にもないから普遍性をどう考えるのか、ある種の国粋主義になりかねないという疑問に対し、草木国土悉皆成仏・アニミズムの考え方は中国の道教にも近いものがあり、ナショナリズムではないと答えている。また縄文だけを強調すると誤解をまねき、梅原猛というと「ジョーモニズム」といわれる、とユーモアをもって梅原賢一郎は指摘する。アニミズムはあまりよい言葉とは言えないが、生きているものの生命の豊かさを礼賛するものであるので、生命への畏怖と礼賛の考え方を基本に据えて考え直す必要があるとしている。

※本書は、俳句総合誌「俳句界」に連載（二〇一三年八月号〜二〇一六年一月号）された「ヴァーサス批評――文化・文学の精神史」に加筆修正をしたものである。

※本書における引用詩歌等の表記は、参照した出典に拠る。なお、ルビについては適宜現代仮名遣いに改めた。

あとがき

世界には二種類の人がいるのだ。
心に無何有《むかう》の郷《さと》をもつ人と、
世に用無きものを憂うる人と。

（長田弘『幸いなるかな本を読む人』より）

本書は、俳句総合誌「俳句界」に二年半、三十回連載した「ヴァーサス批評――文化・文学の精神史」をまとめたものである。当シリーズは、拙著『ライバル俳句史――俳句の精神史』『平成俳句の好敵手――俳句精神の今』（ともに文學の森）に続くものである。今回の連載もヴァーサス（vs）批評の形を踏襲したが、対象は俳人には限定せず、詩歌文学精神、芸術精神、哲学思想等、広い領域の精神を表現した人々の比較を試みた。ここでの精神とは、人生観、死生観、自然観といった観・見方・考え方である。文学の創作にかかわらず、人々は何らかの人生観を持ち、日々の行動・創作に無意識に影響を及ぼしているが、その精神を明らかにしようと試みた。

「俳句界」は俳句総合誌であるが、俳句雑誌において、俳句を含む文学の背景にある文化精神を論じる連載はあまりないかと思われる。俳句総合誌としては、読者の関心が少ないと思われる内容の連載をして、商業誌としての編集部に大きなリスクを負っていただいた。

「文学史」とは、作者たちの歴史や経歴としてよりもむしろ、精神が文学を生産ないし消費するという意味においての「精神史」として理解されるべきだと、ポール・ヴァレリーは「詩学講義」の中で述べている。ここでは作者の経歴や歴史的な事実よりも、作品にこもる純粋な精神・思想の真実・事実を理解すべく努めた。

俳句を論じる時には表現方法・技術について論じられることが多いが、俳句作品の内容・作者の精神について語られることが少ないのではないかと思われた。小説を論じる時には内容や作者の精神・思想が語られることが多いけれども、俳句作品については一句の字数が極端に少ないからか、内容の意味や文学精神についてはあまり語られてこなかったようである。しかし、俳句を含めあらゆる文学の背景にある精神・思想を明らかにする試みは無意味ではないと思える。

「A vs B」というヴァーサス批評の形で文学・文化の精神を比較したのは、今までの連載の形を踏襲したところもあるが、二人を比較することによって異質性と同質性をより深く理解するためである。しかし、今回は取り上げた文学者・思想家が歴史上あまりにも偉大な人・精神・思想を含むため、二人の精神の真実・事実をまず別々に正しく理解し、少ない枚数にまとめることに精一杯であったため、比較論としては十分な紙数を割くことはできなかった。また、今回取り上げた人々については、すでに多くの書物が書かれている人が多く、一か月の連載分だけで一人を論じるには十分でなかったが、逆に対象の本質・真実を短く述べようと試みることができた。

取り上げた人々は、俳人を中心とした連想で対象を選択した。

「朝日新聞」（二〇一二年四月二十八日付）のアンケート「いちばん好きな俳人」では一位が芭蕉、二位が一茶、三位が正岡子規、四位が蕪村であり、俳句（俳諧を含む）精神に関してここでは近世の三人に鬼貫を加え、俳人四人に限った。蕪村・一茶・鬼貫は芭蕉を尊敬していた。俳句史上、俳句精神には芭蕉が今も大きな影響を与えているから、芭蕉は霊神と祀られた。日本文化史において、人が神様となる過程に関心があった。東洋と西洋では神の意味が全く異なっている。

芭蕉が最も尊敬し深い影響を受けたのは荘子であり、荘子は神となっていた。荘子と対照的な思想家の孔子も神となって祀られている。芭蕉が「西行の和歌における、宗祇の連歌における、雪舟の絵における、利休が茶における、その貫道する物は一なり」といった人たちの精神を、まず理解したいと思った。「貫道する物は一なり」という芭蕉の言葉は、荘子の言葉「道は通じて一と為す」を踏まえているが、日本文学と日本文化を貫く一つの道・精神であった。

芭蕉が影響を受けたと思われる歌人としては西行を取り上げ、西行の影響を受けたであろう明恵と比較した。芭蕉に直接影響した連歌師の宗祇と心敬を取り上げ、さらに芭蕉が関心を持っていた利休と雪舟を比較した。

日本の文化・宗教に深い影響を与えた孔子の儒教と荘子のタオイズム（道家・道教思想）に加えて、仏教が大きな影響を与えているため、大乗仏教の日本化に影響した空海と親鸞を取り上げた。空海は仏教だけでなく、道教・老荘に影響を受けた詩文を残している。また、詩歌・文学精神に影響を与えたと思われる一休と良寛を比較した。この二人も荘子の影響を受けていた。荘子の他に芭蕉が影響を受けた詩人の陶淵明と李白を取り上げた。李白は道教の道士であった。

日本の仏教は中国・朝鮮を経由して渡来した大乗仏教と呼ばれるが、日本仏教と比較するために仏教の創始者である釈迦を取り上げ、西洋文化の根幹となっているイエス・キリストを取り上げた。人であり同時に神であるとする、イエス・キリストの三位一体説を否定したものの神の存在は肯定した、人類最高の叡智と呼ばれる科学者のニュートンとアインシュタインを比較した。日本文化においては、科学的・理性的精神と宗教的・霊性的精神が混淆しているが、西洋文化においても理性と霊性の混淆がみられることを明瞭にすべく取り上げた。ニュートンとアインシュタインは、ユダヤ教もキリスト教も一神教ではなく偶像崇拝・アニミズムとして批判していたことは、興味深い事実である。

俳句形式の五・七・五は、短歌形式の五・七・五・七・七の陽と陰が分離して連歌・俳諧となり、発句が独立して俳句となったものだが、日本文学のルーツとしての『万葉集』の精神を理解するために、柿本人麻呂と大伴家持を取り上げた。人麻呂も神として祀られている。他に古典では、小説家の紫式部と批評家の吉田兼好を、現代の思想家としては南方熊楠と折口信夫を、文学のジャンルでは批評の世界で日本文化の解明に寄与した小林秀雄と山本健吉を、古代中国の思想と日本の宗教思想の解明に貢献した白川静と梅原猛を取り上げた。

小林秀雄と数学者・岡潔の対談『人間の建設』で岡は、「よい批評家であるためには、詩人でなければならない」といい、批評の「本質は直観と情熱」だということについて、小林は同意している。小林は「その人の身になってみる」というのが、「実は批評の極意」という。その人の身になってみたら言葉を失うが、そこまで行ってなんとかして言葉をみつけるというのが批評だという。

優れた文学者・思想家の精神の真実・事実を理解するためには直観が必要であり、科学でない文学・思想の世界では、俳句作品を理解するのと同じく、理解への詩的情熱が必要であるように思われた。文章を書くたびに感じることは、主観に基づいて批判・非難・否定することは易しく、対象を正しく虚心に理解することがいかに困難であるかということである。評論の非論理的な間違いを指摘することは容易であるが、感性・霊性に依拠した作品を理解して論じることは容易ではない。

日本の文化は重層的・多層的であり、一つの思想・精神に還元することができないのは、多くの民族が日本列島に渡来してきたからであろう。縄文文化・弥生文化がミックスしており、古代中国の儒教・仏教・道教神道の渡来文化が朝鮮文化を通じて渡来してきた。漢字そのものがすでに古代中国の宗教思想を抱えており、漢字を通じて日本人が神や魂の観念を学んできたことを、白川静によって教えられた。空海は『三教指帰』によって仏教・道教・儒教の三教を比較して順位付けをしたが、日本文化の本質としては、三教混淆・神仏混淆として複雑にミックスして存在していることを学んだ。縄文文化が弥生文化より優れているとか、仏教がキリスト教より優れているとか、二つの文化・精神を比較して優劣判断をすることは、歴史的に昔には戻れないのであるから、現実的に意義のある論争とはなり得ないであろう。言葉と文学と思想・精神は根底において繋がっていると実感したことを、何とか短い文章で表現したく試みた。言葉と文学、文学と文化、文化と思想・精神はばらばらではなく、すべて文化史の中で一体的な精神となり共存・共生し得るものと思われる。

ヴァーサス（vs）とは多く二者択一であり、一方の選択のために片方を徹底的に論破しなければならないことがあるが、古今東西、精神の対立は殺し合いの戦争を引き起こしてきた。妥協のない論争は戦争の母である。文学・精神の世界では、表面的には「vs」という対立関係にあるように見えても、実はむしろ互いに補完している関係が多い。例えば、詩歌の世界における客観的写生と主観的写生は対立したものではなく、相補的な関係として共存・共生していて陰陽の関係にある。ニールス・ボーアの言葉「お互いに対立するものは相補的である」を前著で引用したが、この言葉はアインシュタインと双璧をなすといわれたノーベル物理学賞受賞者が、母国最高の勲章のデザインに太極図とともに挿入した言葉である。ボーアは物理学と東洋哲学に類似性があるとして、光の粒子と波の二面性、位置と速度の不確定性原理など、この世の根源世界を「相補性」と名付けた。

すべての文化観・精神は対立した関係ではなく、お互い相補性の関係にあることを深く理解するように試みた。多様性に満ちた様々な精神がお互い対立するのではなく、相補性をもってこの世に存在して作者たちの生命を表現している。自然の客観的な真理を求める自然科学と異なり、文学・芸術・宗教・

哲学等の精神の世界は人間の主観に依拠するところが多く、絶対的で客観的な価値基準がないため、地球上の全ての人々に適用できる絶対的な真理は存在し得ない。全ての精神は相補的で平等に存在している。芭蕉が深く尊敬した荘子の「万物斉同」の思想、差別の無い平等精神に通う。理性・霊性・感性の産物は相補的に共生している。

「和」というのは日本文化の特徴とされるが、「和」のコンセプトのルーツは陰陽説における陰陽の和に依拠している。民族・宗教の違いによる戦争が今日も続くが、精神の違いだけを見つけることによって対立を煽るのではなく、異なった思想・精神が補完しあう「和」「万物斉同」の精神を求めた。

三十回の連載のため、ほかの多くの優れた人々を漏らしている。また、凡人が三十二人の優れた精神の持ち主を二年半で理解しようとしたため、不完全な精神史である。本来ならば三十二冊以上を要する文学者・思想家の精神内容を一冊に纏めたため、専門家から見れば誤解が多いかと思われるが、今後さらに多様的・重層的な精神への理解を弘め深めていきたい。

参照・引用文献は、後ろに纏めた。

平成二十八年夏

坂口昌弘

主要参照文献（句集・歌集は除く）

アイザック・ニュートン『ニュートン』中央公論社
アウグスティヌス『アウグスティヌス著作集』教文館
赤瀬川原平『千利休　無言の前衛』岩波書店
赤塚忠『中国古代文化史』研文社
芥川龍之介『芥川龍之介全集』岩波書店
アルバート・アインシュタイン『アインシュタイン選集』共立出版
犬養孝『万葉の旅』平凡社
岩田慶治『草木虫魚の人類学　アニミズムの世界』講談社
岩田正『土俗の思想』角川書店
ウィリアム・ヘルマンス『アインシュタイン、神を語る』工作舎
上嶋鬼貫『鬼貫の『独ごと』』復本一郎訳注・講談社
上田三四二『この世この生――西行・良寛・明恵・道元』新潮社
上山春平『上山春平著作集』法蔵館
梅原猛『梅原猛著作集』集英社／『人類哲学序説』岩波書店／『日本の伝統とは何か』ミネルヴァ書房／『対話　日本の原像』中央公論社
岡潔『岡潔集』学習研究社
岡倉天心『茶の本』筑摩書房

折口信夫『折口信夫全集』中央公論社
金子金治郎『連歌師宗祇の実像』角川書店
亀井勝一郎『日本人の精神史』文藝春秋
河合隼雄『明恵　夢を生きる』講談社
神田秀夫『荘子の蘇生――今なぜ荘子か』明治書院
空海『弘法大師空海全集』筑摩書房
桑原武夫『桑原武夫全集』朝日新聞社
兼好『徒然草』筑摩書房
小西甚一『宗祇』筑摩書房
小林一茶『一茶全集』信濃毎日新聞社
小林秀雄『小林秀雄全作品』新潮社
櫻井武次郎『上嶋鬼貫』新典社
佐佐木幸綱『柿本人麻呂ノート』青土社
篠田一士『心敬』筑摩書房
司馬遼太郎『司馬遼太郎全集』文藝春秋
清水好子『紫式部』岩波書店
下定雅弘『陶淵明と白楽天』角川学芸出版
白川静『白川静著作集』平凡社／『字統』『字訓』『字通』
白洲正子『白洲正子全集』新潮社

鈴木大拙『鈴木大拙全集』岩波書店
瀬戸内寂聴『瀬戸内寂聴全集』新潮社
高濱虚子『定本高濱虚子全集』毎日新聞社
鶴見和子『南方熊楠』講談社
陶淵明『陶淵明』筑摩書房
中西進『中西進著作集』四季社
中村元『中村元選集』春秋社
夏目漱石『漱石全集』岩波書店
西脇順三郎『芭蕉・シェイクスピア・エリオット』恒文社
芳賀徹『与謝蕪村の小さな世界』中央公論社
橋本治『小林秀雄の恵み』新潮社
埴原和郎『日本人の起源』朝日新聞社
福永光司『道教と日本文化』『中国の哲学・宗教・芸術』人文書院
正岡子規『子規全集』講談社
松尾芭蕉『校本芭蕉全集』富士見書房／『芭蕉全句集』角川学芸出版
水上勉『新編水上勉全集』中央公論社
南方熊楠『南方熊楠全集』平凡社
紫式部『源氏物語』角川書店／『紫式部日記』岩波書店
本居宣長『古事記伝』岩波書店

森朝男『古代文学と時間』新典社
山尾三省『カミを詠んだ一茶の俳句　希望としてのアニミズム』地湧社
山折哲雄『『教行信証』を読む　親鸞の世界へ』岩波書店
山口晃『ヘンな日本美術史』祥伝社
山本健吉『山本健吉全集』講談社
山本七平『小林秀雄の流儀』新潮社
湯川秀樹『湯川秀樹著作集』岩波書店
与謝蕪村『蕪村全集』講談社
吉川幸次郎訳『論語』筑摩書房
吉村貞司『雪舟』講談社
吉本隆明『親鸞　決定版』春秋社
李白『李白』角川学芸出版／『李白詩選』岩波書店／『李白全詩集』日本図書センター／『李白』筑摩書房
良寛『定本良寛全集』中央公論新社
老子　荘子『老子　荘子』筑摩書房

『荊楚歳時記』平凡社
『新約聖書　和英対照』日本聖書協会

著者略歴

坂口昌弘（さかぐち・まさひろ）

著書
『句品の輝き――同時代俳人論』（文學の森／平成18年）
『ライバル俳句史――俳句の精神史』（文學の森／平成21年）
『平成俳句の好敵手――俳句精神の今』（文學の森／平成24年）
『文人たちの俳句』（本阿弥書店／平成26年）

受賞歴
平成15年　第５回俳句界評論賞（現・山本健吉評論賞）
平成22年　第12回加藤郁乎賞

選考委員歴
俳句界評論賞（第15回～）
山本健吉評論賞（第16回～）
加藤郁乎記念賞（第１回～）
日本詩歌句協会大賞評論・随筆の部（第８回～）
東京大神宮観月祭全国俳句大会選者（第39回）

現住所　〒183-0015　東京都府中市清水が丘2-11-20

ヴァーサス日《に》本《ほん》文《ぶん》化《か》精《せい》神《しん》史《し》
――日本文学の背景

発　行　平成二十八年八月二十五日
著　者　坂口昌弘
発行者　大山基利
発行所　株式会社　文學の森
〒一六九-〇〇七五
東京都新宿区高田馬場二-一-二　田島ビル八階
tel 03-5292-9188　fax 03-5292-9199
e-mail　mori@bungak.com
ホームページ　http://www.bungak.com
印刷・製本　潮　貞男

ISBN978-4-86438-479-7　C0095